六藏图

上

天下第一郭 ◎ 著

重庆出版集团 重庆出版社

图书在版编目（CIP）数据

六藏图 / 天下第一郭著. —重庆：重庆出版社，2022.3
ISBN 978-7-229-16034-0

Ⅰ.①六… Ⅱ.①天… Ⅲ.①长篇小说—中国—当代 Ⅳ.①I247.5

中国版本图书馆CIP数据核字（2021）第177559号

六藏图
LIUZANG TU
天下第一郭　著

丛书策划：李　子
责任编辑：李　子
责任校对：何建云
装帧设计：回归线书装设计

重庆出版集团　出版
重庆出版社

重庆市南岸区南滨路162号1幢　邮政编码：400061　http://www.cqph.com
重庆天旭印务有限责任公司印刷
重庆出版集团图书发行有限公司发行
E-MAIL:fxchu@cqph.com　邮购电话：023-61520646
全国新华书店经销

开本：880 mm×1230 mm　1/32　印张：15.5　字数：460千
2022年3月第1版　2022年3月第1次印刷
ISBN 978-7-229-16034-0
定价：69.80元

如有印装质量问题，请向本集团图书发行有限公司调换：023-61520678

版权所有　侵权必究

目录

楔子 ... 1

第一章 张九微：拜帖 ... 5

第二章 康君邺：圣火 ... 17

第三章 张九微：宫宴 ... 22

第四章 伽罗：剑客 ... 35

第五章 张九微：老铺 ... 48

第六章 慕容婕：暗哨 ... 59

第七章 康君邺：阻贡 ... 69

第八章 秦威：缔盟 ... 80

第九章 慕容婕：江月 ... 86

第十章 康君邺：萨宝 ... 103

第十一章 张九微：胡女 ... 113

第十二章 康君邺：幽囚 ... 121

第十三章 慕容婕：叛逃 ... 126

第十四章 康君邺：追兵 ... 131

第十五章 张九微：上巳 ... 147

第十六章 康君邺：故人 ... 164

第十七章 张九微：僧海 ... 186

第十八章 伽罗：路窄 ... 197

第十九章 秦威：三试 ... 203

第二十章 慕容婕：重逢 ... 214

第二十一章 伽罗：水刑 ... 237

楔子

"属下们赶到的时候,他已经死了。"石勋指着地上的僧侣尸体,焦急地解释道。

翟绍远让石勋举着火把,自己蹲下仔细查看。只见那尸身一剑穿胸,僧衣上血迹却不多。他接着又查看了寺院空地上其他几具沙弥的尸体,都是一样的伤口。

"石欢,你和这和尚交过手,他身手如何?"翟绍远看向石勋身后的人。

"回首领,若是单打独斗,属下并无把握胜他。听闻慧如出家前,曾是安州一带的绿林头目,武艺了得。"石欢边说边拉下头上的兜帽,露出高鼻深目,满脸虬髯。

"看来是高手所为,"翟绍远顿了顿,"他身上可搜出什么?"

"除了度牒,没找到别的。"石勋递上一个细巧的绫素钿轴。

翟绍远展开钿轴,微一蹙眉,立刻招呼举着火把在正殿查看墙壁的人:"康亚——"

康亚应了一声,转身已至,脚下似有轻功。烁烁火光下,四人之中只有康亚一人没有绿色眸子,是寻常唐人模样。

"我不耐烦看唐文,还是你来读吧。"翟绍远将钿轴递给康亚,顺手接过火把。

康亚草草一读,回道:"首领,依度牒上看,这和尚当年离开长安之后，就一直待在安州的澄觉寺，两年前才来到这龙华寺，度牒上有贞观六年扬州州府的印鉴。"

"那就对了，"翟绍远将着自己的长须，"看来他的确是长安化度寺的慧如，我们的消息没有错。"

"可这和尚如今死了，我们要如何向大萨宝交代？"石勋心急道。

翟绍远眼中不快，瞪着石勋道："急有何用？阿胡拉自会指点我们方向。"说着向手中火把看去。余下几人见状，立刻双手交叉于胸，齐齐向火把颔首。

"石勋、石欢，你们再把这寺庙里里外外搜一遍。这些尸体还有余温，杀人者仓促，定会留下些痕迹。康亚，你把其他和尚的——"

翟绍远话未说完，突然住了声。只见一根弩箭从他颈部穿过，鲜血顺着箭尖涌出，翟绍远双目圆睁，张了张嘴，仰面倒下。

其余三人还未来得及看清箭矢方向，"嗖嗖嗖——"十数支弩箭一齐飞到，只有康亚因被翟绍远挡住，没有立刻毙命。他拔出随身佩剑，挡下了几支弩箭，迅速躲到了外院一根廊柱的背后，但肩上仍被飞箭撩下一块肉，血流不止。

龙华寺此刻只有佛堂中的烛火和翟绍远身旁的火把还亮着。康亚顾不得箭伤疼痛，他轻功不俗，现下运功提气，趁摸黑，尚有机会逃离。

来不及多想，康亚脚下加速，沿着回廊向寺院偏门移动，眼看就要摸到偏门，不知哪里飞出一块石子，正打到康亚受伤的肩上。他负痛，下意识叫了一声，瞬间又是数支弩箭飞来，康亚应声倒下，再没了动静。

又过了片刻，寂静的寺院中终于有了声响——一群足有十二三人的黑衣蒙面人点燃火把，围了上来。他们各个手持十字弩，又往康亚几人身上补射了几箭，确保没有活口。

为首一人捡起翟绍远身后的火把,借着火光细看翟绍远和石勋、石欢的容貌,不无惊奇地说道:"波斯人?督主,你看这——"

众黑衣人中身量最为矮小者抢过火把,在石勋尸身上摸出他的过所,边看边道:"石勋,石国人……看样子,他们应该都是昭武九国的。"

"昭武九国?那可是在高昌还要往西。督主,这慧如是何来路?怎么还招惹了西域的九姓胡人?"

矮小者摇着头道:"这样也好,倒省得我们动手了。快,你们速去搜身,这些胡人也一起搜,慧如的念珠八成已在他们身上。"

众黑衣人得令,开始在满院子的尸首上翻找。僧侣身上只搜得度牒,倒是从翟绍远处搜到一块刻有火焰纹案的纯金圆牌、不少银两,还有一幅慧如的画像。奇怪的是,龙华寺所有僧人身上,都没有念珠。

矮小的黑衣人不甘心,亲自又在每具尸体上摸索一遍,确认没有任何念珠之后,一脚踹到慧如的尸身上,怒道:"这秃奴!藏得倒深!"

一黑衣人见状,忙道:"督主息怒。众兄弟全力追查慧如数年,若不是他主动现身,咱们尚无所获。可见此人心思缜密,本也不是容易相与之人。当务之急,还是应该继续寻找线索,向掌门交差才是。"

"罢了,"矮小者语气渐缓,"好在我们有了他的度牒,总算知道他离开长安之后的行踪,也不是全无收获。就按照这度牒上所列,一一查访吧。还有这几个胡人,拿着他们的过所,去州府户曹那里打听打听。扬州不比长安和东都,从昭武九国来的胡商,应该没有许多。"

众人称是。一人又问:"那这些尸体怎么处理?"

"还处理什么?有胡人替我们出头,这个功劳自然留给他们,"

说着把纯金圆牌又扔在翟绍远的尸身上，"都说九姓胡人贪财好利，倒是不假。"

"督主的意思是——就让外人觉得是西域胡人与寺内僧众争斗？"

"正是，"矮小者接着吩咐，"把胡人的佩剑都抽出来，再留下几把磨掉了来路的弩，另外再把寺院也搜一遍。"

黑衣人们听令行事，又忙活了三刻，仍然没能在龙华寺内找出什么不寻常之物。末了，矮小的黑衣人将寺内一些金贵些的法器、贡品塞进胡人的外衫，方率领众人离去。

夜色静谧中，只偶有鸦声阵阵。不知过了多久，翟绍远尸身旁的火把眼看就要燃尽，龙华寺内的参天古树上，忽有一鬼魅身影飘下。那影子身量颇高，双肩宽阔，但纵跃之间，却轻盈若飞鸟，浑没把几丈高的古树放在眼中。

他拾起火把，拿着翟绍远的佩剑，在众僧侣尸体上又来回戳出几道新伤。紧接着，从怀里掏出数串念珠，只挑出其中一串青色的塞回衣内，然后把其余念珠连同火把丢在一处。这些念珠皆为木质，经僧众多年盘摸，早已裹满油脂，刚触到火苗，就放肆燃烧起来。

借着念珠燃烧的火焰，那影子又将翟绍远身上的金色圆牌收入怀中。待念珠化为灰烬，影子手中接连弹出几枚石子，正中那火堆，掸灭火星的同时，也将余屑清了个干净。

第一章
张九微：拜帖

时值正月，春寒料峭，虽不及北方各州府朔风凛冽，但偌大的扬州码头，江风阵阵，寒意竟也有八分。饶是年节刚过，往来商船便已忙碌如昔，码头上的脚夫你来我往，在船老大的督促下，拼着力气搬货卸货。

邵伯码头旁的酒肆中，张九微目不转睛地盯着码头上的人来人往，若不是身后的护卫郑安提醒，她根本没听到郭二公正在跟自己说话。

"二公，"张九微回过神来，"你刚才说什么？"

与张九微同案而坐的郭二公全名郭海，是流波岛的大管家，跟随张九微的祖父多年。张九微自幼就像流波岛上其他人一样，尊称他一声"二公"。

郭海摩挲着手中杯盏，微笑道："这酒肆之中，众食客为避寒风，皆选择远离堂口的位置坐，独九郎要迎着堂口。扬州码头纵有千般新奇可瞧，九郎可不要冻坏了才好。"

张九微这才觉出寒意，下意识紧了紧身上绛色缺胯袍的圆领，回道："不碍事。二公，从前我总觉得泉州的码头十分繁华，如今来到扬州，方才知道什么是帆樯林立，商贾如织！"

话音刚落，酒肆堂口处快步冲进一棕肤黑发、眼睑四周漆黑如墨的天竺少年，正是张九微的随从伽罗。

"九娘——"伽罗还未到食案前,嘴里已被张九微用一颗拇指般大小的红枣塞住。

"我说过在外面要叫我什么?"张九微愠怒道,她今日特地女扮男装,却不想被伽罗大声拆穿。

伽罗把枣囫囵吞下,双手向前,躬身一揖,改口道:"九郎莫怪,伽罗一时情急,忘记了。"

张九微白了伽罗一眼,问道:"驿站那边可打听清楚了?怎么去了这么久?"

伽罗往张九微与郭海中间又挪了一步,小声说:"驿站那边回话了,李相已到扬州,刚宿进驿站两日。我得到消息立刻往码头赶,谁知中途被衙役拦下,硬要查我的过所,还盘问我昨日的行踪,所以耽搁了。"

张九微奇道:"我看扬州的胡商甚多,怎么扬州州府的衙役竟没见过天竺人吗?"

伽罗回道:"那倒不是。听说昨夜郊外的龙华寺发生命案,整座寺院的僧人无一生还,还死了好几个西域胡人。如今几个县府的县尉都在盘查外来商贾,估摸着很快就要查到咱们住的逆旅。"

不等张九微说话,郭海突然问:"可知死去的僧侣是什么人?"

"尚不知,伽罗赶着回来,并未仔细探听。郭二公要是想知道,我一会儿就去问问。"

"不急。"郭海摇头,说着转向张九微:"九郎,李相既已到了扬州,咱们还是速去拜会。岛主遣九郎远赴长安向李相递信,没想到在扬州就碰上了。想来李相奉圣人之命观省风俗,也不会在扬州待很久。"

这么快?我与崔奉天的生意还没谈妥,张九微在心中嘀咕,但仍应道:"二公说的是。后日便是上元节,李相也无需处理公务,我一早就去递拜帖。"

郭海点头表示应允。

张九微招呼伽罗道："伽罗，速去给郑齐传话，让他安顿好船队，就去崔掌柜那里送货单。大月珍珠和玳瑁在这时节里可不常见，要以咱们的价格结算，不要被那崔奉天占了便宜。"

伽罗称是，随即奔出酒肆。郭海捻着自己的胡须，做沉思状。张九微觉察到他的心思，道："郭二公有什么话想说，就说吧。"

郭海微微颔首："九郎聪慧，来大唐前怕是已经对珍珠和玳瑁的行市做了调查。崔掌柜与我们流波岛合作多年，更是大少主仰仗的扬州商贾，他即便不按市价与我们结算，多半也是要承担在大唐境内运输的缘故，倒不是一味贪财的人。"

"二公也不是第一次出海，应知海运辛苦，此番更是连年节都是在船上过的，郑安的侄子也折在了路上，"张九微指了指身后面露哀容的护卫，接着道，"正月里珍珠和玳瑁都能卖出好价钱，若是老主顾，崔掌柜更该念及我们正月出海，照顾流波岛的生意才是。"

"话虽如此，可你强硬抬价，总是不好。大少主与崔掌柜相交多年，可不要坏了他的盘算。"

张九微打断道："二公真的觉得我大伯父如今的盘算，全是为了流波岛吗？若真是为了流波岛，那为何频频压下我的船队，又为何总不许我在泉州开设商铺？我们流波岛若在大唐有了自己的直属商铺，何苦还要受崔奉天这些唐商的掣肘？"

"恕老奴直言，九郎自打有了自己的船队，也没少给大少主出难题。老奴跟随岛主多年，深知岛主最希望看到举家兴旺，子孙和睦，还望九郎能体恤岛主暮年之愿，不要与大少主、二少主争一时之气，也不枉岛主养育九郎一场。"

张九微还想再辩，但话到嘴边又咽了回去，只道："我岂能辜负祖父多年疼爱？郭二公言重了。"

贞观八年的上元佳节，扬州的十里街巷早已挂满了花灯，最繁华的江都县府，辰时刚过，便已人头涌动。不只街上香车宝辇，那些装饰一新的私人游船，也穿梭在城内四通八达的水道中。

张九微进了江都驿馆后，便脱下罩住全身的幂篱。她今日换了女装，也像扬州世家女般梳起高髻，斜插一支鎏金蝴蝶纹的银钗，配上高腰红黑间色裙，外罩加绒的锦绣半臂衫，称得身段窈窕，眉眼朗如新月。

驿馆的驿使已经拿着拜帖和那块祖父给的琥珀色玉佩进了内堂半晌，张九微小声对同来的郭海道："郭二公，你说李相会认出祖父的信物吗？"

"九娘放心，纵然李相如今贵为大唐的尚书右仆射，但他与岛主乃是八拜之交，情逾骨肉，必定不会相忘。"

张九微仍然忐忑，只听身后一声"来者何人？"循声望去，见一长身玄衣的老者出现在堂口。

这便是名震天下，战必胜、攻必取的李靖李药师？张九微暗自惊异。只见他须发渐白，但掩不住风骨俊茂和周身的儒雅气度，与想象中上阵杀敌的神兵天将大不相同，倒是很像书香门第的饱学之士。

顾不上多看，张九微趋步上前，长揖到地。"小女姓张，闺名九微，奉祖父张公仲坚之命，特来拜会李公，"同时不忘引见郭海道，"这是我祖父的大管家。"

郭海也忙对李靖长揖到地："老奴郭海拜见李公。"

"原来竟是义兄后人。"李靖大喜过望，攥着那琥珀玉佩，扶起张九微和郭海。

驿馆的驿使也很会行事，见是李相的贵客，立刻就引着众人到了正堂西面的一处上厅，并吩咐女婢端上果浆。待众人在坐床上坐定，驿使知趣地阖上房门，退了出去。

"我兄长一切安好？"李靖似乎急于知道祖父近况。

"回李公，祖父身体康健，如今把岛内俗务都交给后辈打理，在流波岛上的日子过得十分自在。祖父写有书信一封，让我带给李公。"张九微说着从外衫中拿出一封塑有蜡封的信函，呈给李靖。

李靖接下信函，也不急拆阅，道："好，好，兄长一切安好，我便放心。想当年长安一别近四十载，竟无缘再见。只在大业三年和武德七年收到兄长的书信两封，我夫妇二人都十分惦念。"

张九微自三岁起，就养在祖父张仲坚身边，经常听他提起自己的义弟、义妹有多么风采卓然。年纪稍大些得知祖父口中的义弟竟是助大唐平萧铣、抚岭南，一举荡平突厥的名将李靖，总觉得难以置信。若祖父真是李药师的义兄，那为何长居流波岛，三十余年不踏中土？如今亲见李靖，见他对祖父的问候极为真诚，连之前两封书信的年份都记得如此清楚，张九微终于信了祖父与李靖确是结拜兄弟。

"祖父也很是想念李公，常和我说起当年在灵石与李公及李夫人初遇的事。不知李夫人一切可好？"

李靖笑曰："出尘她安好。我出发来扬州前，她身染微恙，不过现在都好了。她若是知道兄长来信，定要额手相庆。"

提起自家夫人，李靖的语气不自觉变得柔和起来。张九微脑中闪过祖父口中那位连夜出逃杨素府邸的绝色佳人，遂道："拜请李公问李夫人好。祖父遣我来大唐送信，我率船队刚到扬州，就听说李公奉圣人之命也来了扬州，可见天意如此，要祖父与李公早通音信。"

"正是，正是，"李靖笑道，"早前义兄来信说占岛为居，在东海商路上博得一席之地，以兄长之才，定已是一方之主了。九微也帮我义兄料理船务吗？"

一听李靖问起船务，张九微立刻来了精神，大方答道："流波岛实乃群岛，良港颇多。祖父慧眼如炬，将家业放在这东海商路要道上。外商番客，往来大唐与诸国，如今却也离不开流波岛的港口与船队。九微不才，自幼得祖父亲自授业，也敢在这浩瀚东海之上，领自己的船队，理自己的港口。"

"好,好,"李靖连连赞叹,"没想到九微不过十几岁年纪,却能独自经营海上贸易,兄长的后人果然非同一般!我夫人若是见了九微这般人品,必定喜欢得紧。"

张九微听李靖如此说,心下得意。其实自祖父应允她经商以来,人人都对她身为女子率领船队颇有质疑与微词。流波岛上,大伯父张承谟、二伯父张承颐,还有堂哥张夔,更是总以此为由,不停说教。张九微万没想到,威名远播的大唐名将李靖非但不以为意,反而还夸赞自己,不禁也对眼前的老人生出许多好感。

辞别李靖,张九微随郭海匆匆赶往弦歌坊。流波岛在扬州的老主顾崔奉天前日下了帖,邀请二人赴宴。

牛车中,郭海对张九微正色道:"待会儿见到崔掌柜,还望九娘以礼待之,切不可因为几船货物的价格,与他起了龃龉。"

"二公放心,只要崔掌柜不压价,九微什么都好说。"她不肯在价格上松口。

郭海无奈地轻叹一声,掀起车窗上的布幔,招呼张九微来看。张九微初时不明就里,但看了一会儿,便明白了——这条东西走向的长街直通西水门,各色绸缎衣帽肆、珠宝首饰行、食肆、典当行栉比鳞次,那沿街的招牌里,十间中竟有两间都是崔记铺面。张九微一向只知崔奉天是大伯父张承谟最仰仗的扬州唐商,不承想他在富甲一方的扬州,竟有如此多的商铺,而且门类也极丰富。她终于忍不住问道:"二公,这崔掌柜是何来历?能在扬州有这等家业?"

郭海道:"听说他本属博陵崔氏的旁支,但不知何故在家谱中除了名,为顾生计才从了商。博陵崔氏是何等门第,听说连圣人身边的房公、魏公都盼与之结亲。行商在大唐乃贱业,别的不说,光是这份肯舍下高门大户颜面的心志,就已十分了得。"

张九微在流波岛长大,打记事起就跟着祖父研习商务,从来只觉得能挣钱就是最大的本事,哪里懂得世家门第,不由得嘟囔一句"唐人的规矩真是奇怪",同时心下也对崔奉天生出几分敬畏。

说话间,牛车已至食肆。张九微和郭海才踏进店门,肆内的博士就笑着迎上来:"二位是崔掌柜的贵客吧,请随我来。"

博士引着二人进到一处被屏风围起来的席面,一身华服的崔奉天早已端坐塌上。双方见礼之后,佳肴美馔也如流水一般端上食案。

"张娘子与郭公远道而来,这第一杯酒,崔某敬二位,感谢流波岛多年照顾。"崔奉天举起酒杯,先干为敬。

张九微和郭海也赶忙各饮一杯,张九微道:"崔掌柜客气了,掌柜与大伯父平辈论交,也算我的长辈,唤我九微就好。祖父常说,如果没有崔掌柜提携,我们流波岛的船队再辛苦拼命,也难以在大唐打开局面。"言语中暗含辛苦拼命的都是流波岛之意。

崔奉天宽阔的方脸上容色不改,笑道:"蒙张岛主不弃,总是将最上等的货物供给崔某,我崔记在这扬州乃至整个淮南道的数百间店铺才总有奇货可卖。"

张九微听出他特意在"数百间"上加重了语气,正欲反驳,就听郭海打圆场道:"崔掌柜哪里话。商道,贵在精诚合作。流波岛和崔掌柜多年来相互帮扶才有如今的局面,郭某仅以杯中酒,愿崔记顾客盈门,我们也好跟着崔掌柜一道发财。"说着端起酒杯回敬崔奉天。

"郭公言重。说起来,我真要感谢郭公和九微在正月里特地往扬州一趟。如今整个扬州只有我崔记买得到大月珍珠,倒又给我崔记挣了不少名声,"崔奉天饮尽杯中酒,又道,"货资一应手续已齐备,请九微过了节就派人来取吧。崔某也另备了年礼给老岛主,就劳烦九微捎回流波岛。"

他竟然这么爽快就按时价结算了货物?张九微略感诧异,本以为今日还有得周旋。这下郭二公不能指摘我抬价了,张九微想到此处,真挚地向崔奉天道谢。

生意谈妥,席间气氛逐渐热络。三人正吃着,崔奉天忽道:"从前总听承谟兄称赞九微，说自己的侄女是万里挑一的人才，今日一见，果然不假。九微如此精明，将来定是夫家的贤内助，要说老岛主怎么舍得自己身边长大的孙女漂洋过海，我看定是上门求亲的人太多，老岛主挑花了眼。"

张九微眉头掠过一丝不悦，祖父从未说过要给自己议亲，但这两年大伯父张承谟、二伯父张承颐总是有意无意在祖父面前提起此事，并以此为由劝说祖父收回自己的船队和在流波岛离岛上的港口。

郭海抢道："正是呢。岛主是最疼爱九娘的，说什么也要再把九娘多留在身边几年。"

崔奉天作势笑了几声，戏谑道："那感情好。承谟兄一向待我甚厚，我就当九微是自家侄女了，到时候也给九微添份嫁妆，九微想要什么样的珍珠首饰都好说。等嫁了人，出海这样辛苦的差事，就交给男人来做吧。"

张九微这才明白，原来崔奉天之所以愿意高价结算货单，其实是根本没把自己看做正经商人，只是懒得同一小女子计较罢了。于是生硬地回道："崔掌柜多虑，九微从不觉得辛苦。"

"九娘脸皮薄，崔掌柜就别再拿婚嫁之事打趣她了。"郭海说着又拿起杯盏。

张九微知道郭二公这是在为自己解围，同时生怕自己说出什么意气之语，惹崔奉天不快。好在崔奉天没有继续调侃，而是转而问道："郭公，上个月张夔侄儿来扬州，说东海近来有海盗出没，把林邑国上贡给大唐的沉香都给劫了，不知流波岛可受其害？"

"崔掌柜不必担心，岛主在东海立足也不是一两日工夫，流波岛自有应对之策。管他什么海上的奸徒，若是敢劫流波岛的商船，那也得问问咱们的舰船答不答应。"

郭二公鲜少会用如此自满的语气讲话，他是在打消崔奉天的疑虑，张九微立刻明了。

崔奉天似乎仍不放心,续道:"流波岛的实力,我当然是信得过,不然也不会和承谟兄往来多年。只是听说那伙海盗狠辣,横行海上,什么船都敢劫。实不相瞒,就这个月,我也有几单货许久未到,至今也没有消息。别的倒还好说,不济就是损失点银钱,但崔某订购的不少香料是要供给两京贵人的,若出了事,只怕会影响我崔记的声誉。"

"崔掌柜放心,你是我流波岛的老主顾,但凡从我流波岛手上订的货,大少主定然力保无虞。"郭海又保证道。

崔奉天这才释然,他继续和郭海说着扬州的生意,还频频提及张承谟与张夔,有意无意地冷落了张九微。对于扬州和流波岛的生意,张九微本来知道得就少,无从插话,只能眼看着他同郭二公言笑晏晏,自己则像个多余的陪衬,独自默默吃酒。

这一番酒入愁肠,张九微很快就有了醉意。当听到崔奉天问及嫁去百济王室的堂姐张瑾辰时,她冷不丁地道:"阿姐其实是不想嫁的,但二伯父非逼她嫁。"张九微没理会席面突然尴尬,自顾自地道,"阿姐在流波岛,和郑……"

"白芷——"郭海挥手招呼张九微的侍女,"九娘醉了,你先扶她回车上。"随即又向崔奉天赔礼道:"九娘不胜酒力,让崔掌柜见笑。"

张九微早就想离开席面,她对崔奉天微微一福,在白芷的搀扶下,出了食肆。也不知过了多久,郭海坐进牛车的动静,吵醒了靠在车厢一角的张九微。

她仍有七分醉意,见郭海回来,不忿道:"二公,崔掌柜说的,就是你们的打算吧?我知道,除了祖父,你们都想我像阿姐一样……可我偏不,我不要嫁人,我要经商,我要让大伯父、二伯父知道,流波岛不是只有他们,我一定会做得更好……"

她的醉话说得断断续续,咬字也不甚清楚,但语气却异常坚定。

郭海叹了口气,安慰道:"九娘不要多想。"

目色迷离中,张九微有点分不清自己身在何处,只觉得又回到了祖父身边,她扑到郭海腿上,质问道:"祖父,真的是我多想吗?你为什么突然派我来大唐送信?你可知,我好不容易才打通泉州的商路,我这一走,大伯父肯定要对泉州下手的……"她在席间委屈,又不能多话,这下借着酒力,再也忍耐不住,说着说着就真哭了起来,一边哭一边抽抽噎噎地道:"祖父,难道你也不相信九微吗?为什么你们都不信我?"

背上仿佛是祖父的手在轻拍,张九微就这样趴在他腿上哭着说着,渐渐听不到牛车外的喧嚣。

再醒来时,已是在远朋楼的客房之中。远朋楼是扬州一带最有名头的逆旅,早在前朝就是外商番客的聚集之地。到了贞观年间,四海升平,往来扬州做生意的胡商更是一年多过一年。远朋楼因为挨着县府户曹,方便外来商客申领过所,加之姓梁的掌柜心思活泛,在逆旅内雇了不少异域的厨子和洒扫奴婢,一解外商乡愁,远朋楼因此更加声名大噪,胡商云集。

张九微抚着昏沉的脑袋,在房中搜寻白芷的身影。

"九娘,你醒啦,"白芷推门而入,"我正要来唤你,江都县府的衙役又来查过所了,伽罗他们都在外面。"

"怎么又来查?上元节前不是刚查过一遍吗?还是因为郊外的那起命案?"

"好像是,"白芷迅速为张九微穿戴,"听梁掌柜说,之前那些被带走查问的波斯和大食商人都放回来了,定是县府仍未找到线索。远朋楼住的都是胡商,县府恐怕还要再招人查问。"

张九微有点担心伽罗,急忙梳洗完毕。待来到远朋楼的正堂,未看到衙役,却见那日在驿馆见过的驿使正在同郭海叙话。原来驿使受李靖差遣,前来接张九微和郭海往驿馆一叙。查过所的衙役听闻张九微一行与李靖有关系，便将伽罗的过所又还了回来。

驿馆中，几人刚见过礼，李靖便问道："九娘可愿与我一同上京？"

"上京？"张九微掩不住满脸惊诧。

"正是，"李靖抚须笑道，"兄长信中原是让我带九娘在长安待一段时日，好好看看大唐风土，现在我们在扬州就遇上了，岂不正好？九娘就随我一同回京吧。我夫人必也十分想见见兄长的后人。"

李靖面容和善，但言语中自有一种威势，让人不敢拒绝。张九微看了看郭海，见他笃自微笑，不打算反对，便只好应了下来。

李靖点点头："如此甚好。皇太子不日就将加元服，我需回京观礼。九娘就在扬州再待个五日，五日后，我们一道返京。"

张九微在须臾之内，即被安排了五日后的行程，心中不安，但李靖是何许人，他既如此说，自己也只能照办。罢了，本来也是要去长安的，遂应道："一切听李公安排。"

返京之事已定，李靖开始叙些闲话："我听驿使说，你来扬州，还带了个天竺小厮？"

"嗯，他本名仆骨伽罗，是幼年随商船从天竺来的。那商船在流波岛近海遇到风浪，一船人只活下几个。祖父怜他年幼失亲，就收养了他，赐姓为张，如今在我手下做事。"张九微解释道。

"仆骨伽罗？当年长安倒也有一仆骨姓的天竺人在前朝为官。太上皇率兵攻入长安时，奉炀帝之命留守京师的京兆郡丞仆骨仪连同阴世师一起拱卫皇城，誓死不降……"李靖的面色逐渐深沉，好似陷入了回忆，但片刻之后，便回过神来，道，"罢了，都是些旧事。"

张九微一直对伽罗总被查过所之事颇有微词，故意说道："可能是伽罗的天竺样貌太引人注目，从我们到扬州，伽罗都被拦下查验过所好几回了。"

李靖摆手："这倒也不是。我大唐如今万邦来朝，扬州州府胡

· 15 ·

人见得多了。李长史同我说，是上元节前有几个西域胡人打劫郊外的龙华寺，被寺内僧众发现。双方拼斗激烈，都死在当场。那几个胡人身上没有过所，至今也不知是何身份，是以州府最近对往来胡商严加盘查。"

"那现下胡人的来历可查到？"张九微身侧的郭海突然发问，他话刚出口，自觉唐突，又补了一句，"老奴昨晚去天宁寺观灯拜佛，听寺内沙弥说，龙华寺地处偏远，寺内总共也只五个僧人，平日少有香客。这些胡人也真是愚钝，竟去打劫一处没什么财物的佛寺。"

李靖答道："还没查到什么眉目，约莫是来自昭武九国。正月里竟去佛寺中劫财杀人，实在可恨！据县尉说，僧众也曾殊死抵抗，住持慧如所受刀伤尤其多。"

"慧如？龙华寺的住持法名慧如？"郭海的声音中隐隐有些不稳。

李靖似有察觉，问道："县尉说的应当不会错。怎么，郭公认得？"

郭海忙道："老奴远在流波岛，怎会有幸结识大唐的高僧？只是老奴也礼佛，听到出家之人平白丢了性命，总是不忍。"

张九微插嘴："李公不知，郭二公礼佛最是虔诚，日日都要焚香诵经。"

郭海正色道："老奴生逢乱世，又在海上讨生活，生离死别已见了太多，只盼我佛慈悲，能庇佑这世上之人个个都能平安。"说着双手合十，默念一句佛偈，露出左手腕上一串青绿通透的佛珠。

第二章
康君邺：圣火

日落时分，长夜将至，康国国都飒秣建城却人潮涌动。

城中心四面中空、只有廊柱的方形祭台之上，有一巨大的束腰形火坛，火坛上部呈三层莲花状，熊熊火焰在夕阳的照射下，交织出或红、或黄、或橘、或金的炫目光芒。

康君邺站在祭台南侧不远处的三支队伍里，同族人一起，双手交叉于胸，用粟特语诵念光明之神阿胡拉，等待圣火礼的开始。

日落前三刻，一阵尖锐的号角声传来。身着红色圆领半袖衫，肩披红色鎏金火焰纹长帔，头戴日月圆顶冠的两位大麻葛登上祭台，随着二人一左一右在火坛两侧站定，台下的诵念声逐渐息止。只见他二人各持一三尺有余的火棍，蒙住口鼻的红色面巾下，仍隐隐看得到浓密的须髯。

这时，一直跽坐在祭台东南角、面向火坛的红衣乐人捧起觱篥，悠悠吹奏起来。那乐声不急不缓，带着上古的玄音，神秘而激荡。就在这乐声中，两位大麻葛相对而立，小心将火棍探进火坛，待火棍引燃后，二人将火棍高举过顶至交叉状，直引得火坛中本已炽烈的火焰，陡然上窜，掀出更大的火浪。

祭台下众人见到升腾的火焰，立刻颔首拜倒，随着大麻葛有节律的嗓音，一齐高声诵念阿胡拉创世造人的功德。直到那股火浪徐徐落下，大麻葛端举火棍插入火坛两侧的祭案，乐音与诵念声才重又停止。

康君邺随众人一并站起，闪着一双浅碧色的双瞳，神情专注地盯着火坛。只见左侧的大麻葛从祭案上端起一赤色圆盘，盘中有三个小巧的细颈瓶，颜色却不尽相同，分别是黄、绿、蓝三色。康君邺下意识理了理头上的蓝色头巾，同时暗自看向另外两支队伍中戴着绿色和黄色头巾的人。

乐声再度响起，大麻葛依次将三个细颈瓶中的液体倒入火坛，圣火吞噬着液体，继续熊熊燃烧，却在倒入最后的蓝色细颈瓶时，突然火势大增，直窜出一团莲花状的淡蓝色火焰，圣火坛中也传出几许不寻常的爆栗之声。

大麻葛仰张双臂成火焰状，高声唤道："阿胡拉保佑，斯鲁什商团的使者出列。"

蓝色火焰愈燃愈烈，康君邺在众人注视下快步走出队列，跪倒在圣火坛前再次交叉双臂于胸，低头诵念："阿胡拉保佑。"

大麻葛也不看他，而是示意东南角的红衣乐人吹奏起长音阵阵，祭台下的众人听到此音，便各自散去。

不知何时，康君邺身后已多了两个身材魁梧、着褐色翻领紧身袍、腰间挎着短剑的王室赭羯。康君邺早知道他们要来，起身随着赭羯一道，默默走入飒秣建城最东端一座饰着金色鸟纹的华贵大帐。

只见一身绿色绫袍、头戴红宝石毡帽的康国国主端坐在大帐中心的豪华绒毯上，近官分立两旁，刚才主持圣火礼的大麻葛也在帐内。待康君邺行过礼后，国主便问道："你便是圣火选中之人？"

康君邺点头："正是。臣康君邺愿为国主分忧，随团出使大唐。"

康国国主仔细打量着康君邺，不禁问道："多大年纪？可去过大唐？"

"上月刚满二十六，已随斯鲁什商团往来十年了，最远到过大唐的沙州，不过高昌、龟兹、焉耆、于阗和疏勒都去过数次了，"康君邺心知国主担心自己年轻不能胜任，又补充道，"臣还会讲唐话和突厥语。"

国主抚了抚自己精心侍弄的虬髯，赞许道："嗯，没想到你年纪不大，经验倒是不少。斯鲁什是咱们昭武九国中的大商团，你既是他们的人，圣火选中你自有道理。"说罢，向大麻葛点了点头。

大麻葛会意，将一枚手掌大小的金色火焰纹圆牌交到康君邺手上，说道："此次使团奉国主之命出使大唐，要护送几头狮子及诸多贡品前往长安。圣火既选中你作为使团的领队，你必得阿胡拉庇佑，引领使团顺利抵达长安。"

康君邺躬身接过圣火符牌，说："阿胡拉保佑，臣定不辱使命。"

飒秣建城的圣火礼每月一次，每次圣火礼之后，康国人都要设帐宴饮，直至天明。康君邺刚出得国主大帐，便向城外自家的华帐纵马奔去。果不其然，亲邻好友早已在数顶帐篷合围之中，载歌载舞。

康君邺还未下马，左近就蹿出一戴着圆帽的少年，他激动地拉住马头处的缰绳，高声问道："阿兄，可是真的？你真的被圣火选中要去长安了吗？"

康君邺纵身下马，一把搂住那少年："嗯，嗯。"一边笑一边不住点头。

那少年喜悦之情溢于言表，揪着自己下巴上刚刚长出的几根细绒样的须子，一片神往地说："阿胡拉保佑，阿兄，听说长安的街道比国主的大帐还要宽，长安的夜灯永远都是亮的，铺子里卖的吃食几个月都吃不完……"

"就怕你阿兄有命去，没命回——"一阴冷的声音从二人身后打断了少年。

康君邺皱着眉头转过身来，看到那双熟悉的、不怀好意的深绿色眼睛，道："米世芬，圣火选中我是阿胡拉的授意，你若不服，该去向圣火日日祷告。"

米世芬讪笑一声，走到康君邺身侧，歪着头看向他："你当真以为我不知道你欺骗了圣火？"

"你胡说！"少年先怒了，康君邺对弟弟摆摆手，也看向米世芬："圣火礼由大麻葛亲自执行，所有人都在场，你这么说，难道是在指责大麻葛对圣火不敬？还是说你不信阿胡拉的神力？"

米世芬被他堵住了话头，盯了康君邺半晌，只得愤恨地丢下一句"别得意得太早"，便扬长而去。

少年望着米世芬的背影，犹自愤愤："阿兄，米世芬怎么能说你欺骗圣火？"

康君邺搂着弟弟向人群的方向走，道："莫要理他，圣火岂会被欺骗？"心中却压下半句："就算有，他也拿不住把柄。"

兄弟俩很快来到自家帐前，康君邺对少年说："阿弟，你先去同他们玩，我和阿娘说一声，一会儿就过来。"看着少年应声跑开，康君邺转身溜进了身后的帐篷。

"阿娘，你听说了吗？我可以去长安了。"康君邺终于带着按捺不住的兴奋，对帐中穿着朴素的母亲说道。

母亲迎了上来，神色中却满是忧虑，说："邺儿，长安远在天边，路途艰辛，这么多年了，你为何就不能放下执念？就算你去了，你父亲也回不来了。"

康君邺未料到母亲毫无欣喜，脸色黯然道："阿娘，不管父亲能不能回来，我都要知道他到底发生了什么。如今我终于寻得机会去长安，阿娘就不能替我开心一下吗？"

母亲摸着康君邺的脸颊，叹口气道："你此去长安，路途遥远，又是奉国主之命，如果中途出了差错，你在商团的前程可就……长安不比康国，你父亲音信全无已十六年，你在长安又无根无基，就算去了，又能如何？你是我和你父亲唯一的骨血，你若有事，我……"母亲突然哽咽，说不下去。

"阿娘放心，"康君邺搂住母亲的肩膀，"我是圣火选中的使者，阿胡拉定会庇佑我一路平安。阿娘有继父和弟弟照顾，我也放心，路上我会托商团时时给阿娘报信的。"

母亲径直走向帐中的食案，拿起上面的一只皮口袋，递给康君邺："你执意要去，阿娘也拦不住。这里面都是你父亲当年从长安寄来的家信，你带着吧，也许能有帮助。"

康君邺接过皮口袋。其实自十岁父亲失踪起，康君邺早已把这些书信看了无数遍，每一封每一字，都印在脑海。父亲信中总在讲各地的风土人情，商路上的趣事，长安的繁华。父亲常说，等康君邺长大，要带他一起去长安，去看那里的城楼、热闹的西市、郊外的曲江，还有各种各样稀奇的宝物……十六年前，父亲的最后一封书信说长安恐有兵乱，他处理完手头事务就要回来。后来斯鲁什商团的人大都回来了，只父亲没有。他们说，兵乱还没进长安，就已找不到父亲踪迹，直到今天，也没人知道父亲康维究竟是死是活。

康君邺捏了捏手中的皮口袋，又再度望向帐外的火坛，心道："阿胡拉保佑，请助我此去长安，务必找到些线索吧。"

第三章
张九微：宫宴

"九娘，这是李夫人刚差人送来的裙衫和缎鞋，说是明日进宫赴宴要穿的。"张九微正在房中读伽罗写来的书信，侍女白芷带着四五个李靖府邸的婢女鱼贯而入，把装有衣衫襦裙的长案放在几案上，再有序退出。

张九微没起身去瞧，白芷先凑上去仔细摸了摸案中的衣裙，赞道："长安的衣帽肆就是不一样，这用的是缭绫吧，可真好看。"

"一套衣裙要八千钱，不好看怎么成？"张九微仍坐在床上没动。

"九娘，你越来越像大少主了，"白芷打趣道，"开口闭口都是价钱。"

大伯父？我才不要像他。张九微没好气地对白芷说："流波岛什么没有，就你像没见过好东西似的，看个没完。"

白芷悻悻地道："是我不对，碍着九娘读信了，我这就把衣裙都收起来。"说罢将案中的衣物一点点拢了，小心搭在椸架上。

张九微又拿起伽罗的信：

"郭二公与崔掌柜相邀数次，从崔掌柜介绍的茶庄购入三百石茶叶，闲暇时常去寺院礼佛。"

"大少主的船队今日抵达扬州，大少主与二公闭门相见，之后一起去崔掌柜处赴宴。"

"昨日行船至宋州，郭二公派我等了解通济渠的漕运事宜。每至一处，二公都要去寺庙布施一二。"

自打离开扬州，伽罗就按张九微吩咐，日日写信汇报采买与行程，并不忘告知郭海的一举一动。

因皇太子李承乾要于二月中加元服，李靖结束在淮南道的巡视，便携了张九微先行坐官船返京。行前匆忙，张九微只能将采买茶叶与瓷器回流波岛的事交与伽罗和郑齐，心中却不大放心。未料郭海竟主动应下采买事宜，并说待送走船队后，会带着众人一起去长安与张九微会合。

郭海是流波岛的大管家，一向只奉张仲坚之命行事，不管是张承谟、张承颐还是孙辈张九微、张夔，都不曾越过张仲坚去吩咐郭海做什么。他愿意接下扬州采买，当然是比让郑齐他们去做要稳妥得多，只是张九微没料到郭海竟不急着回流波岛，还要到长安来。

大伯父也到扬州了？张九微读到此处，心中隐隐不安。

张承谟如今需坐镇流波岛管理大部分的港口，极少亲自出海，通常都是派手下或者长子张夔压船到大唐。难道是自己不顾劝阻，往大唐送信也不忘带上船队去扬州交易一番的缘故？也不知他和郭二公闭门谈些什么。

张九微正思虑间，李靖的夫人张出尘叩门而入。

"九微，绿绣庄送来的礼服可还喜欢？"张出尘一身浅色衫裙，外罩紫色暗金纹半袖，云鬟微蓬。纵然上了年岁，仍是鼻梁秀致笔挺，眉目中饱含风情。

张九微忙起身见礼："夫人选的，我都喜欢。"

张出尘似乎不喜欢张九微这么见外，微嗔道："九微又忘了该叫我什么？"

"姑——姑祖母。"张九微旋即改口，但仍觉十分拗口。

"这就对了，"张出尘拍着张九微的手，柔声道，"九微千万不要见外，兄长和我都姓张，当年认我做义妹，便是我嫡亲的兄长，你自然也就是我嫡亲的侄孙女。我和李郎正好没有孙女,你就像我们自家孙女一样。"

张九微连连点头。李靖夫妇的确待自己极好,自住进李府,吃的用的一应都安排妥帖。见张九微喜欢去各种店铺了解长安都卖些什么,张出尘还专门列了张单子,上面都是京城最有名的店铺,日后要带张九微一一逛过。最让张九微没想到的,是张出尘从第一次见面,就执意要求张九微以姑祖母相称,这样一来,威名赫赫的尚书右仆射李靖竟然变成了自己的姑祖父。虽然这里面也有方便张九微出入李府的考虑,但二人如此不囿于身份,倒是让张九微受宠若惊。

"明日在宫宴上,可千万别再叫错了。"张出尘临走前,又叮嘱道。

贞观八年二月乙巳,太子李承乾于大兴宫承天门加元服,圣人因此大赦死罪以下,同时令天下大酺三日。礼毕的第二日,圣人在大兴宫大宴群臣,命妇家眷也均在邀请之列。

张九微随张出尘坐在马车上,从李靖府邸所在的平康坊到大兴宫,一路都是长安盛景,但张九微却无心观景,心中仍在默默记诵这几日府内嬷嬷教授的各种进宫参拜礼仪。她边想边下意识地摆弄襦衫宽大的袖口,一阵如空山新雨后的馨香从袖口中幽然飘出。

"九微用的是什么香?这般好闻?"奇香引来张出尘的好奇。

张九微摸索着从手上褪下一只雕工精美的木镯,递给张出尘:"应该是它的味道。"

张出尘将木镯凑到鼻前嗅了嗅,道:"这木镯看似平常,竟有如此奇异的香气。我久在长安,自问奇花异香见过不少,却头一次闻到这种香。甘甜却不厚重,馥郁中自有一股清新,难以名状。"

张九微得意地道:"姑祖母不知,三年前有一来自东海摩逸国的商船在流波岛附近搁浅,经流波岛解救才重回航路,但船上有几根舱底的紫棠伽楠,因浸了海水无法售卖,便扔在岛上了。我觉得可惜,遣人将那些香木晒了月余,谁知这紫棠伽楠禁不住晒,最后竟缩得没剩多少斤两,只能拿来做些小巧之物。不过,晒过之后的紫棠伽楠突然香气大盛,若是放在花丛或者有香气的地方,它还能吸收周围的气味。我这木镯,便是浸过了玫瑰水,木香与花香混合,持久不散。"

张出尘听罢,连连称奇。

正说着,车辇已至承天门。下车之后,李靖携长子李德謇直入大兴宫的两仪殿,张九微和张出尘则经宫人引路,来到两仪殿东侧的万春殿。

二人到达之时,殿内的食案酒器均已归置妥当,只是皇后未到,依礼不能入席。殿内京官的家眷来了不少,张出尘领着张九微一一见礼,但没多久张九微就隐约觉着,众人看张出尘和自己的目光多有复杂,尤其是文官和王室的亲眷,似乎刻意与己方二人保持距离。

祖父曾提过张出尘原为前朝司空府的家伎,对李靖一见倾心,遂连夜投奔。看来,殿内的官眷多半是嫌弃张出尘的出身和做派,不过碍着她是圣人亲封的一品诰命夫人,不得不结交。想到这儿,张九微不禁瞥了瞥身边的张出尘,却见她神情自若,态度大方,倒像是完全没把他人的眼光放在心上。

"李夫人——"一声亲昵的呼唤打断了张九微的思绪,抬头看去,一端庄秀丽,身着鹅黄色襦裙的年轻妇人快步走来,她身边还跟着个七八岁的女童。

张出尘微笑还礼,也回称对方一句"李夫人",然后对张九微道:"九微,快来见过刑部李尚书的夫人。"

想来这是刑部尚书李道宗的夫人,张九微立刻明了。李道宗曾与李靖一起阻击突厥大军,素与李靖交好。他不只官拜尚书,更是皇室宗亲,封任城王。李夫人对张出尘的友好态度引来不少官眷侧目,说话间,几位曾在李靖麾下作战的武将家眷也都围了过来。

"这是我的侄孙女,闺名九微。"张出尘介绍道。

张九微今日为赴宫宴，也着力打扮了一番。一袭绿绫蹙金的广袖衫配上翠色襦裙，外搭嫣红色的缀有花纹的帔子，头上半翻式高髻上插着白玉金丝钗，另簪两朵镶了宝石的金花，正与额间的花蕊状花钿相配。

李道宗夫人笑着打量张九微一番，对张出尘道："都说李夫人年少时有天人之姿，今日见到夫人的侄孙女如此容貌，我是更加信服了。"

旁边的武将家眷们也跟着夸赞起张九微的姿容。从前在海上，张九微早就习惯了往来胡商的注目，但此刻纷至沓来的溢美之词，多少让她有些脸红。正应接不暇，一稚嫩童音越过众人的声线："阿姐，你怎么这么香？"

原来李夫人身旁的女童一直站在张九微的袖口边，经她这么一说，李夫人及其他官眷也觉察到张九微周身沁人的香气。

李夫人赶忙把女童推出来："这是李郎族兄家的幺女李真，在长安上家塾，我便带她来见见世面。"

这女童顶着一左一右的双螺髻，胖嘟嘟的莹白脸颊上一双点漆似的黑瞳，她乖巧地向前盈盈一拜，起身后却双目一转："原来这么香的不是阿姐，而是侄女。"言下之意，是李靖与李道宗同朝为官，张出尘的侄孙女当然和李道宗族兄的女儿差了一辈。

众人见她人小鬼大，故意占张九微便宜，无不捂着帕子笑了起来。张九微也是好气又好笑，看着那眨着眼睛的机灵女童，一时不知该拿她怎么办。

恰好兵部尚书侯君集的夫人又问："张娘子，你用的是什么香？"

"不是熏香，是个镯子。"张九微又把木镯褪下示与众人，众官眷都凑上来，对镯子又摸又闻。

"是在长安哪家商铺买的？我倒是从未见过。"

不能让他们知道我的真实身份,张九微心思飞快一转,回道:"泉州,对,就是在泉州的一个胡商那里买的。"

李道宗夫人道:"那怪不得,泉州胡商聚集,想来海外的稀奇物件也多。"

这时,万春殿外宫人高呼:"皇后驾到——"

众人听了,赶忙整理衣衫,侯君集夫人这才不舍地把木镯还到张九微手上。

一袭凤冠华服的长孙皇后在宫人的簇拥下缓步而来,她极为和气地问候了数位重臣的官眷,便朝殿中的主位走去。张九微见她娴静如水,生得眉目细长,就是脸色不太好,像是有病在身。

待坐定后,长孙皇后赐饮三杯于殿中的皇亲命妇,与众人一并饮过,宫宴旋即开始。宫人们训练有素地端上珍馐美馔,伴着太常乐工的演奏,舞姬缓缓而出。一时间,殿上轻歌曼舞,红衣蹁跹。

张出尘是一品诰命夫人,座次仅在皇室之下,正挨着李道宗的夫人。她二人年纪虽相差了近三十岁,但因李靖与李道宗的关系,平日里往来颇多,话也投机,而张九微和李真则挨坐在二人后面的一排席位中。

张九微见殿上的女宾们都开始吃酒了,一把拉过身旁的李真,问道:"真儿,我问你,长安的官眷平日里都用什么香?"

李真认真想了想,回道:"我知道的就有丁香、沉香、檀香和龙脑香,还有更名贵的安息香和龙涎香,但不是人人都买得到。"

"安息香和龙涎香价钱几何?"

"听阿耶说,一两香料一两金。"

怪不得那日在扬州,崔奉天会那么关心香料船被劫的事。张九微在心中飞快盘算起来,搓着手低语道:"这倒是笔好买卖。"

"买卖?"李真耳尖,还是听到了。她小小的脸上满是狐疑,盯着张九微道,"九娘,你要做买卖?"

张九微展开笑靥，摸摸李真的额头："我哪里能做什么买卖？你听差了，我是说要去买香。"

"买香啊，那要去东市，东市有好几家有名的香铺，婶婶常去的。"

这时，坐在主位上的长孙皇后突然咳嗽不止，引得众官眷一脸关切，却无人上前问候。她拿着宫人递上的水盏喝了，咳嗽声才逐渐息止。

张九微道："看来皇后殿下也是辛苦，病中还要主持宴会。"

"嘘——"李真赶紧小声制止，"婶婶说了，今天这样的日子，不能提皇后的病。"

"这是为何？"

"皇后有气疾，这几年越发严重，遍请名医也不见好。圣人爱重皇后，常请高僧为皇后祈福。婶婶和我说，就连这次太史局选定为太子加元服的日子，也是合了皇后的八字，要为皇后冲喜。"李真说着从盘中夹起一片醋芹，刚吃进嘴中，就酸得倒牙，表情十分痛苦。

张九微顺手拿起案上的杯盏，喂给李真，本意是要让她喝水，却不想误端了自己的酒杯。李真先是一酸，接着又被张九微灌进辣酒，当下呛个不停，眼泪迅速冒出。

张九微见她似乎要吐，立马拽起她从侧门出了万春殿。果不其然，李真刚出殿门，就哇的一声将口中的醋芹混着酒吐出来，眼泪、鼻涕沾在脸上，好不狼狈。殿门上的宫人见状，上前说要带李真去侧室清洗一番。

"好，你们快去，我在这里等着。"张九微应道。

二人走后，张九微在殿门处逛了几个来回，仍不见李真回来。于是也沿着刚才宫人引路的方向，从万春殿外的廊庑，一路走到了与两仪殿相通的廊角。

两仪殿内此刻正奏着鼓点鲜明的西域胡乐，张九微从未听过这般欢快热烈的乐曲,觉得新奇,便又往两仪殿的方向挪了几步,凑在回廊的檐角屏息倾听。

"这位娘子怕是迷路了吧?"

张九微侧身回望,只见两仪殿的廊庑中走出三位华服少年,看年纪同自己不相上下,均头戴宝石金冠,着鎏金兽纹襕袍,只是颜色不一。问话之人身形略显单薄,俊秀的眉眼间似有一丝阴郁之气。

她在流波岛常年面对各国胡商,向来没有回避男子的习惯,于是大方地微微一福:"足下多虑了。我只是听这乐声入了迷,一时忘记要回去。"

当中着紫色襕袍,胸腹圆挺的人笑着说道:"敢问娘子是哪位臣僚的家眷?可是来赴宴的?"

"正是。李相是我的姑祖父,敢问三位名讳?"

三人听了对视一眼,最后还是紫衣之人说:"原来是李相亲眷,幸会。吾乃圣人四子李泰,这两位是吾三兄李恪,"说着指向左侧穿一袭靛青色襕袍的人,"和五弟李祐——"以及先前问话的绯衣男子。

他们是皇子?张九微紧张起来,还来不及说话,只听身后一声脆嫩童音:"九娘——"李真不知何时也顺着廊庑跑了过来。她似乎认得三位皇子,待看清面目后,忙向前一福:"真儿见过三位殿下。"

张九微也赶忙跟着李真一起,躬身万福:"奴张九微不知三位身份,扰了各位殿下,还请恕罪。"

李泰笑说:"无妨。昔日古人也说韩娥的歌声绕梁三日,张娘子可是喜欢这胡乐?"

"喜欢的,从前没听过如此欢快的曲子,想来西域应是一片乐土,方能谱出这样的乐音。若有机缘,我倒想亲自去看看。"张九微的语气中不无神往。

李祐插话道:"娘子说笑,如今西域诸国皆以我大唐为乐土,胡商更是往来不绝。娘子若是喜欢胡乐，去西市便可，又或者让李相请西域乐工过府演奏即是。"

"那恐怕不一样，"张九微道，"橘生淮南则为橘，生于淮北则为枳，可见天生万物都要仰赖周遭的水土。这胡乐工在长安待得久了，看不到西域的山川风月，演奏中自然也就没了初始的热烈。"

李祐面色微赧，不悦地道："奏乐而已，哪有那么多的歪理？"

"那如你所说，"一直未开口的李恪道，"我们整日里在宫宴上听的都并非最美妙的胡乐了？"他在三人之中身姿最为挺拔，此刻棱角分明的脸上带着戏谑的神情。

张九微眸中灵光一闪，笑道："九微不敢。这殿中的太常乐工也许远离西域，奏不出家乡的奔放，但他们日日见识大唐万邦来朝，想必曲中自有西域没有的大气广博，也美妙得很。"

三人听张九微这一番巧辩，都笑了起来。李泰赞道："李相的亲眷，果然高见。"

李真趁机扯了扯张九微的袖子，暗示她该回万春殿了。这时，廊庑中晚风拂过，将张九微袖口的香气幽幽送出。

"好香！"李祐忍不住说了句，李泰和李恪也闻到了，眼神都重新聚向张九微。

李真忽道："万春殿一会儿也要奏胡乐的，九娘再不回，可就要错过了。"

张九微暗叹李真机灵，立刻对着三位皇子一福："真儿说得对，我们出来也许久了，三位殿下留步，容九微告辞。"说罢也不抬头，转身顺着廊庑快步离去。

两人刚回到万春殿，张九微便问李真："真儿，你认得那三位皇子？"

"算认得吧，婶婶有时会带我进宫，别的皇亲大臣家中宴会，偶尔也会请那几位。"

"姑祖父只跟我说过太子殿下，刚才那几位也是皇后所出吗？"

李真扑哧一下笑出声来："九娘，你糊涂了吗？他们三人差不多大，怎么可能都是皇后所出？"

张九微自觉问了句傻话，李真却打开了话头："他们三人中，只有四殿下李泰是皇后所出。四殿下自幼聪颖绝伦，尤善文辞，书法绘画都是极好的，圣人也因此格外宠爱，甚至单独赐了他轿辇，许他乘轿辇上朝。"

怪不得他有点胖，原来上朝都不用走路，张九微心道。

"三殿下李恪是杨妃所出，"李真示意张九微凑近些，"杨妃是前朝公主，隋炀帝的女儿。"

"喔……"张九微睁大了双眼，她万没想到皇子中还有前朝皇室的血脉。

李真倒是不以为意，摆手道："这没什么稀奇，太上皇和炀帝的母亲都是西魏柱国独孤信的女儿，他们本也是亲戚。"

"独孤信？就是传言中仪容极其俊美的独孤郎？"

"嗯，就是他。"

张九微脑中又浮现出长身玉立的李恪，五皇子李祐虽也俊美，却没有李恪的锐利英挺。他曾祖母和外曾祖母既都是独孤信的女儿，想来李恪定然与独孤信有几分相像。

"五殿下李祐的生母是阴德妃，她父亲是隋炀帝麾下的将军阴世师。"李真说到这儿突然住了口。

阴世师？张九微觉得这名字有些耳熟。是了，当日在扬州驿馆，姑祖父说和那个天竺人仆骨仪一起守城的，就是阴世师。于是道："我知道此人，据说他奉命守城，誓死不降。"

"何止不降？"李真挪了挪坐床紧贴过来，小声道，"他守城期间，挖了皇家的祖坟！所以长安的宗亲都极憎恶他。"

"啊？"张九微惊得张大嘴巴，紧接着又问，"那，那怎么会……"

"太上皇攻入长安后，屠了阴氏全族，只留下当年还年幼的阴德妃和她弟弟，也就是现在的吏部侍郎阴弘智。"

张九微本以为三皇子李恪的身世已很是特别，没想到五皇子李祐的外祖父竟和皇室有如此仇怨。她实在无法想见，隔着过去的血与怨，圣人的后宫与亲族，要如何和睦相处？若是有人害了祖父，害了流波岛上所有的人，我定要他血债血偿！直到宫宴结束，张九微都沉浸在这样的思绪中。好在众人都吃了酒，无人注意到张九微的心思。

回府路上，李靖也坐进了马车。他甫一坐定，张出尘就倚靠在他肩上，他也顺势将她搂住，二人在张九微面前毫不避嫌，仿佛这是最自然不过的事情。张九微出生前，祖母已经过世，她从未见过张仲坚与任何妾室有什么亲昵的举动。如今在马车的逼仄空间中，却目睹张、李二人这般年纪，仍举止亲密，一时间不知该把双眼看向何处，窘迫之极。

张出尘美目微翕，问道："九微觉得今日宫宴如何？可还尽兴？"

张九微低着头答道："谢姑祖母带九微长了见识，今日新奇事瞧见不少，多少双眼睛都不够看，就是——"她顿了顿，"就是宫宴规矩有点多，不大自在。"

"李郎，你看九微总算不同我们客套了，"张出尘欣慰地调侃道，接着又说，"九微，你自幼就跟着兄长天高海阔，我和李郎都担心宫宴会拘着你。其实我也不耐烦那许多规矩，只是想着李郎致仕后，进宫赴宴的机会就少了，如今正赶上，还是要带你经历一番。"

"致仕？姑祖父，要致仕？"张九微猛然听到此等消息，也顾不得窘迫，抬头正对上二人的目光。

李靖微微一笑："正是。如今突厥已平，天下大治，圣人雄才大略，我这把老骨头也该歇歇了。"

· 3 2 ·

"可姑祖父身体还很好啊。"张九微心中不解，李靖不只军功累累，更身兼尚书右仆射，与左仆射房玄龄一起统领相权，可谓出将入相，圣眷正隆。好端端的，为何要致仕？

李靖意味深长地说："水满则溢，月盈则亏。如今我已位极人臣，此时不退，更待何时？"

张九微随即领会："姑祖父是要学张子房？"

李靖含笑不语。

张九微虽跟着张仲坚熟读史书，知道功成身退的道理，但她年少气盛，凡事都要和人一较长短，心中对李靖要放弃自己亲手挣来的功名，深觉可惜。

张出尘猜到她的心思，道："九微不必觉得可惜。李郎同你祖父，都是最桀骜不驯之人，若要他整日在中枢揣测圣意、字斟句酌，倒不如致仕回家，无拘无束来得快活。大丈夫壮志已酬，还贪恋那些富贵做什么？"

李靖听罢，握住张出尘的手，眼中情意满满，道："我李靖有妻如此，夫复何求？"张出尘也不回避，而是挑起美目，回了李靖深情一瞥。

张九微见状，再次窘得红了脸，她赶忙低下头，不敢再看，可余光还是能瞥到二人紧握的双手，心中不禁对李靖和张出尘初遇的情形浮想联翩——这个姑祖母可真是个妙人，家伎出身，却敢夜会英雄，若说桀骜不驯，她才应当是祖父他们兄妹三人中最不羁的那一个。

过了半晌，李靖突然想起什么，又问："方才宴会上，四殿下向我问起你，还说你心思灵巧，不流于俗。"

张九微对李泰的夸赞很是惊讶，回道："我去寻李真的时候，在两仪殿外碰上了几位殿下，就交谈了几句。"

李靖嘴角微微一动，没有说话，还是张出尘最懂李靖，道："九微是自家人，有什么话不能说？"

李靖听了,开口道:"九微,圣人多子,尤其对长孙皇后所出的三位嫡子爱重有加。太子虽立,但日后的事,谁也说不准,想当初在玄武门……"李靖没有继续说下去,"总之,姑祖父不是要约束于你,不过与皇子们的交往,需得谨慎。"

　　张九微见李靖的神色尤为郑重,又想起席间李真说的那些关于几位皇子的事,赶忙答道:"姑祖父的嘱咐,九微记下了。"

第四章
伽罗：剑客

正午时分，连着汴水的通济渠上江风阵阵，伽罗靠在船舱东侧的舷窗上，盯着窗外正在甲板上和船工叙话的郭海。郑齐和郑安两兄弟推门而入，郑齐径直走到床榻边，摸出一张绒毯盘腿坐下，郑安则出于护卫的习惯，在舷窗边上站定。

"你还是小心些吧，若是被郭二公发现你在监视他，莫说我们，就是九娘也难以解释。"郑安一边将舷窗合上半扇，一边对伽罗说。

"你放心，我心里有数。"伽罗嘴上说着，但身子还是听话地往里挪了挪。

"九娘的信里怎么说？真要我们分头行动？"榻上的郑齐抬眼问道。

"嗯，"伽罗从船舱的几案上拿起一封书信，递给了郑齐，"九娘遣你先回泉州，待与船队会合后，就去东海摩逸国买一批紫棠伽楠带回离岛。等船到了东都，我们便分开。"

"要买五百石这么多？！"郑齐仔细读了书信，诧异地道，"紫棠伽楠可不是寻常香木，泉州码头的账上有这么多钱吗？"

"九娘已经安排从离岛发运茶叶了，你带着我们新收的茶叶去摩逸国交易，尽够了。"

郑齐一脸苦笑："唉，本以为终于可以到长安见见世面，也不枉这两个月耗在船上走走停停，我真是……也罢，能在东都看上两眼，我就知足了。"

自二月初办妥在扬州的采买，众人便乘船沿着运河一路北上，不巧通济渠在宋州的河道淤堵，疏浚多日，眼下四月已至，竟还未到长安。

郑安走过去在兄长旁边坐下，拍着郑齐的肩膀安慰道："阿兄别不高兴，待办完了摩逸国的差事，还是有机会再来长安的。这次我就替阿兄多看看长安。"

伽罗也道："就是，九娘想来还要在长安住一段时间，下回便换你在长安陪着，我去走船，"紧接着又补充道，"对了，这次回去还要经过扬州，大少主虽然已经回岛，但你还是谨慎些，千万不要在扬州一带露了行踪。"

郑齐点头："放心，我省得。"

两人正说着，一声闷闷的撞击声从窗外传来，船身随之晃了两晃。伽罗推开舷窗向窗外望去，只见江面上不知何时出现了一座渡口，几人所乘坐的客船正要靠岸。

郑齐、郑安也快步走到舷窗旁，郑齐问道："不是说离东都还有大半天吗？"伽罗摇着头，一脸茫然。

这时舱外忽地跑进一少年船工，高呼道："几位郎君，要下船了。"

"下船？"伽罗不解，"这就到东都了？"

船工挠着头道："郎君们是第一次走水路来洛阳吧？都水监有规定，江南船只不入黄河，黄河船只不入洛水，连朝廷的漕粮都只能卸在前面的武牢仓和洛口仓。咱们的船从扬州来，按律只能到这板城渚口，各位需下船再另乘船去东都。"

伽罗没想到大唐水运还有这等规定，正欲再问，郭海从舱门处走了进来，打发船工先出去。郭海道："不必担心，我已找好了去东都的船只，咱们先下船歇息一晚，明日再出发。"

伽罗笑道:"还是二公见多识广,想是从前来过东都?"

郭海斜睨了伽罗一眼,却不作答。几人赶紧收了行李,随郭海一道下船。

郑齐碍着郭海的面,不好透露张九微信中的吩咐。只说是九娘不放心船队,命自己尽早赶回泉州。郭海也不细问,当下找了在渡口当值的津役,帮郑齐打听到两日后就有返回扬州的客船。

几人在码头附近的逆旅安顿好,便寻了一处食肆吃午饭。

板城渚口是黄河中段的重要渡口,连接着运河北边的永济渠和南边的通济渠,渡口西面分设了武牢仓与洛口仓,来储存每年经由运河运抵大唐东都洛阳的漕粮。两仓以西,洛水直通东都都城。也因此,板城渚口虽不大,但往来船只极多,除了在码头上讨生活的脚夫和都水监下属的差役,渡口上南来北往的,皆是在此处中转的行旅商客。即便只是吃顿便饭,食肆中也挤满了人。

几人在靠近柜台的食案上坐了,从水牌上随便拣选了几样蒸饼汤羹。食肆里虽也有个把穿着奇特的胡商,但伽罗缠着幞头的天竺样貌还是引来不少人注目。

这时堂口处又进来两个穿着同样月白色圆领缺胯袍的人,他们腰间的革带上挂了不少小袋囊,手中各拿一柄长剑。两人在堂口处张望片刻,径直朝郭海旁边的食案走来。

"铛——"为首的白衣之人将手中长剑甩在食案上,震得案上的一只汤碗洒出半碗汤来。那食案上原先就坐着三个人,伽罗斜眼望去,只见三人均是一样的绛紫色半臂衫。他们似乎不曾看到白衣人走近,猛地见到桌上长剑,俱是一惊。

食案左侧的人很快跳了起来,手中不知何时已多了一把匕首,登时就要向甩剑于案上的白衣人挥去。那白衣人反应也是极快,从腰间的袋囊中抽出一根看不清粗细的金色绳子,反手就将拿着匕首的那只手缚住。只听紫衣人闷哼一声,匕首应声而落,扎进了木质食案。

这几下变故就在瞬间，伽罗看得一怔，郑安却迅速地将郭海推到身边护住，左手按在腰间的佩刀上，十分戒备。食肆中也有不少食客注意到这番动静，纷纷朝这个方向看来。

"原来是'金缧绁'秦威秦二爷大驾，"邻座居中的紫衣人忽地开口道，"是我等失礼了。阿川，快给秦二爷赔罪，谢他留你几根指头。"边说边扬起右手，做了个请人落座的手势。

白衣人手上松劲，金绳早已没了踪影。阿川一听"金缧绁"名号，立刻拱了拱已然多出数条血痕的手，对白衣人道："多谢秦二爷手下留情。"

秦威看了说话之人一眼，便带着手下一同坐定。食肆的博士眼见双方没有继续动手，才敢端着做好的蒸饼放在伽罗面前。伽罗拿起蒸饼，无暇品尝滋味，而是偷偷瞟邻座的动静。

"陆督主，"秦威道，"云门坞和中州派一向泾渭分明，中州派势大，包揽运河南北的漕运，我云门坞就守着长江沿岸做买卖，自问不曾与贵派失了和气。怎么，如今中州派连我云门坞在汉水的生意也惦记上了？"

"哦？"紫衣的陆督主慢条斯理地说，"还有这等事？秦二爷可核查仔细？"

秦威剑眉一挑，道："七日前，有一计划从商州入汉水运送西域特产的商客，取消了在我云门坞的行程，把已经从长安运到商州的货物又送返了长安。可巧我七日前也在长安，就约了那商客详谈，你猜他怎么说？"秦威也不等陆督主回答，接着说："他说是贵派告知他长江下游有水患，若是从长江运送，必要在路上耽搁许久。他这才决定将货物托了中州派，改走东都到扬州的路线。"

陆督主正欲答话，秦威又盯着他说道："为证实他所言非虚，我便跟着那商客一路来了洛阳。两个时辰前，就在这板渚码头，他的货物搬上了贵派的紫帆大船。在码头上指挥的，正是你这位手下。"

说罢拔出立在食案上的匕首，递给了阿川。

陆督主眼中闪过一丝难堪，用冰冷的语气问道："阿川，可有此事？"

阿川愣了一下，和陆督主对视一眼，随即用决绝的口气说道："是属下一时贪念，抢了云门坞的生意，坏了江湖规矩，属下知罪。"接着手起刀落，用手中的匕首斩下了自己左手的后两根手指，鲜血登时溢满食案。

伽罗从未见过此等情形，惊得把手中的碗摔在案上，弄出几声脆响，惹得秦威不悦地白了他一眼。伽罗不敢再直视秦威，赶忙埋头吃饼。

中州派的另一位紫衣人见状，立刻从怀中掏出金疮药，并自内衫上撕下一片布帛，起身为阿川包扎伤口。陆督主却并未理会二人，好似刚才的一切并未发生，仍然慢条斯理地说道："秦二爷息怒，在下管教属下无方，竟让他们坏了云门坞的事，秦二爷的这单生意，我中州派必会如数奉还。"

秦威看着食案上的两根断指，沉稳地道："中州派门规严谨，在下佩服。既如此，我云门坞也就不再追究了。听闻萧掌门的千金不日就要及笄，这一单函脚，就当是我秦某人送的及笄礼吧。"

陆督主也不推辞，拱手道："那我就代萧掌门先行谢过。不知虞坞主近来可好？"

"有劳挂怀，坞主一切安好，明年的中州英雄会，坞主定会亲自前往，"秦威接着说，"我看时辰也不早了，秦某还有些俗务要理，就此告辞。"说着便起身。

陆督主也跟着站起，他和秦威相对而立，足比秦威矮了一头，但气势上却不输阵。他们双方各自拱手作别，离开前，秦威意味深长地说："大家都在江湖上混口饭吃，是敌是友，就在一念之间。望中州、云门，可以一直做朋友。"

秦威走后不到半刻，三位中州派的也走了。食肆博士面对食案上的断指和血水，满脸惊恐，好在那位陆督主离开之前在食案上多留了一贯钱，博士先把钱收入囊中，才捏着鼻子将食案收拾干净。

目睹了这一出，伽罗哪还有胃口再吃饭，他扔下蒸饼嘟囔道："郭二公，在宋州时我就听说过中州派，我以为只是漕帮想起个气派点的名字，不承想他们竟真是武林帮派啊！这江湖人士还真是说一不二，吃着饭就动起手来，看样子，武艺十分了得。"

"武艺了得的何止他们。"郑安小声道，随即不动声色地示意伽罗看向窗口。窗边的食案上坐着一身着黛黑暗纹袍衫的男子。他因背对着众人，看不到面目，但体态高壮，双肩宽阔。

"你是说，他也是江湖人？"伽罗轻声问道。

郑安点头称是："你没看到他案上也有一柄长剑吗？剑穗上还有块好大的绿玉。"

伽罗待要再看，可窗口处的食案上，哪里还有人影。

四月初八巳时刚过，一身唐人打扮的伽罗拽着郑安，在东都的洛水南岸，穿街走巷。二人经崇业坊向南，又过安业坊往西，才勉强在安业坊通往宣凤坊的石桥上，看到了郭海的身影。

"伽罗，你慢点，我们这样跟着郭二公，总是不妥。"郑安有些不安地提醒道。

"我也不想总盯着郭二公，"伽罗放慢脚步，"可九娘是这样吩咐的，咱们得照办。"

郑安道："今日是浴佛节，二公礼佛一向虔诚，定是去参加什么法会。要我说，就别跟了。"

"那不成，"伽罗摇着头说，"要是法会结束后二公去别处呢？"

郑安抱怨道："九娘的心思真是越来越难琢磨了。郭二公还有什么不放心的？他在岛主身边的日子比你我的命都长。要是让岛主知道我们在跟踪郭二公——"

伽罗打断道："你莫要胡言。九娘从来不曾怀疑过二公，她只是想搞清楚岛主派二公随九娘来大唐的目的罢了。"

"目的？能有什么目的？不就是来送信吗？"

"可信在扬州就送到了，九娘去长安自有李相亲自照看，二公实在没必要也跟来。你想想，二公何时离开过岛主这么久？他可是流波岛的大管家，他不在岛上，那些船务要谁来处理？"

"你是说——"郑安逐渐反应过来，"难道岛主要让位于大少主了？"

张仲坚近些年已不大过问流波岛上俗务，只每月听郭海和儿孙几人说说要紧事，如今郭海远在大唐，那流波岛的日常事务势必由张承谟经手……这些事张九微的信中没有明说，但伽罗与张九微一起长大，她心里想什么，伽罗最清楚不过。

"这正是九娘最担心的事。岛主虽已将三大离岛之一给了九娘，也允许她建立自己的船队，但如今她和大少主的关系，唉——"伽罗重重叹了口气。

郑安听罢，忽地冒出一句："如果九娘是大少主的女儿就好了。"是啊，如果九娘是大少主的女儿，一切问题都迎刃而解。可惜张承谟对自己的长子张夔寄予厚望，岛主百年之后，张夔怕才是流波岛的继承人。

两人想到此处，都不愿再说，一路沉默着进了淳风坊。谁知刚进坊门，顿觉头上滴下几缕水珠，抬头望去，只见坊门不远处站着几个比丘尼，手捧盛满水的银盆，正用柳条沾了盆中之水，向入坊的人们身上洒。被洒到水的人，都双手合十，念句佛偈；而没被洒到的，则努力凑上前来，非要等到被洒上了，方肯离去。

伽罗和郑安四顾相望，淳风坊内香客甚众，哪里还有郭海的踪迹。他二人被人流推着向前走出数丈，这才看到淳风坊西面有处名为圆行寺的佛寺，此刻正是人声鼎沸。香客们一拨接一拨地跨过山门，从天王殿、观音殿到地藏殿、迦蓝殿，再到正殿大雄宝殿，一路拜过。每个殿内，都有圆行寺的僧人正在用浸了香料的圣水擦洗佛像，每擦完一尊，便用柳枝沾了圣水向自己和香客身上泼洒一些。而有幸沾到圣水的香客，少不得要拿出些银钱贡品，放在佛像前的香案上。

伽罗不信佛，但也觉得这浴佛节比想象中有趣，便站在大雄宝殿前的庭院里看热闹。没多久他就发现，每每有穿着华丽、有婢女仆从陪着的香客，在得到圣水泼洒后，就会被引入东侧的迦蓝殿。在那里的僧人祝祷下，他们或拿出金饼，或解下钗环留在殿内，之后又是一番合十诵念。

伽罗边指给郑安看，边道："看来开寺院还是笔好买卖。"

郑安尚不及回答，就听得身后一声呵斥："放肆！"两人回头，正撞上郭海愠怒的脸。

郭海教训道："我佛慈悲，度一切众生。六般若蜜，檀度为初，四摄行中，布施为首。这些香客各出其财，聚集一处，然后布施天下贫穷孤老，实乃是大功德。你怎可以私心度之？"

伽罗赶忙躬身认错："是伽罗无知。还请二公恕罪，以后不敢了。"

郭海袖摆一扫，问道："罢了。你二人怎么会来此处？"

"我和郑安在街上闲逛，听路人说今日圆行寺有浴佛节的法会，想着以前也没见过，就跟过来见识一下。"他说着迅速给郑安使了个眼色。

郑安也拱手道："正是。没想到竟然碰上了二公。"

这时从迦蓝殿跑过来一个小沙弥，对着郭海合十道："这位施主，斋堂就要发糕糜了，住持请你去吃呢。"

郭海合十谢过，转身对伽罗和郑安说："既来了，就跟我一道去斋堂吧。"

小沙弥引着三人穿过大雄宝殿东侧的山门，人声顿时消弭了许多，看样子这片区域只有寺内僧人和受邀请的香客方能进入。三人跟着小沙弥又走过两间院子，圆行寺的斋堂即在眼前。

　　"咦——"伽罗眼尖，立刻认出斋堂西角正坐着几日前在板城渚口的食肆里见过的白衣人。郭海和郑安经他提醒，也都想起了那位用金绳锁手的秦二爷。他今日穿了一袭深绿色圆领缺骻袍，腰间的革带上仍系着好几个袋囊，但不曾佩剑。同那日在食肆中的咄咄逼人相比，今日的秦二爷敛了杀气，剑眉星目，倒是个仪表堂堂的中年人。

　　那秦二爷也很快认出了天竺样貌的伽罗，突然对三人拱手道："诸法因缘生，在下秦威，看来和各位很有缘。"

　　郭海回礼："幸会幸会。在下郭海，这是我的护卫郑安，随从伽罗。"说罢三人一同上前。

　　众人落座后，秦威道："几位想必是来东都走货的外地商贾？"

　　郭海笑道："我等的确是东海商人，不过此番来东都，只是路过，倒不是为了生意。"

　　秦威道："没想到伽罗兄弟唐话说得这样好，而这位郑安兄弟怕也不是大唐之人吧。"

　　三人微微一惊，极少有人能看出郑安与唐人的细微差异，郑安回道："秦二爷好眼力！在下是百济人。"

　　秦威笑着说："过奖。秦某不过是行走江湖日久，比寻常人多些见识。长江之上，来往的商贾中也不乏百济、新罗之人，是以看得出来。"

　　"原来如此。"

　　伽罗抓住机会问道："秦二爷，那日你在板渚好生威风，用那金绳几下子就制住了对方，敢问是什么绝技，这样神奇？"

　　秦威谦虚道："绝技倒谈不上。我云门坞中人经年在船上讨生活，少不得日日与绳索打交道，有前辈就从绳索中发展出一套武功。

秦某不才，虽不能将之发扬光大，但也勤加苦习，因我惯用金色绳索，江湖上便送了我'金缧绁'的名号。"

伽罗边听边扫了一眼秦威腰中的袋囊，心想原来那金绳还有这般来头。

正说着，寺院的住持带着小沙弥开始在斋堂中分发浴佛节的糕糜。发完之后，住持颔首合十，对着斋堂内的众人道："大乘法内，自利利他，我三阶宗依大悲心立此无尽藏，受各位香主慷慨布施，贫僧在此谢过。信行祖师当年发愿，曰'众生界尽，此藏乃尽'，我圆行寺上下，愿秉承祖师宏愿，供养众生无尽，阿弥陀佛。"

郭海听罢，肃然起立，合十胸前。伽罗和郑安也赶忙跟着郭海一道站起，念了句阿弥陀佛。倒是秦威，仍然坐在蒲团上，只对着住持合十一下，以示礼貌。

他对郭海道："想不到郭公如此虔诚，不似我等，徒留个布施的美名，其实不过是身在江湖，难免造下杀孽，求个心安罢了。"

"秦二爷不必妄自菲薄，"郭海摆摆手说，"布施乃是第一等的功德。常行相续曰无尽，含蕴一切是为藏，三阶宗设下这无尽藏院，将所得的布施积蓄为'香积钱'，出借给需要之人，再用所得之利钱供养寺内迦蓝增修，开设病坊、悲田坊照顾鳏寡孤独。秦二爷出手散财，既帮助了急需香积钱周转者，又供养了三阶宗照料的穷苦百姓，怎么能说是徒留美名呢？"

秦威听罢，露出恍然的神情。"郭公博闻，我还头一次听说三阶宗的无尽藏是这个意思，"接着又眉头微蹙，问道，"郭公可知如今两京上下，对这无尽藏有何传闻？"

"传闻？"郭海不解。

秦威看了看斋堂四下，小声道："郭公远道而来，必是不知。听闻当年创立三阶宗的信行大师圆寂之时，曾说了一段偈语，就是刚才住持念的'众生界尽，此藏乃尽'之类，本也不是什么大事。可后

· 44 ·

来三阶宗在长安的化度寺失火，当时正逢太上皇入京靖难，化度寺中的一件圣物，叫什么六藏图来的，便在兵乱中遗失了。"

伽罗一听到有宝物，立刻来了兴致，插嘴道："还有这等事？那后来呢？"

秦威继续说道："后来就有了传言，说那六藏图之所以是圣物，乃是因为图中有信行大师留下的秘语，而三阶宗所谓的无尽藏，正是信行大师和他之前的佛家大德们留下的一批珍藏。"

"那就是说，谁要是找到了六藏图，谁就能找到那批宝藏？"伽罗听得两眼放光。

"正是。"秦威点头。

"一派胡言！"郭海突然怒道，"三阶宗建立无尽藏院，乃是为普济众生，信行大师一代高僧，又怎会盘积财物？就算真有宝藏，也早拿来济世救人了。"

伽罗见郭海动怒，立刻住嘴。秦威打圆场道："郭公莫恼，这都是些没来由的市井传言，至今也没人能说清那六藏图到底是何模样，那批珍藏又有何来历。今日我听郭公解释无尽藏，深觉有理，这传言怕做不得真。郭公且看今日有多少香客前来布施，便知传言归传言，三阶宗到底是佛家正法。"

经秦威这么一说，郭海没再多言，但伽罗总觉得郭二公的目色中隐隐熠动着忧虑。

众人在斋堂用完糕糜，浴佛节的仪式也告一段落。得知秦威宿的逆旅也在洛水边，便邀秦威同行。一路上，伽罗与秦威互相交流船务，又见秦威为人豪爽大气，更觉亲切。

就这么边走边聊地到了洛阳南城中的修业坊，经过西面坊门之时，一全身红衣，还披着红色斗篷的人突然冲出，差点撞在郭海身上。只见他棕发碧眼，须髯浓厚，用不太流利的唐话大呼："杀，杀人啦，救命——"再听坊内，确有呼号之声。

秦威一个箭步冲进修业坊内，郭海给郑安使了个眼色，命他跟上。伽罗扶着郭海顺着声响，很快摸到了事发地——一座祆祠。里面又有几个红衣胡人跟跄着跑出，隔着正在燃烧的圣火坛，似有一高大的黑衣身影，正用长剑在地上翻找着什么。

还未等秦威与郑安进入祆祠，那黑影似乎已觉察到身后有异，立刻挥剑斩向火坛，凭剑气带出火坛中正在燃烧的木炭，朝秦威二人泼来。秦威与郑安反应都是极快，纵身跃起，避开了炭火。郑安拔刀出鞘，借着跃起之力，向黑影劈去。那黑影轻轻一弹，向后数步，显是有上乘轻功。他同时手腕翻转，提剑向郑安刺出。郑安看清了招式，执刀反击，秦威也趁势欺近黑影身侧，手中无声无息间又多了一截看不清长短的金绳。

刀剑相交之际，劲力之大，令郑安险些握不住刀柄。黑影这厢压制住郑安，转眼间剑光疾闪，剑尖已向秦威刺去。秦威也不慌乱，侧身闪过，避开的同时，右手金绳送出，与黑影的长剑擦出一道金光，眼看就能将长剑缚住。岂料黑影手下迅速变招，突然将长剑横过来，在剑柄处一推，长剑脱手，受力飞速向前滑出金绳。黑影足尖点地，从秦威和郑安中间轻巧绕过，然后又一次握住了剑柄。

郑安是流波岛上数一数二的好手，不然岛主也不会派他随九娘远赴大唐。伽罗从未见过他与人动手时落得如此被动的境地，更何况眼下还有秦威与他一同对阵。

那黑影回身连刺三剑，逼得郑安连连退后，同时左手弹出两枚看不清的物什，直扑秦威。秦威闪身避过，待两人站定再想进攻之时，那黑影早已施展轻功，跃出了祆祠。

秦威叫了声"莫追"，郑安停下脚步，伽罗和郭海也迎上来。只见祆祠内一片狼藉，有几个红衣祭司躺在地下，都被击昏，倒是没有出人命。之前奔出修业坊呼救的红衣胡人也跑回来了，他躬身向秦威、郑安频频致谢。

一番询问下来才知，那红衣胡人正是这座祆祠的祆祝。据他说，今日午后，他们正在祆祠中祭拜圣火，突然遭到那黑衣蒙面人的攻击，主持祭礼的祆正最先被击昏，他则趁乱逃了出去。清点下来，祆祠内没丢什么重要物件，被击昏的祆正和祭司虽有被搜过身的痕迹，但也未少什么东西。祆祝还透露，东都洛阳一共有两处祆祠，几日前，从善坊的祆祠在夜里也受到同样的攻击，都是一黑衣蒙面人所为。

郑安回忆道："伽罗，你记不记得那个在板城渚口的食肆里的黑衣剑客？"

未等伽罗回答，秦威先问道："什么黑衣剑客？"

郑安于是将在食肆中见到黑衣剑客的事说了。

"照你这样说，这人在板城渚口就见过我们，你确定是他？"

郑安回道："我记得他的绿玉剑穗，且看身形也是一样魁梧。"

秦威思忖半晌，伽罗见他表情凝重，不禁问道："秦二爷，依你看这黑衣人是何来历？"

秦威摇摇头："秦某大部分时间在长江沿岸活动，并不经常到北方来，委实说不上。不过，此人在我和郑安兄弟夹击之下，数招之内便全身而退，武功之高，实为罕见。诸位务必小心为上。"

白日里竟有黑衣剑客偷袭祆祠……伽罗兴奋地回味着刚才的高手对决，越来越期待长安之行了。

第五章
张九微：老铺

"什么？！这是祖父在长安的铺面？"张九微手中的一盏茶没拿稳，摔在案上，扬起的茶汤溅了自己一身。不等伽罗出声，立在下首的老掌柜已经唤来婢女，帮张九微擦了，顺道又换了一盏新茶。

婢女退出房间后，郭海引着老掌柜，对张九微道："九娘，这位是懿烁庄的掌柜张长盛，原是岛主家仆，已在长安为岛主经营这间商铺多年了。"

郭海和伽罗等人刚到长安没几天，就给张九微带来这么个惊人的消息。一身灰绿色对襟长袍的老掌柜对张九微拱手一揖，道："老奴见过九娘。"

张九微赶忙从坐榻上站起，对着老人回礼，说："张掌柜莫怪，九微不知你竟是祖父旧人，刚才在前厅问价唐突，多有失礼。"

张长盛笑得很是和煦："九娘不必在意，行商之人，询价仔细些是正理。岛主信中时常夸赞九娘干练，今日一见，却是如此。"

郭海接过话来："张掌柜，岛主的信想必你也看了，岛主打算将两京的铺面暂时交给九娘打理，日后，铺面上的事，你与九娘直接商量便是。"

郭海的一席话，让张九微当即愣住——流波岛在长安西市有一间极大的铺面也就罢了，怎么连东都也有？还要交给自己打理？一连串的疑问扑面而来。

张长盛显然没注意张九微的愕然，自顾自地娓娓道来："九娘，咱们懿烁庄是这西市唯一一家三个摊位连在一起的铺面，卖的都是海外商货，有珠宝首饰、药材干货、脂粉香料，还有各种时下流行的物件。长安的贵人们新鲜东西见得多，眼光也挑剔，所以经常需要翻新花样。岛主远见，当年离开长安时没有关掉这铺面，后来时运好，我又在东都也开了一间分店。这两家商铺的收入虽然不能跟海上走货相比，但好歹也算为岛主在长安留了份基业。"

"张掌柜辛苦了。"张九微敷衍道。她此刻还顾不上了解这懿烁庄，眼睛不断瞥向坐在榻上默默吃茶的郭海。祖父到底还有多少自己不知道的事？难道这就是郭海也跟来长安的原因？

张长盛还要继续，却被郭海打断："张掌柜，说是要交给九娘，可也不急在一时。九娘现下就住在平康坊，日后少不得经常来你这。"

张长盛道："是老奴心急了。铺子就在这里，老奴随时恭候九娘。"他接着道："郭公离开长安这么多年，现下回来，一切可还习惯？长安的景致比当年，怕是变了许多。"

张九微心下更加诧异。从前听大伯父说，郭海是祖父已在流波岛定居后才到岛上来的，只知道他是大唐齐州人氏，却不承想他也在长安住过。只听郭海回道："劳张掌柜挂念，长安如今繁华更盛，却也物是人非。"

"二公，"伽罗没忍住，问道，"原来你从前在长安？怪不得你对长安的里坊、街巷，那么熟悉。"

"都是过去的事了，"郭海语带怅然，"武德元年，太上皇入京，我为避兵乱，逃离长安。没想到一走就是十六年……"

"那二公在长安还有亲人吗？"

"亲人？"郭海似乎在玩味这个称呼，"哪里还有什么亲人？若是当年侥幸能在兵乱中活下来，如今也早已不知去向。天涯路远，不敢奢求再见。"他说完默默地放下茶盏，话语中的苍凉，让张九微也莫名有些哀恸。

回平康坊的路上，郭海和张九微在前面走，伽罗和郑安在后面跟着，张九微再也按捺不住，问道："郭二公，今日之事为何不早点说与我知晓？害我在老掌柜那里洒一盏茶。"

郭海道："本来我是打算先与张掌柜知会一声，再告知你的，可不承想九娘会在西市里四处询价，打听货源，还正好打探到懿烁庄去了。如若不当场点破，只怕张掌柜日后得知，会以为岛主对他不信任，让你暗自探访商铺的情况。九娘打翻那盏茶，才正好说明你并非故意。"

自从派郑齐远赴摩逸国收购紫棠伽楠，张九微就想尽快在长安找到可以接手的买家，这才经常女扮男装，在长安的东市、西市进进出出。可这些计划不能让郭海知道，只能含糊道："我就是好奇长安人都喜欢什么，想看看这里是不是真像传言中那样无所不有。"

"是吗？"郭海眯起眼睛，顿了顿道，"九娘有心，想必定能将懿烁庄打理好。"

"说起懿烁庄，祖父也是，流波岛在长安有铺面的事，竟瞒了我这么多年！"张九微突然觉得与一向疼爱自己的祖父生分了几分。

郭海道："九娘才多大年纪？要管理船队已然很辛苦了。若不是因为有李相和夫人照看，岛主岂会放心你独自一人在长安？既不会在长安，那知不知道商铺的事又有何分别？"

面对郭海的发问，张九微一时语塞，挤出一句："那大伯父知道吗？"话刚出口，张九微就觉得好笑，明知答案的事，为何还要问。

"知道，"郭海倒也坦白，"不过也只有大少主知道。岛主严令此事不能外传，即便是二少主和夔郎，也没有告知。"

二伯父和堂哥张夔也不知道？这倒有点意外。

"流波岛在长安有铺面，又不是什么坏事，祖父为何要瞒着大家？"

郭海谨慎地环顾四周，眼下周围除了有个别卖吃食的摊贩，倒也没多少人，他确认无人可以听到才小声说："九娘可知，岛主当年同李相结拜后，也曾见过当今圣人？"

"啊？"张九微惊得停了脚步。

"正所谓乱世出英雄，岛主壮年时，也确有逐鹿中原之心，但自那年拜会过还是二公子的圣人后，自叹弗如，便彻底断了要在中原立业的念头，从此远走海外，直到占据了流波岛。也正因此，岛主再未回过长安。"

"这是为何？"张九微刚问完便手心冒汗，"难道……难道祖父是怕圣人忌讳？"

"天家也许对东海上的一群岛不以为意，但为了子孙后辈，岛主却不能不谨慎。当今圣人雄才伟略，既有经天纬地之能，又有威服四海之心。短短数年，已经荡平突厥，让整个西域臣服。我听闻，如今西域诸国和突厥旧部，都已尊称圣人为'天可汗'，而海上的高句丽、新罗、百济，也都上表尊圣人为共主，就连倭国、林邑、狮子国，哪个不是经年来大唐朝贡？东海上比咱们流波岛小的国家甚多，可岛主却始终不以国主自居，对外只称是岛，九娘以为是何故？"

张九微回想起从前在流波岛上，往来的船只中，除了商船，最多的就是往大唐的贡船，略带犹疑地答道："祖父是不想向大唐朝贡？"

"是，也不是。上贡的钱财事小，但若是以国自居，便无法远离长安的视线。岛主与李相的关系，圣人也清楚。李相手握军权，屡立奇功，在大唐军中颇有声望，但在平定突厥后，也被人借故弹劾。他若是与海外岛国的国主扯上关系，难免要惹人猜忌。岛主纵然万分思念义弟、义妹，但为了大家的安定，也只能此生只以书信相通。"

张九微终于恍然，祖父这么多年不履中土的背后，竟有这诸般

· 51 ·

苦心。

郭海继续说道："岛主没有撤走懿烁庄，为的是能在长安留下个耳目，也好时时知道大唐的消息。眼下九娘虽接手，但还是得继续瞒住李相。李相位高权重，咱们更得避嫌，我和伽罗、郑安不入李相府邸，在平康坊另寻住处，也是为此。这不管是对李相，还是对我们，都有好处。李夫人思虑周全，说你是她的侄孙女，再好不过。"

张九微点点头，道："九微明白。"

此时，众人已快走到平康坊，张九微给伽罗和郑安使了个眼色，对郭海道："二公，我答应了姑祖母要去香铺买香，东市这个时辰有点乱，就让伽罗和郑安陪我一起吧。"

郭海点头应允，只叮嘱一句"别误了关坊门的时间"，便独自踏进平康坊。

郑安见郭海走远了，一本正经地问道："九娘，东市有什么不老实的人吗？要是有，我替你教训他。"

伽罗用手肘撞了一下郑安："呆子！出入东市的都是皇亲显贵，怎么可能会有贼人？九娘这是要支走郭二公。"

张九微看着笑吟吟的伽罗："还是你机灵。"

三人在东市外找了一处不显眼的食摊儿坐下，顺手点了几样小吃。张九微揪着自己手中的胡饼，半天也没吃一口，蹙着眉头问道："伽罗，你觉不觉得祖父遣我来大唐送信，另有深意？若是如郭二公所说，为着不让圣人忌讳，祖父更没理由让我来长安。再说，给姑祖父送信，派谁不行？你说，是不是因为我在岛上总和大伯父针锋相对，祖父才有意要支开我？"

伽罗忙道："九娘说哪里话？就算岛主真的在九娘和大少主之间有些为难，那也是因为手心手背都是肉，不过，九娘你才是岛主的手心肉。"

"就你会说话，"张九微被伽罗逗笑了，"可郑齐的来信你也看过，咱们前脚才离开泉州，大伯父后脚就派人去跟泉州的唐商接触。虽然现在那些唐商还在跟我们交易，但日后怎样，谁也难说，这都是因我来了长安的缘故。"

"九娘，其实之前我也疑惑岛主的安排，但今日得知了懿烁庄，便都说得通了。我想，岛主定是觉得九娘那么短的时间就把泉州的商路打通，极有才干，才要你千里迢迢地到长安来接手懿烁庄。"

"你真这样想？"不知为何，张九微就是无法这样说服自己。

"当然啦。九娘你看那懿烁庄的老掌柜年纪足有六十了，若此时还不派人来接手，万一哪天他……到时再派人来，岂不忙乱？郭二公说得对，既然要你来长安接手生意，那当然要先送信给李相，拜托他照顾你，不然以岛主对九娘的疼爱，他怎么放心得下？"

"就是，伽罗说的在理，岛主对九娘，那真是一片慈爱，发自肺腑。"郑安也赞同道。

张九微听罢，心中安定许多。

伽罗继续说："九娘，之前你不是正为紫棠伽楠寻买家的事发愁吗？这回好了，咱们在长安有了自己的商铺。大少主的手再长，也伸不到长安来，以九娘的聪明才智，定会有比泉州更大的收益。"

张九微被伽罗点醒，与其在这里揣测祖父的心思，倒不如先将眼前的事做好。大伯父在扬州尚且还要看崔奉天这些唐商的脸色，而自己手握两京商铺，怎么经营都能自己说了算。想到这里，张九微觉得祖父之前隐瞒长安老铺的事情也不怎么要紧了，现在更重要的，是想想怎么将紫棠伽楠运来长安。

"你说得对。泉州的事，既然已经预计到，就不算失了先机，大伯父有张良计，我难道就没有过墙梯吗？"张九微说话间，又恢复了往日踌躇满志的模样。

初夏的长安，惠风和畅，碧柳如烟，一派明丽之色。

张九微刚在懿烁庄里与老掌柜看了两个时辰账簿，眼睛酸痛，但收获不小。

老掌柜张长盛是个实在人，张九微本来还担心他与自己素未谋面，加之自己年幼，他不肯将商铺之事交托。谁知这老掌柜打理店铺兢兢业业，对待张九微也诚心诚意，将铺面上的事讲得很仔细，但凡人有不懂的，也都尽心解答，似乎早就在等有一天将店铺交予他人。张九微不禁对祖父识人的功夫很是叹服，怪不得可以这么多年放心待在流波岛。

因惦记着要给张出尘买糕点，张九微和伽罗提前拜别老掌柜，从西市热闹的北门穿出。张九微刚在玉津家包好两块七返膏，就听伽罗道："九娘，你看，那是不是郭二公？"

她顺着伽罗手指的方向看去，果然瞧见了穿着白色袍衫的郭海，正骑在马上。他只身一人沿着醴泉坊西侧的街巷向北而去。眼下离黄昏击鼓宵禁只剩一个时辰，郭海却朝着与平康坊相反的方向走，张九微心下生疑。

"伽罗，你先回去，我去看看郭二公。"张九微吩咐道。

"九娘，天色不早了，还是我去吧，要么我陪你一道去？"

"不行，你的样貌太扎眼，"张九微说着已经跃上马背，"不用担心，我去去就回。"

本来跟得很紧，可路过居德坊路口时，居德坊内忽地涌出许多高鼻深目的西域胡人，把本就狭窄的小巷挤得满满的。张九微在胡人堆里穿行，听他们用自己听不懂的胡话交谈，偶尔冒出几个唐音，都是"圣火""萨宝"之类。

总算挪到了义宁坊的坊墙外，发现郭海的马拴在离坊门不远处，张九微立刻策马入坊，未料这拴马的地方是一处佛寺。

望着那山门上写着"化度寺"三字的鎏金匾额，张九微好生无奈，郭二公也太虔诚了，大老远的从平康坊一路过来，竟是为了礼佛，早知道就不跟来了。

她望望天上日头渐西，也该是回去的时候，若是错过关坊门的时间，跟街上的金吾卫可说不清楚。于是拽住缰绳，要调转马头出坊。

谁知身后突然蹿出两匹快马，眼看就要撞上，那马上之人骑术倒也精湛，瞬间调整了方向，从张九微身边擦过，但张九微的马还是受了惊，嘶鸣一声，将她甩下马背，之后拔足奔出了义宁坊。张九微摔得眼冒金星，趴在地上，迷糊中被一双有些冰冷的手搀扶起来。

"这位郎君，你没事吧？"张九微眼前晃着的人影问道，"我刚才跑得太急，没想到惊了你的马，实在对不住。"这时另外一匹马上的人也赶了过来，张九微终于看清把自己撞下马的罪魁——两位黑衣黑靴的年轻人。

她二人虽都是男装打扮，但因张九微自己也常穿男装，一眼就看出这其实是两位十七八岁的小娘子——一人肤色略深，颧骨处带着红晕，眉目舒展，不大像是唐人；另一人则面容清冷，苍白的脸上黛眉如墨，目若幽兰。

"我还好，没摔到实处，"张九微掸了掸身上的土，环顾四周，"咦——我的马呢？"

面色清冷之人歉然道："那马儿受了惊，自己跑了。"

"跑了？"张九微吃惊地张了张嘴，"这下可麻烦了，只靠步行，黄昏之前我哪里赶得回去？"

两人对视一眼，似乎是下了很大的决心，道："不知郎君住在哪个里坊？我二人或可送你回去。"

张九微正要答话，身后却传来一声呼唤："九微娘子——"她忘记自己此刻穿着男装，下意识地扭过头去，只见五皇子李祐正和两个仆从一道，站在化度寺的山门内。

张九微认出他来，便顾不上身边的两个年轻人，忙赶上前去，拱手施礼："九微见过五殿下。"

李祐不紧不慢地从山门里走出，打量了一番男儿装扮的张九微，摆手道："免礼。刚才差点不敢认，九微娘子这身打扮，可是要进化度寺礼佛？"

"并不是。九微只是策马逛到此地，见这佛寺气派，便来瞧瞧。五殿下怎么也在此处？"

"我是真来礼佛的。我舅父还在寺中添香油钱，我在此处等他，没想到碰上了九微娘子。话说，你的马呢？"

"刚才被人冲撞，马受了惊，眼下不知跑去哪里了。"

"还有这等事？"

正说话间，从化度寺中跑出一个仆从小厮，对着李祐道："五殿下，阴侍郎带话，说他还要在寺中与住持讨论佛理，让殿下不必等他。"

李祐挥挥手，说了声"知道了"，便又转向张九微："娘子既没了马，平康坊又远，不如我送娘子回府？"

张九微看了看李祐，忽地想起宫宴那日李靖在马车中对自己的嘱咐，连忙推辞："九微怎敢劳烦五殿下？刚才撞我下马的人已经答应了要送我回去，喏，就是他们——"张九微转身要指给李祐看，可身后的空地上一个人也没有，只那两匹黑马还立在原地。

"人呢？"张九微奇道，赶紧小跑两步。眼看就要到马身边，却听义宁坊内传出一声口哨，那两匹大黑马听到哨声，立刻扬蹄直奔。张九微来不及躲闪，向后仰倒。

"娘子小心！"李祐及时出现在张九微身后，托住了就要摔倒的她。

张九微回过神来，见李祐仍扶着自己，二人脸颊相距不到一尺，他望着自己的眼中说不清是关切，还是戏谑，赶忙站直拱手道："九微没事，多谢五殿下。"

"这下马全跑了，你打算怎么回去？再有三刻，平康坊的门可就要关了。"李祐似笑非笑地问道。

张九微心下焦急,进不去坊门是一回事,若待会儿郭海从化度寺出来见到自己,可很难编出能让他信服的说辞。想到这儿,张九微也顾不得那么多了,对着李祐示弱:"还烦请五殿下送九微回去。"

李祐笑着点头,随手招呼随从牵来自己的马,他飞身上马后,伸手给张九微:"上来吧。"

张九微迟疑地看着他:"殿下要和我共乘一骑?"

"不然呢?"李祐眼里的笑意未减,"难道你要和我的仆役共乘一骑?"

张九微瞅了瞅李祐的随从们,无奈地握住李祐的手,借力上马。李祐双手自然地环在张九微身前,他身上不是寻常贵族爱用的檀香,反而有股说不出的药香气。张九微觉得奇特,不禁凑近想确认。未料李祐注意到她的举动,低头看过来,嘴角勾出一抹轻浮的笑意。张九微立刻坐正,没话找话地问道:"九微不知,五殿下竟也是虔诚礼佛之人。"

"虔诚谈不上,都是受我舅父影响。我母亲阴德妃染疾,多日不愈。舅父和化度寺的住持相熟,我便随舅父来给母亲祈福。"

他原本面如冠玉,生得十分俊秀,就是眉宇间总有股阴郁之气,如今说起母亲的病情,眼中又添了一丝郁结。张九微记起阴家与皇室之间的纠葛,想来他母亲在宫中的日子未必好过,于是安慰道:"想必化度寺的住持定是位高僧,有高僧诵经祈福,阴德妃的病一定很快就会痊愈的。"

李祐鼻中轻哼一声:"哪里是什么高僧,真正的高僧早就被请去九成宫了。"

九成宫是距长安不远的离宫,张九微听李靖说,圣人每年都要去九成宫避暑,今年去得尤其早,三月中就已在九成宫处理朝务。

"九成宫?难不成是圣人有恙?"

"不是陛下,"李祐摇头,"是长孙皇后。普光寺的昙藏法师此刻正在九成宫为皇后祈福。若不是皇后本人劝阻,太子本来还奏请了大赦天下,度人出家,陛下也是准了的。也就只有为长孙皇后,陛下才肯如此。"

张九微听他言语中带着不忿,便问道:"殿下是觉得圣人偏心吗?"

"你——"李祐的心思被直接点破,一时不知说什么好。

张九微冲他眨了眨眼,长长的睫毛也跟着颤动:"我祖父有三个儿子,重要的事只交代给我大伯父,在孙辈中却最宠我。人非木石,当然做不到一视同仁,更何况圣人还有偌大的后宫?偏心就是偏心。"

李祐听罢,目色舒展许多,凑在张九微耳边道:"李相素来谨慎,在朝堂上也恂恂不言,若听到你刚才所说,定要责罚于你。"

他温热的男子气息漾来,张九微脖颈处立时一紧,她赶忙侧身避开,回道:"所以这番话我只对殿下说,而不同我姑祖父说。再说了,话虽是我说的,但却是殿下心中所想,要罚也应先罚殿下才是。"

李祐笑道:"如此说来,还都是我的不是了?"

"正是。"张九微回答得一本正经。

"好个巧舌如簧。"李祐突然左手扬鞭,猛抽几下,座下马儿受痛,在宽阔的金光门大街上狂奔起来。张九微惊呼一声,不自主向后靠去,李祐非但不躲,反而趁势将张九微环得更紧。

马蹄的奔踏声中,李祐身上似有若无的药香,忽近忽远地萦绕在张九微鼻尖,让她有些喘不过气。就这样一路奔至平康坊,眼看就到坊门了,李祐才收紧缰绳。没等马停稳,张九微迅速从马上滑下,转身对着李祐拱拱手:"今日多谢五殿下。天色不早,容九微告辞。"

"九微娘子——"李祐在身后叫了一声,但张九微却权当没听到,径直而去。

第六章
慕容婕：暗哨

"啾——"慕容婕在长安义宁坊一处无人的窄巷里，吹出一声奇特又响亮的马哨。

不一会儿，两匹毛色黑亮的青海骢就顺着马哨的声音飞奔而至，慕容婕和师姐曲妍见到黑马，都高兴地迎了上去。那两匹黑马极通人性，在两人的轻抚下，各自抬头顶了顶自己的主人。

"刚才你干吗要下马？"曲妍诘问道，"那人骑术不精，关我们何事？摔便摔了，咱们跑得这么快，量他也看不清是谁撞的。"她双颊本就自然红晕，这会儿话说得急，脸上更加红了。

慕容婕没有看她，继续抚着自己的爱驹，淡淡地道："平白伤人总是不对，我不过是怕那小娘子摔坏了没人管。"

"小娘子？"曲妍奇道，"她是女的？"

"嗯，你没听化度寺山门前那人叫她九微娘子？"

曲妍撇撇嘴："不管她是男是女，你都差点误事。若我们真送她，未必就能在坊门关闭前回来，这坊门坊墙难不住你我，可追风和逐日怎么办？"

慕容婕没打算认错，只道："既然天色不早，那现在就出发吧。"

曲妍愈加生气："慕容婕，不要仗着你的身份就这般态度，说到底，只要大宁王不认你，你就还不是我吐谷浑汗国的公主。"

慕容婕冷冷地看了曲妍一眼,道:"曲师姐,我唯一的身份,就是大宁王的死士。"

曲妍还想再辩,但化度寺的方向传来钟声阵阵——酉时了。二人迅速将追风和逐日就近拴住,快步奔向化度寺,从佛寺西侧无人处,纵身跃进。

化度寺西侧都是常青的古树,师姐妹二人转眼就攀上了一株最高的。慕容婕单手扒着树干,从古树的顶端向下眺望。她向来目力极好,即便此刻天光渐褪,她还是一眼就瞥见了化度寺西北角青黑色的檐顶上,有一片涂成红色的瓦。

"在那里——"她指着红瓦小声道。

曲妍颔首会意,二人在树冠檐顶间轻盈纵跃,只片刻工夫,便摸到了红色瓦片处。慕容婕熟稔地抽出靴中的匕首,用刀尖轻巧地在瓦片四周划过,伴随着一声极细的声响,红瓦松动。慕容婕翻转瓦片,红色印痕处出现一行熟悉的刻字——平康坊环采阁切口,下面是由三条线交叉出的山形图案,这果然是师父留下的暗记。

就在暗自欣喜的同时,一丝淡雅的香气从瓦片下方飘然而来,身旁的曲妍突然用手捂住她口鼻,在她耳边悄声道:"有毒。"

慕容婕这才警醒,立刻从腰带上解下一块巾子,系在脸上。

奇怪,佛寺中怎么会有毒烟?曲妍眼中也闪动着同样的疑虑。二人隔着椽子仔细向屋中看去,只见这间不大的厢房里,烛火通明,正面对面坐着一僧一俗。

"阴侍郎,"穿着赤色袈裟的僧人问道,"刚才坐禅可悟到什么?"

"玄智法师勿怪,"坐在蒲团之上的中年男子双手合十,"在下还是不能收摄心神,脑中未见清明,倒是看到不少幻象。"他身后一顶银质镂空的香炉中,正袅袅地吐出缕缕轻烟。

那法名玄智的僧人一边斟了茶递给中年男子,一边道:"无妨,以心为镜,便会照出诸般虚妄,不知阴侍郎看到了什么?"

男子恭敬地接过茶盏一饮而尽,不无忧惧地说:"在下看到父亲被恶鬼环伺,又看到他困在冰面下,正呼喊着我。"

"阿弥陀佛,"玄智合十,"阴侍郎一片纯孝,顾念往生的亲人,才会如此。"

男子摇着头:"法师,实不相瞒,在下最近常在梦中见到父亲受苦的景象,心中极为不安。现下我阿姐阴德妃又染疾不愈,在下担心是父亲受业力纠缠,在阴间无法得到解脱。"

"我佛慈悲,自会普度众生,阴侍郎不必过于担忧。"

男子没有回话,只是轻叹一声。

玄智继续说:"阴侍郎想必听过《盂兰盆经》中目连救母的故事。目连之母青提夫人生前从不修善,死后堕入饿鬼道,她如此重的业力尚且可以被目连以大功德解救,更何况阴将军当年是奉炀帝之命留守京师?炀帝虽无道,但阴将军到底救下了京城中不少无辜的性命。"

男子听罢,语带凄然:"如今长安城中敢如此评说我父亲的,也只有玄智法师了。当年我阴氏全族惨遭屠戮,只有阿姐与我因年幼,免于一死。如今阿姐贵为德妃,养育皇子,而我也官至吏部侍郎,但每每思及惨死的父兄,某还是无法释怀。"

"贫僧虽无缘得见阴将军当年的风貌,但自从在化度寺出家以来,也听先师僧邕大师说过几回。阴将军在世时经常来我化度寺布施,我佛门中人自当感念他的功德,"玄智说着又在胸前合十,"这样吧,既然阴侍郎常被噩梦袭扰,那下月初十,贫僧就为阴将军做回法事,只盼能将阴侍郎的幻象消解一二。"

男子大喜,赶忙颔首道谢:"多谢法师!我必当为先父多多供养迦蓝。"

"阿弥陀佛,阴侍郎礼佛至诚,真乃是我佛门之幸。"

慕容婕还想再听下去，但曲妍指了指天上的暮色，示意她该走了。二人小心翼翼地将红瓦放回原处，又是一番轻巧纵跃，神不知鬼不觉地回到了之前拴马的巷子。

"师姐，那熏香有什么玄机？我闻着只觉得是檀香。"慕容婕问道。

"有檀香没错，"曲妍牵了马，边走边说，"但还混入了不少别的东西，我没拿到香末，暂时也说不上具体有什么，但那味道，和我从前在西域见过的返魂香颇为相似。"

"返魂香？"慕容婕头一次听说。

"对，当年在西域学毒的时候，曾在一个巫医那里，见过他用返魂香治疗惊悸之症。据他说，这返魂香是用多种香料配置而成，有舒缓心神的功效，但若是长期使用，轻则出现瘾症，重则要发狂。"

慕容婕知道曲妍精研用毒之术，她既如此说，那定然是没错了，遂道："怪不得我闻了那香气后，突然有些心神松散。只是化度寺的和尚，怎么会有返魂香？"

"我也觉得奇怪。返魂香的配制，是西域秘术，我在西域那么多年，也只见过一次。还有那姓阴的男子，应是大唐官员，听着还是皇亲。什么和尚如此大胆，敢对皇亲用毒？目的何在？"

慕容婕没有答案，她一向只奉命行事，对于死士而言，这就足够了，于是回道："此事还是禀告大宁王，由他探究吧。"

曲妍毫不掩饰对慕容婕的鄙夷，轻哼一声，道："你以为师父为何会在化度寺留下暗记？八成和这和尚有关。大宁王曾在隋为质十多年，与炀帝治下的官员必有熟识。那阴侍郎的父亲乃是奉隋炀帝之命留守京师的将军，也许就是大宁王在长安时的旧人。"

"那又如何？"慕容婕一点也不想知道大宁王的盘算，她只想早日见到师父。

"我问你，"曲妍突然拉住慕容婕的手腕，"当年你在长安时，真的不知道这化度寺？也没听大宁王提起过？"

慕容婕运力甩开曲妍，她不喜欢说起、甚至记起小时候在长安的事，淡淡地道："没有。我一直住在平康坊，师父不大带我出门。"

"平康坊……"曲妍重复道，"师父留下的暗记不就是让我们去平康坊？"

慕容婕不置可否。

"那环采阁你总该知道？是什么地方？"

"是妓馆。"

曲妍愣住，有些费解地道："师父……让我们去妓馆？"

慕容婕难得见到曲妍会有无措的神色，掩住笑意，轻声说："师姐若不想去，我自己去便是。"

曲妍白了慕容婕一眼："谁说我不想去了？明日我同你一起。"

翌日傍晚，慕容婕和曲妍仍一身男儿打扮，出现在平康坊的十字街巷。平康坊的北里，是长安最有名的寻欢处，华灯初上时，这里乐音靡靡，人影绰绰。

慕容婕的确对这里颇为熟悉，在被师父带回吐谷浑之前，她经常穿梭在北里庞杂的小巷。印象中的环采阁被挤在角落，处处透露着衰颓，和眼前这座有着惹眼的鎏金匾额，红柱间人潮熙攘的院落大相径庭。

"就是这里？"曲妍指着匾额问道。

慕容婕颔首，虽然心里并不十分确认。曲妍嫌弃地瞅瞅院落前那些喧哗的大唐文士。"进去吧——"她招呼一声，随即抢在慕容婕之前，涌入人群。

脂粉浓厚的假母很快迎了上来，堆笑着问道："二位郎君看着是生面孔，想必是第一次到环采阁来吧？"慕容婕盯着假母那献媚的神情看了一会儿，仍在犹豫该不该开口，最终还是曲妍一字一句地对假母道："胡马依北风——"

"草原的鹁鸠不越冬——"假母对完切口，立刻敛去脸上假笑，神色肃然，像换了一个人，恭敬地对曲妍道，"两位请跟我来。"

二人随假母穿厅过堂，朝内院走去。这环采阁是六进六出的大院子，除却大堂的喧哗，内里倒是堂宽宇静。一直走到院落尽头，假母在一间亮着烛火、半掩门扉的厢房前停住，她在门上有节律地叩了三长两短的五下，然后推门而入。

"绮娘子，这二位是慕容先生的徒儿。"假母指着慕容婕和曲妍，对房内立于香案旁的黄衣女子说道。

曲妍奇道："你怎么知道？"

假母看了一眼曲妍，也不答话，径自退出房门。

慕容婕也和曲妍有一样的疑问，她们不过和这假母对了一句切口，她竟然能准确说出二人的身份。再看这厢房，内里布置十分简约，除了床榻、坐榻和香案外，别无他物，因榻帷幄的颜色也极是素雅，与整个平康坊奢华靡丽的氛围截然不同。

黄衣女子转过身来，对着曲妍说："两位不必惊讶，慕容先生早已告知于我，他的徒儿会来此处。"

"你是谁？同师父是什么关系？"曲妍很是警惕。

"你可以称呼我为绮娘子。"黄衣女子说着伸手做了个请坐的手势。她已有些年纪，长相也并不出众，看着并不像是会在环采阁里讨生活的妓女娘子。

曲妍站着不动，慕容婕上前一步，拱手说："绮娘子莫怪，我师姐妹二人已有一年多未见过师父，很是惦念。师姐着急知道师父行踪，才会如此。"说罢拉着曲妍在坐塌上跽坐下来。

绮娘子饶有兴致地打量着慕容婕，忽道："你是慕容婕吧？慕容先生说你如今知礼懂事。"

曲妍听了更不高兴，瞪着绮娘子："你什么意思？"

慕容婕拦住曲妍，礼貌回道："奴正是慕容婕，这位是我师姐曲妍。我二人寻到师父留下的暗记，指引我们到绮娘子处，不知师父可留下什么口信？"

"并没有，但大宁王前些日子倒是送来书信一封。"她边说边从袖中取出一封信函。

曲妍一把抢过，信封上确实有代表大宁王死士的三条线交叉成山形的蜡印。慕容婕更关心绮娘子与吐谷浑汗国的关系，问道："绮娘子还认识大宁王？可师父和大宁王却从未对我们提过你。"

"那不如，"绮娘子唇边浮起一丝笑意，"你来猜猜我的身份？"

其实从昨日看见师父留下的暗记，慕容婕就隐约有了些感觉，现在见到绮娘子拿出大宁王的书信，她更加肯定："想必这环采阁是大宁王设在长安的暗哨吧？"

此言一出，曲妍也抬起头来盯着绮娘子。绮娘子眸中闪动了一下："不错，看来慕容先生的徒弟还算聪明。"

曲妍将看完的信递给慕容婕，不解道："可你明明是汉人，那假母也是，你们怎么会是我吐谷浑的暗哨？"

"大宁王不也是半个汉人吗？"绮娘子语气中透着冷淡。的确，大宁王慕容顺是吐谷浑可汗慕容伏允与隋朝和亲的光化公主所生，的确也有一半汉人血统。

曲妍嗫嚅道："那怎么能一样？"

绮娘子没有理她，转而问慕容婕："信中如何说？"

"大宁王命我与师姐留下一人继续追随师父，另一人赶回吐谷浑，至于谁去，由我们自行决定，"眼看有机会见到师父，慕容婕毫无犹疑，立刻对曲妍道，"师姐，不如就让我留在大唐？我与唐人长得像，出入比较方便，况且你的骑射功夫远胜于我，在大宁王身边更有用。"

曲妍冷哼一声："你不用奉承我，你的骑射是师父亲自教授，难道就差了？我知道你是不想回去。罢了，反正我也不想再待在大唐，这次就遂了你的愿。"

慕容婕清冷的目色中难得露出一丝欣喜。一年多前，师父慕容兖突然远赴大唐，大宁王慕容顺不肯透露他的半点消息。慕容婕有太多的话想对师父说，她不想再离开师父半步。

十日后，曲妍已经离开长安，慕容婕只身一人，依着绮娘子的吩咐，又来到环采阁。这次她换了女装，假母差点没认出来，绮娘子见了，也怔怔地看了半晌，之后轻叹一句："真像。"

慕容婕疑惑地瞅着绮娘子："绮娘子说什么？什么真像？"

绮娘子缓缓垂下眼睫，怅然地问道："小慧奴，你当真不记得我了？"

慕容婕甫一听到"小慧奴"三个字，心中便像有什么东西裂开了一样，儿时那些不甚清晰的记忆，都顺着裂缝流淌出来。她再定睛看了看眼前的绮娘子，怎么会？只有阿娘在世时才会唤我的小名，可眼前这人，分明不是阿娘。

绮娘子对上她惊异的双眸："夫人过世的时候你只有四岁，也难怪你不记得。我是夫人的婢女阿绮，你小时候我常带你去偷吃妓馆的糕饼。"

慕容婕脑中渐渐有了些印象，阿娘去世后，妓馆的假母将平日里跟着阿娘的人尽数遣散，只把自己交给了师父。在阿娘身边，是有一个总爱穿着鹅黄色襦裙的女婢。

"夫人过世后，我被卖入环采阁做粗使婢女，但没过多久慕容先生就找到了我，又劝说大宁王买下了整个环采阁。从那以后，我就一直留在此处，为慕容先生和大宁王传递消息。"

慕容婕不知道，见到母亲旧人与得知大宁王早就买下环采阁，到底哪个更令她吃惊。但死士的守则里只有服从，没有发问。对于大宁王，慕容婕早已没了不该有的好奇心。她木然地呆立在原地片刻，终于挤出一句话："我师父，还好吧？"

绮娘子显然没有料到慕容婕的反应，她愣了一下，转身从香案上拿起一个极细小的空心竹筒，递给慕容婕："这是昨日刚送来的。"

慕容婕从竹筒中抽出一截白色短帛，师父熟悉的笔迹映入眼帘——通济渠七月乙亥楚州港。师父这是要我走通济渠，在七月乙亥与他会合，慕容婕顿时豁然开朗。她收起布帛，对绮娘子道："绮娘子，师父要我乘船南下去楚州，只是我来长安时是骑马，如今这马儿——"

"就交给我吧，"绮娘子一口应下，"吐谷浑的青海骢可名贵得很，我自会好生照料。"

见爱马有了托付，慕容婕起身告辞。绮娘子似乎还想说点什么，但最终没有开口。

离开北里后，慕容婕继续在平康坊内信步，脚下的路仿佛早就知道她要去哪里，从脚下蜿蜒向前，停在了一处于闹市中并不惹眼的小宅院。

院舍前有个赤膊的胡人正在梆梆地打着烧饼，他身旁的蒸笼里热气也窜得欢腾。这胡饼摊竟然还在，慕容婕认出了那个打烧饼的胡人，当年精瘦的身板，如今已腰腹圆挺，只胳膊上的力道仍然迅猛。十年了，她想，我离开长安时还是个女童，这胡人师傅就算记性再好，恐怕也不会认得我。但她坐在了胡饼摊前，那胡人师傅果然看也没看她一眼，只顾卖饼。

慕容婕望着胡饼摊后的那座小院，记忆中院子里有师父为她做的秋千，也不知还在不在。就是在这个小院里，师父第一次告诉慕容婕她是吐谷浑世子慕容顺的女儿，也是在这里，师父带着她，度过了那段再也见不到阿娘的日子。

慕容婕正盯着院门看得出神，院子中忽地跑出一个唐人装束但棕肤黑发的天竺少年，他火急火燎地在胡饼摊上买了两个饼，正要离开，却被一个带着佩刀的人拦下。

"伽罗，"带佩刀的人似乎认识天竺少年，"你不用这么急，九娘没有说让你现在就去驿站。"

"从长安送信到安州怎么也要十天半月，我这不是想让九娘和秦二爷早点会面吗？"天竺少年心急地咬了口饼，却被烫得直吐舌头。

"那也不急在这一时半刻。刚才你跑得急，郭二公还问起你。二公心思机警，你再这么一惊一乍，迟早要被识破。"

天竺少年攥紧烧饼："坏了，我忘记郭二公今日没去礼佛。你怎么说的？"

"说你馋了呗，"带刀之人瞟了一眼他手中的胡饼，"反正你自从来了长安，也没少去街上买吃食。"

"那就好，那就好，"天竺少年又咬了一口饼，"哎，不对，怎么是我馋？哪次买回来的东西你没吃？"

两人继续笑闹着走远。慕容婕望着他们的背影，再次回身看了一眼那熟悉的院门，不知下次再来，已是什么年月。

第七章
康君邺：阻贡

从交河城向东行进了约五十里，暮色渐沉。康君邺询问了驼队的向导，决定引着使团就地扎营。自五月进入高昌国，风沙渐息，天气也不似之前那般冷暖无常，沿着东去的河道，绿洲星星点点，人烟也逐渐稠密起来。

扎营地旁有一处断崖，崖面上早就大大小小开凿了数个石窟，为佛造像。有的窟内，仍有僧人常住其中为佛像描金。借着晚霞的余晖，康君邺仰望石窟内那些法相庄严的佛陀，它们的神态并无殊异，但在和煦澄净的霞光中，仿佛真有普照众生的神力，不禁看得痴了。

"死贱婢——还想偷懒——"几句粟特语的高声辱骂传来，唤回了康君邺的思绪，紧接着又是两下响亮的马鞭声。康君邺循声而去，只见石窟不远处另一伙商团的营帐旁，有人正在鞭打一身穿亮色胡服的女奴。那女奴半缩在地上，脸和脖颈都深埋于风帽中，瘦弱的身形随着马鞭的上下挥舞而抽动，只偶尔传来几声呜咽。

康君邺本不在意，西域往大唐的商团里，多的是要被卖去长安的女奴，但转过头却正对上刚才凝视的佛像，佛陀的眉目中似有深意。他无奈地低下头，迈步向那挥鞭之人走去。

"别打了！"康君邺制止道，顺便拉住了那男子握着马鞭的手。

男子本就气恼，被拉住后更为恼怒，叫道："你是何人？莫要多管闲事！"说着就要推开康君邺，谁知康君邺手上力道不小，一推之下，竟不能动。

　　康君邺左手依旧拉住男子，右手从紧身胡袍中拿出金色的圣火符牌。那男人见到符牌，又瞅了一眼康君邺，终于放下马鞭，双手交叉胸前："阿胡拉保佑。使者恕罪。"

　　"阿胡拉保佑，"康君邺也同样回礼，然后道，"阿兄听我一言。这女奴也是银钱，你既已带着她东行千里，熬过了大漠的狂风沙暴和狼群强盗，若在此处打死了，岂不折了本钱？"

　　那男子微一沉思，终于咬牙收了怒气，对地上的女奴喝道："今日就饶过你。去，换身衣服，晚上还要你跳舞助兴。"

　　女奴抚着受伤的臂膀站起，抬起一双少见的蓝紫色眼睛，感激地看向康君邺，纤长的睫毛上还挂着泪珠。康君邺见她面容憔悴，身上伤痕不少，摆摆手示意她快走。

　　到了晚间，几个都在石窟旁扎营的西域商团凑在一处，于外间帐篷中辟出空地，点燃篝火，拿出美酒，聚众宴饮。康君邺此次带领的是康国往大唐的朝贡使团，而康国在昭武九国中又势力最广，是以一众西域胡商都对康君邺高看一眼，纷纷上前敬酒。

　　酒到酣处，伴着乐奴们奏出的一支西域名曲，三名穿着红色紧身宽袖上衣和轻纱长裙的妙龄女奴列队走出，各自拿出一块毛织舞筵铺在地上，和着曲中的节奏，在舞筵之上盘旋飞转。她们脚下的红色皮靴带着铃铛，在飞速旋转中发出清脆声响，与敲在羯鼓上的鼓点配合得恰到好处。

　　一曲舞毕，众人连声拍手叫好，康君邺这才发现居中的舞者正是之前被鞭打的女奴。此刻她已擦去脸上沙尘，肤白如雪，眉弯如月，身姿更是轻盈袅娜。女奴大胆地看向康君邺，她蓝紫色的眼眸在篝火之下如梦似幻，让康君邺在酒意中忍不住想要靠近。正欲起身，身旁突然多了一位头戴毡帽、身着白色对襟长袍的不相识之人按住了他。

　　那人伏在康君邺耳边，小声道："跟我来。"

康君邺狐疑地看着对方,坐着不动,那人便从怀中掏出一枚银色的圣火符牌,康君邺见状,这才起身跟着来人绕到帐篷后面的僻静之处。

"敢问阁下是?"两人站定后,康君邺率先发问。

"阿胡拉保佑,"来人双手交叉,"在下史玉,奉伊吾城主之命,来给康使者带个口信。"

伊吾城主?康君邺脑中浮现出一张和气微胖的面庞。

四年前,伊吾城主石万年率七城归唐,伊吾从此改叫做伊州,但因石万年本人和伊吾七城的居民大都为昭武九姓的后代,在西域,大家仍喜欢称之为伊吾。康君邺随斯鲁什商团到过伊吾几次,只远远见过石万年,依稀记得他的样貌,却从无交道,怎么眼下这人竟说是奉石万年之命而来?

康君邺在迷惑中酒已醒了一半,问道:"哦?石城主如何识得在下?"

史玉微微一笑:"康使者是圣火选中的人,城主焉能不知?使者可还记得在大清池畔遇到的渔夫?"

康君邺陡然清醒。一个多月前,使团刚在凌山中经历沙暴,死了一头贡狮和好几个奴仆,又在大清池附近陷于沼泽,寸步难行。若不是恰有一路过的渔夫引路,使团中恐怕没有几人能活着抵达姑墨,更遑论那几头贡狮了。康君邺从前听素叶水城的人说过,大清池有灵怪出没,当地人因怕灵怪降罪,都不敢在大清池捕鱼,本也对有渔夫出现在大清池颇有疑惑,但那渔夫于整个使团有救命的恩情,事后又分文不取,康君邺便没有多想。

经史玉提醒,康君邺立刻明白了那渔夫的出现并非巧合,忙躬身道:"在下和整个康国使团谢石城主大恩!石城主定得阿胡拉庇佑,万事顺遂!"

史玉扶起康君邺,客气道:"康使者言重了。城主常说,昭武九姓本是一体，如今虽散落西域和大唐各处，但族人有难，也没有看着的道理。"

康君邺继续谢过，然后问道："史君刚才说石城主有口信给我？"

"正是。使团几日后就要进高昌城，石城主特命我来提醒使者，高昌如今占着地域之利，对东去长安朝贡的使团多有阻碍。康国这次的使团声势浩大又携有罕见的贡狮，石城主是担心高昌见到贡狮，就不肯放康使者一行通过了。"

高昌国会向西域往来大唐的商团课税，这在东去商路上不是秘密，康君邺也特意备了财物和要赠送给高昌王室的礼品。可高昌会直接扣押贡品，还是头一次听说，不禁道："还有这等事？那可是给天可汗的贡品啊。"

史玉苦笑道："康使者有所不知，西域诸国前往大唐必经高昌，现下高昌和大唐虽然修好，但高昌王日日见到贡品流水一样地往长安送，日子久了，怎能不眼红？况且城主还打听到，突厥的几位可汗，也都常使书信给高昌王。"

史玉没有继续说下去，但康君邺已经明了他的言下之意。高昌国地处要塞，王室需得长袖善舞，既向大唐称臣，也不曾与突厥诸部断了联络。就在年前，突厥的都布可汗败给了薛延陀汗国之后，还逃至高昌，重整旧部。看来石万年的担心并非空穴来风。

康君邺再次向史玉谢过，道："石城主对我康国使团的照拂，在下铭记于心。"

史玉道："康使者不必客气。既然口信已经送到，我也不便多留，还望康使者早做打算，小心为上。"说着就要告辞。

康君邺脑中突然闪过一个念头，拦住史玉："史君莫急，在下听闻贞观三年，曾有一长安来的高僧西行取经，途经高昌时受到国王礼遇。我记得那时高昌王也给我们国主写了书信，所以那僧人在飒秣建城时，国主还特地会见了他。"

"你说的是玄奘法师吧？"史玉打断道，"说来更是可气，玄奘法师本来在我伊吾讲经，被高昌王麴文泰得知后，硬是派人将他请去了王城。麴文泰将玄奘法师强留在高昌城一个多月，如果不是法师绝食以抗，恐怕现在人还在高昌。"

"这么说，高昌王室极为崇佛了？"

"的确如此。高昌王对待商旅虽跋扈，但礼佛之心，着实虔诚。玄奘法师西去之时，麴文泰资助他许多财物和沙弥，还修书给沿途所有国家的国主，连突厥的统叶护可汗也因他的书信对玄奘法师很是礼遇。"

康君邺听罢，心中已有计较，对史玉道："如此便好。还请史君转告石城主，待使团一行过了高昌，我定会专程登门致谢。"

送走史玉的第二日，康君邺没有接着前行，而是让使团在断崖下继续扎营。同时，他命人在最大的佛像石窟前，立起香案，贡起九盏长明灯，自己也跟着去佛像前参拜。

康国使团和在此扎营的其他商团成员皆为祆教信徒，日日都要祭拜圣火，以求光明之神阿胡拉的庇佑。众人见康君邺突然开始拜佛，尽皆骇然，有些年长的胡人，立刻跳出来指责康君邺对真神阿胡拉不敬。

康君邺对佛像三叩首之后，对族人道："你们不知，昔日玄奘法师到康国时，曾留下一卷他诵念多年的佛经。康国是阿胡拉的国土，不能诵经礼佛，但国主对玄奘法师不远万里也要求取真经的举动深为感怀，故而这次出使大唐，国主特命我将这卷佛经一齐带去长安，好供于长安的佛寺之中。"

众胡商不承想康君邺此去长安，还有这样的任务，一时都安静下来。

康君邺接着说："可昨夜这石窟之中的佛陀托梦于我，说那卷经书是佛门之物，要我将它留在此地。这可如何是好？我若将经书留下，就违背了国主的吩咐，可我若执意将经书带走，又怕惹怒佛陀，为使团招来灾祸。我们此行九死一生，已经折损十数人，还死了一头贡狮，若再有什么差池，唉——"

康君邺愁眉深锁，眼看就要哭出来："所以我只能摆上香案，求告佛陀，请他允许我把佛经带去长安，以完成国主的心愿。"

西域通往长安的路上，哪个商人没有在沙漠雪山中历尽艰险，又有谁不曾有在旅途中目睹同伴丧生的经历？众人听了这一席话，都想到了自己过往的经历，莫不心生哀恸。

"康使者，你身为一方使团首领，责任重大，托梦之事，宁可信其有，不可信其无，"康国使团里已有人站出来声援，"就让我们跟你一起叩拜，希望早日求得佛陀的理解。"

就这样，康国使团在离高昌城只有百里多行程的断崖处，停滞不前。康君邺说自己夜夜梦到佛陀要留下经书，整日愁眉苦脸，一醒来就要去石窟内跪上半日。而往来断崖前的西域商团见到康国使团停留，少不得要前来打听，听得佛陀留经一事，都觉得甚为稀奇。

康君邺的举动也吸引了住在石窟为佛造像的僧人的注意。第三日上，一伛偻老僧从高处的石窟走下，也在康君邺设置的香案上添了一盏油灯。康君邺观他一身粗布僧袍早已磨得发白，晒成棕色的脸上沟壑纵横，显是久经风沙，想来已在此处待了许久。老僧也不说话，只是每天来添盏灯，然后在佛像前叩拜后又回到自己的石窟。这样几日下来，康君邺和老僧混了个脸熟，闲来无事，便决定去找他说说话。

老僧居住的石窟在崖壁中央，需经过一段年久失修的栈道方能到达，石窟内的陈设极为简陋，除了绒毯被褥和炊具，就只有一个蒲团和一张木坯的几案，上面放着几卷经书。这石窟虽只开了个很小的洞门，但时有风沙灌入，想来夜间更为寒冷。

老僧似乎对康君邺来访并不惊讶，双方见礼之后，便在这石窟的沙地上席地而坐。

"贫僧法名道安，每年春夏都来此处为佛造像，余下时间便在高昌国内辗转修行。"老僧坐定后说道。

康君邺得知他冬日不必在石窟内忍受岁暮天寒，心下倒松了一口气，道："法师虔诚之心，定能被佛陀知晓，早证大道。"

道安摇摇头，道："地藏菩萨曾发大愿，地狱未空，誓不成佛。其实一切众生方为真佛，贫僧无能，无力度众生，只能在此造像，盼有缘之人见到佛陀面目，可以生起些善念罢了。"

康君邺不懂佛理，不知该如何接话，只能微笑。道安却续道："贫僧听闻康郎君因受佛陀托梦，不敢前行？"

康君邺点头称是。道安捻着已经许久未修剪的花白胡须，道："其实康郎君大可不必如此忧心。我佛慈悲，断不会因为一卷佛经与使团为难，况且康郎君为人宽厚，那日还解救了受鞭打的奴隶，只要康郎君有这份善念，继续行善救人，佛祖定会护佑于你的。"

看来那日阻止商人鞭笞女奴，道安在石窟内也看到了。听这个素昧平生的老和尚宽慰自己，康君邺心下赧然。所谓佛陀托梦，完全是自己故布疑阵，对着别人说也就罢了，现下对着个一年里要有半年吃住在石窟，为佛造像的虔诚老人，康君邺突然不敢妄言。

道安见他不答话，又道："康郎君看这样好不好，贫僧守着这石窟内的佛像也好多年了，自问最是恭敬，明日我愿在佛前为使团诵经一日，以求佛陀加持，好让你们尽早东行。"

康君邺在心中算了算日子，觉得差不多也要出发，连忙谢过道安。

第二日，道安果然在设了香案的佛像前，诵经整日。康君邺看着这位背脊微驼的老和尚，摩挲着手中的青色佛珠，一脸至诚至敬的模样，不禁心有愧疚，也跟着在佛像前多跪了几个时辰。日落后，康君邺提出要给道安捐些香油钱，但道安却坚持不受，只说康君邺若有心，日后遇到佛寺，多布施一二便是。

末了，他还将手中经书递给康君邺，道："贫僧与康郎君也算因佛结缘，这本我手抄的《维摩经》虽不能和玄奘法师的经书相比，但我为佛造像的这些年，都是诵念它，就送给康郎君结份善缘吧。"

康君邺见那经书的书页蓬松泛黄，显是时常翻阅，却保存得十分完好，定是道安的心爱之物，连连推辞。道安却道："佛在心中，经在心中，万般诸相，皆是虚空。"说罢便头也不回地往自己的窟中去了。

一晃康国使团已在断崖前待了十几日，康君邺宣布说佛陀不再托梦，于是一行人赶忙拔营，浩浩荡荡地向高昌国的都城进发。而此时，康国使团被佛陀托梦留经的事，已经由西域胡商的口，在高昌城内传开。

使团在驿馆安顿下来后，康君邺也不着急去礼部申领过关文书，而是经常去佛寺里散财布施。没过几日，高昌王麹文泰的令尹便来到驿馆，要接了康国来使去王庭中叙话。康君邺早有准备，带着一个装饰华美的银盒进了王庭。

在重阁宝帐之中，高昌王也不客套，几句话就问到了玄奘法师的经卷，康君邺呈上银盒，盒中正是一卷业已斑驳的《妙法莲华经》。

麹文泰轻抚经卷，迟迟不肯放手，对康君邺道："使臣远来辛苦，就在高昌城中小住些时日，休整一下。我自会派令尹为使团上下安排妥当。"

"谢陛下恩典，"康君邺恭敬地说，"我等本当遵从，但在下还身负佛陀授予的大使命，未完成之前，不敢稍有停歇。"

"哦？可是说要将这经卷送去长安？"麹文泰面色微冷。

康君邺摆出一副犯难的态度道："若是这样，我便不为难了。陛下不知，使团在那石窟前停留数日，在下夜夜梦到佛陀要我将经书留在石窟。直到最后一日，我们在佛前诵经整天，晚上佛陀才在梦中对我说，经卷可以带走，但需尽快托付给与经卷有缘之人，如若不然，便要我不能返乡。本来我只要把经卷送到长安随便一处佛寺便好，如今佛陀却要我寻到与经卷有缘之人，我哪里知道什么人和玄奘法师的这部经卷有缘呢？"说罢连连叹气。

宝帐内的令尹忙道："如使臣所言，这经卷既是玄奘法师留下的，那和玄奘法师有缘之人必是和这经卷有缘之人了。"

康君邺表示赞同。令尹又道："使臣难道不知玄奘法师当年经过高昌之时，已与陛下结为兄弟了吗？"

康君邺惊奇道："此话当真？在下一直以为这是传言！陛下千金之躯，竟会与玄奘法师以兄弟相称？"

令尹赶忙摆手道："使臣此言差矣。我高昌向来崇敬佛法，玄奘法师乃是大唐高僧，陛下当年听他讲经，极为叹服，故而与之结为兄弟，只盼法师西去天竺能早日归来。法师还允诺归来后要在高昌留住三年呢。"

康君邺露出恍然大悟的表情，继续听令尹说道："是以佛陀口中的有缘之人，必是我们陛下无疑。使臣此行东去千里，途经西域诸国，却独独在我高昌受到佛陀托梦，岂会是偶然？"

"这——"康君邺为难道，"令尹的话确有道理，可国主有命，让我将这经书带去长安呐。"

一直不曾说话的麴文泰道："使臣不必忧心。我自会修书一封于康国国主，说明其中缘由。当年玄奘法师带给贵国国主的书信中，我早已言明法师与我结为兄弟，如今又有佛陀托梦，想来贵国国主必也认同这佛经的归属当是我高昌。"

康君邺兀自沉思犹疑，不肯作答，只把经卷又讨了回来。

之后数日，高昌王经常以设宴款待为由，召康君邺入王庭，言语之间，多是对玄奘法师的崇敬。康君邺几次提及通关文书，也都被不咸不淡地挡了回来。

终有一日，当令尹再次暗示那本《妙法莲华经》的归属时，康君邺躬身道:"如此,就请陛下写一封手书于我,代我向国主解释清楚,我也终于能了却佛陀所托,放心去长安了。"

麴文泰大喜,即刻应允。也许是怕康君邺反悔,高昌王翌日便命令尹将给康国国主的书信和使团过关所需的文书办妥,并派世子麴智盛一路护送康国使团出城。

就这样,当康君邺率使团抵达伊吾,贡狮贡品一应齐全。听过献给高昌王的《妙法莲华经》之后,伊吾城主石万年不禁抚掌大笑。

"所以,"石万年问道,"那部经卷真是玄奘法师留下的?"

康君邺摆手,道:"哪里有什么经卷?不过是我趁着在石窟扎营期间,派人去交河城内的佛寺誊写的,又刻意做了旧。高昌王笃信佛法,才会真的相信有什么佛陀托梦留经之说。若要让他不打贡狮的主意,我也只能凭空造出些对他而言更为珍贵的贡品。"

"原来你故意拖慢行程,是要在佛窟前演一出大戏,"石万年赞道,"康使者年纪虽轻,做起事来倒是有勇有谋。"

康君邺拱手道:"石公过誉了。如果不是石公提前派史君送信,康某哪里有机会谋划,只怕此刻还在高昌原地打转。石公多次助我,康某深为感激,日后若有何驱遣,康某定义不容辞。"

石万年抚着有些稀疏的须髯,双眼中现出一抹狡黠,道:"使者是明白人,那石某也就直言了。如今确有两件事需要使者协助。"

康君邺心下一凛,这世道果然是有借必有还,但面上仍诚挚地说:"石公请说。"

"第一件,是望使者在长安面见天可汗时,能将高昌如今的作为禀报一二。伊吾与高昌比邻,那高昌王麴文泰日渐势大,只怕日后会对我伊吾不利。"

康君邺心想石万年为伊吾城未雨绸缪,况且高昌国确实有不妥之处,便道:"石公放心,在下若有机会面见天可汗,定当直言。"

"好,好,多谢使臣,"石万年续道,"这第二件嘛,是想使者借着去长安朝贡的机会，查一下京城里三阶宗的底细。"

"三阶宗？"康君邺面露好奇，"可是佛家的什么宗派？"

"正是，"石万年点头，道，"我等远在西域，消息不畅，是以要拜托使臣。"

康君邺对石万年的第二个请求感到十分莫名，问道："不知石公想要我调查什么？出家人而已，竟值得石公这般上心？"

"不只我上心，只怕斯鲁什商团比我还要上心。"石万年似乎话中有话。

康君邺愈加糊涂了，什么三阶宗，自己随斯鲁什商团走货多年，从未听过。斯鲁什商团是西域最大的商团，伊吾城多少人的生计都与之相连，以石万年的身份，应当不会胡言。

石万年也不等康君邺发问，接着道："使者先不必为此烦心。个中干系，我一人也说不清楚，不如等使者到了凉州，由安萨宝亲自说明吧。"

第八章
秦威：缔盟

"二爷，长安来的张娘子到了，就在西侧偏厅。"云门坞的弟子齐明跨进厢房，向着秦威拱手。

"知道了，"秦威抬头招呼屋内的另一人，"徐当家，劳烦你先去接待，可别怠慢了他们。我还有些事要与齐明交代。"

"喏。"徐当家应声退出，阖上厢房房门。

秦威示意齐明坐下，问道："我要你打探的事情可有眉目？"

齐明从怀中掏出几页极其简短的书信，呈给秦威："江淮一带的弟兄们仔细打听过。就在上月，中州派陆督主的手下阿川，就是在板城渚口自断双指的那个阿川……"

"我记得他，你继续说。"

"阿川在巡夜时，被一武功极高的黑衣人偷袭，险些送命。据说阿川拼命缠住黑衣人，惊动了中州派的不少弟子，所以消息才传出来。"

"喔……"秦威听罢，踱步到窗边，望向外院的木质藤架。

这处宅院是云门坞在商州的落脚点，因秦威常来，徐当家便依照秦威的喜好，在院子中央搭了爬满紫藤花的藤架。现下紫藤花期已过，余下疏密不一的绿叶，正好遮阳。藤架下还摆了几口青瓷水缸，里面浮着两三点白色镶边的荷花，每有微风轻拂，把暑意也消解了三分。

齐明见秦威兀自沉思，半晌不语，便问道："二爷，恕属下多言。这黑衣人与之前在东都袄祠里与你过招的那位，可是同一人？"

"何以见得？"秦威回过头，鼓励齐明说下去。

"若真如长安的郑安兄弟所言，那黑衣人曾在板城渚口的食肆中出现，当时食肆里既有我们，也有中州派的陆督主。二爷虽在东都袄祠与之交手，可那次是恰巧经过，黑衣人的目标是袄祠，并不是二爷，且洛水一带原不是咱们云门坞的地盘。依属下愚见，二爷也是这般推测，才会派属下去广布耳目，几个月来，一直盯着中州派。"

秦威眼中露出欣慰，点头道："不错，我确实有如此推测。现在看来，那黑衣人在板渚渡口跟踪的，正是陆飞澜。"

"那二爷觉得，中州派这是惹上了什么麻烦？属下未见过黑衣人出手，但连二爷都说他武功高绝，定然是位方外高人。"

"陆飞澜为人狡猾，明面上和我们相敬如宾，暗地里却在打长江漕运的主意。那阿川对他十分忠心，我倒不信没有陆飞澜的首肯，他敢擅自截胡云门坞的漕运买卖。所以黑衣人之事，眼下还难以判断，究竟是冲着中州派去的，还是陆飞澜本人招惹了什么不该招惹的人。不过只要和云门坞没有关系，咱们只乐得看戏就好。"

"属下明白，"齐明颔首道，"我会继续差人盯着运河沿岸，一有黑衣人的音信，立刻来报。"

"好，"秦威拍着齐明的肩膀，"如今你越发稳重，办事也周全，我和坞主，都对你寄予厚望。"

这番夸赞让齐明面色微赧，秦威瞧着他泛红的耳根，心中笑道，果然还是少年心性，这个小徒弟人虽聪慧，可还是得多加历练。二人交代完事情，一齐出厢房，朝西侧偏厅走去。

齐明道："二爷，不知跟着郑安兄弟来的这个张娘子，是何来路？我先前去码头接他们时，见郑安兄弟对她颇为恭敬，一副对待主人的态度。那张娘子看着只有十几岁年纪，也不知特意来与二爷会面，所为何事？"

"哦？只有十几岁？"秦威心中犯起了嘀咕，"伽罗兄弟的信中，只说主人家有生意想和云门坞谈。上次东都相识，也算有缘，他们几人都是东海商人，我估摸是有海外商货想运来大唐。"

两人说着已走到偏厅廊角。这偏厅朝着院子的一端竖有一张一人多高的大屏风，上面画的不是山水花鸟，也不是骏马飞鱼，而是商州所在的山南道的舆图。郑安身旁有一没有蓄须的红衣少年，正俯身细看屏风。

秦威停下脚步，小声问道："那个红衣少年，可就是张娘子？闺名叫九微来的？"

齐明点头。秦威眯起眼睛，又道："咱们先别过去，且听她说些什么。"

只见张九微又仔细对着屏风上的舆图勘看半晌，突然自语一句"原来如此"。

郑安问道："九娘，这舆图有何不妥？"

"没有不妥，"张九微摆摆手，"只不过现在明白了为何秦二爷约我们在商州会面。"

郑安一脸茫然，张九微指着舆图解释："你看，商州北踞秦岭，南邻丹江，而丹江是汉水的支流，从商州的这个渡口出发，船可以一路南下，经由丹江、汉水，然后在鄂州汇入长江……"

没想到这张娘子年纪虽小，眼光倒是犀利，秦威暗自赞许。他从廊角下笑着走出，高声道："看来张娘子是个行家，一眼就看出我云门坞的水运线路，秦某佩服。"

张九微回身瞧见秦威，毫不惊讶，大方地回礼："秦二爷过奖了。九微自幼出海，自是懂得些门道。"

秦威见她生得极为俊俏，美目流盼之余贵气十足，一看就是从小颐指气使惯了的，心中愈加对她的身份起了好奇。他请张九微坐回坐床，自己也跪坐下来，问道："今日怎么不见郭公和伽罗兄弟？未知他二人可好？"

"郭二公和伽罗在长安有些银钱上的事要理，我就没让他们跟来。"张九微摇着手中的白羽扇，不紧不慢地答道。

秦威示意偏厅中的婢女去冰井取冰，同时问道："哦？郭公莫不是把东海的生意也做去长安了？"

张九微妙目轻转，笑道："实不相瞒，九微祖上在长安和东都各有一商铺，我等此次从东海来，就是要接手商铺的生意。郭二公之前没有与秦二爷言明，也是念及大家初识，要谨慎些的缘故。"

秦威听张九微直言家中确有生意，并不找理由搪塞，心中的戒备也少了一分，道："无妨，行走江湖是要谨慎些。只是不知为何现在又告知秦某？"

"九微想向秦二爷讨教些内河航路之事，当然要说清原委。"

"张娘子可是有什么货物要水运？"

"正是，"张九微应道，"我家想从东海运一批货到两京，但又不想走扬州、通济渠这一路。秦二爷熟知大唐内河水运，不知道可有别的办法？方才我在这舆图上看到长江船运也能经由汉水、丹江到达商州，说起来商州地处长安和东都之间，若是运到这里再陆运去两京，倒是很省事。"

她有什么稀奇物什要运，竟不愿选更近的航路？秦威心生疑问，既不答应，也不拒绝，而是道："办法或许有，只是不知张娘子为何不选从扬州入运河，向来漕运两京，运河都是最快的。改走长江，可不大合理。"

这时，婢女已经端来一个足有三尺宽的平口瓷盘，上面累放着七八块切口整齐的硕大冰块，放置在张九微坐床的不远处。

张九微朝冰块看了一眼，笑道："秦二爷这宅院从外观看是普通，没想到内里还有私家冰井藏冰，云门坞的财力当真是不容小觑。"

秦威不知她这话是何意,也笑道:"哪里。漕帮兴旺都仰赖如今的太平盛世,云门坞的家业只怕同张娘子家中,还比不得。"

"我听伽罗说,运河上的中州派与云门坞还有些过节——"

秦威目光一凛,心想你竟是要拿我们和中州派的梁子做文章,便打断道:"板渚渡口的事,都已经了结。中州派之前是行事不妥,但他们既然认了错、赔了罪,我云门坞也不会抓着不放。我们江湖人,恩怨分明,事情一旦了结,断不会翻旧账。中州派在运河上的生意,我秦某人可不眼红。"

张九微放下扇子,忙道:"秦二爷误会了,以云门坞的实力,自不会因为这点钱财就抢中州派的生意。我只是想问,虽然云门坞和中州派泾渭分明,互不打扰,但你可会将云门坞在长江上的航道机密,又或者是老主顾的消息告知中州派?"

"那自然不会。"

"这就是我不选运河的缘由。行商讲究占得先机,此次我要运入两京的货物乃是稀有香木,可惜运河两岸,尤其淮南道一带皆有其他商号的耳目,我不想让对方知道我们往两京运了什么。为了这先机,我愿意改走更慢的航路,所以才找到秦二爷。"

"原来如此,"秦威恍然,他见张九微坦然相告,那上门的生意自然没有推托的道理,略微思忖后,便道,"张娘子放心,若你的货真的托了云门坞,我们自当守口如瓶,中州派那边更不会知道。"

张九微面露喜色,拱手道:"秦二爷一诺千金,九微当然放心。刚才你说从长江水运有办法,可否详说?"

秦威点点头,随即吩咐院中仆役从内堂拿来一卷更大的舆图,摊在地上。这张舆图所包含的范围更广,长江沿线的山南道、淮南道、江南道,甚至是更南边的岭南道也绘制在其中。

"张娘子请看,扬州地处长江与运河邗沟段的交界处,因此不管是往北走运河，还是往南走长江，扬州都是集散之地。云门坞和中州派的商船也都会经常往来扬州，"秦威指着舆图道，"若张娘子不想经过扬州，那还有一个港口，就是这里——"

张九微顺着秦威的指示，看到了扬州南面的钱塘。

"钱塘到扬州也有一条八百里的官塘，张娘子可将货物从海上运来这里，等上了云门坞的船后，再经官塘到扬州。之后的线路嘛，就像你之前说的，先经由长江到鄂州，然后接连入汉水、丹江，就能到达商州的洛源渡口了。"

"秦二爷高明，这的确是最合适的路线。虽然比直接走通济渠要慢些，但远比我等从泉州陆运要好得多。既如此，九微再无疑虑，还请云门坞务必照应我等从东海运来的商货。"说罢向秦威拱手一揖。

秦威收起舆图，也拱手还礼："张娘子客气了，我云门坞收钱办事，自当尽心。这院子的管事就是云门坞在商州的当家，之后的一应往来，张娘子只管与他联络就是。"

"不过，"秦威又突然想起了什么，"张娘子的货可能要等过了七月，才好水运。"

"这是为何？"

"眼下正值汛期，往年这个时候，江淮一带都要闹水患。张娘子的货既是稀罕香木，为保无虞，还是等汛期之后。"

张九微眉头微蹙，似乎是在心中盘算时日，不出片刻，她答道："我那香木也需加工，不急在一时，就按秦二爷所说，等过了七月，再从东海运来钱塘。"

第九章
慕容婕：江月

"抓紧，千万抓紧啊——"客船船尾的艄公大声对船舱内诸人呼道。

慕容婕脚下用劲，将自己死死抵在船舱内的舱板上。此刻，客船外洪水滔天，如天上银河倒泻，纵然艄公与船夫皆是经年操船的老到之人，也实难掌控方向。船身随着淮水的波涛颠簸上下，摇晃不停，每一次水浪袭来，船舱内都是一片人仰马翻。

"我说不要坐船，不要坐船，你非不听，晚几日去楚州又能如何？"窝在舱内的一个中年女子揪着自己丈夫的衣袖，哭道，"我们要是把命送在这里，环儿还那么小，你要他怎么办……"

"我呸——"她丈夫厉色喝止，"你这蠢妇，莫要胡言！船上最说不得此等丧气话，要是惹怒了河神爷爷，咱们多少条命都不够他收的。"

女子一听，吓得立时住嘴，但客船丝毫没有因此而晃动稍减，她和丈夫两相对视，眼中皆是惊恐。女子再也按捺不住，扑在丈夫怀中大哭起来。

慕容婕强忍着胸中时不时翻涌着的恶心，心中懊悔万分。两个时辰前，泗州码头的船老大跟自己说，淮水上水患肆虐，不能行船，需得等到这场风雨过后，但慕容婕就是不肯。

七月，江淮大水，慕容婕被困在泗州数日，眼看与师父约好在楚州港会面的日期已过,若再不出发前往楚州,只怕要没了师父的踪迹。她四处寻觅,好不容易找到一艘愿意在这种天气里挣钱的客船,慕容婕付了双倍的运脚,哪知船行入水,竟是这般田地。

受那啼哭的女子影响,船舱内弥漫着焦灼与绝望的情绪。船舱的最外侧坐着的那位身着藕色襦裙的青年娘子,本来很是冷静,一直摩挲着手中的念珠默默诵经,也终于无法专注,停止诵念。

又是一个巨浪袭来,艄公躲避不及,船身随之倾斜数尺,硕大的水花被江风卷起,重重地拍进客船舱内。那位藕色襦裙的娘子被甩向船舱的另一侧,她捂住嘴巴,不顾裙摆已被打得半湿,踉跄着向舱外奔出。

船夫见状,急忙叫道:"这位娘子,快回船舱里去,外面浪大,小心伤了你!"

那娘子显是已忍了很久,此番吐出来,稍觉畅快,也不知她听没听到船夫的话,只顾伏在船舷上呕吐不止。

"小心!"只听船夫大吼一声,暴风推起一波惊涛,朝着客船汹涌扑来。船夫和艄公早就用绳索将自己牢牢绑在客船的龙骨上,任凭船身如何倾斜摆荡,也不至于被甩下船去,但那藕裙的娘子,呕得浑身绵软,脚下无力,就在她抬头的刹那,波涛已至,眼看就要被卷入水中。

此时,舱内疾闪出一个青衣身影,他踏着船上的水花,轻巧腾挪,几步就抢到了藕裙娘子身畔,一把抓起她的背心,要将她掷回舱内。可那娘子惊惧间不明就里,以为是水浪要将自己卷走,拼命时刻,也生出一股蛮力,不只用手死命地抠住船舷,还双脚乱踢,正踹在青衣身影的膝盖上。

青衣人受痛,加之甲板湿滑,滑倒在船舷边。好在他反应奇快,倒下的瞬间抽出匕首,狠狠地扎进甲板,凭空在甲板上造出一个可以握住的倚仗。即便如此,青衣人和他紧抓着的藕裙娘子,在滚滚浪涛之下，也只有勉力支撑的份儿。

乌蒙蒙的天上，又一个巨浪伴着一道闪电，船身再次大幅倾斜，船夫与艄公自顾不暇，那青衣人与藕裙娘子被掀得离了甲板，只手中还紧紧抓着匕首，命在顷刻。慕容婕沿着侧倾的内舱龙骨，连滚数下，出得舱来。她单手握住船舱门口的木梁，同时甩出腰间革带，缚在了青衣人扣着匕首的胳膊上。

慕容婕迅速瞟了眼船外，一波劲浪的回潮即将涌来。她隔着层层雨帘，对上青衣人的墨玉般的眼眸，叫道："就现在，松手！"

青衣人会意，立刻松开手中匕首，慕容婕借着回潮将船身推向相反方向的力道，旋转革带。青衣人也顺势使出轻功，在甲板上连点几下助力，这才抓着藕裙娘子一齐回到了船舱内。

这几下变故就在须臾，船舱内其余的船客皆惊异地看着浑身湿透的三人，一时间忘记了害怕。那藕裙娘子趴在地上大喘几口，才终于颤抖着向青衣人言道："多谢郎君救命大恩。"说完在地上连磕了几个头。

青衣人急忙阻止，指着慕容婕道："救你的人在这儿，我不过是帮了点倒忙。"

藕裙娘子听罢，蹭到慕容婕身边，俯首道："在下芸一，感念娘子救命大恩，无以为报，请娘子受我三拜。"说着又重重地在地上叩首。

慕容婕只能伸手扶住她，一旁的青衣人语带诧异："你……你是女子？"

慕容婕也未料想芸一惊慌之中还能辨出自己，不再否认，轻轻点了点下头。

青衣人拱手："在下爣明谷丁元，谢娘子仗义相救，敢问娘子名讳？"

芸一经青衣人提醒，也扯住慕容婕还在滴水的袖口，问道："敢问恩人名讳?"

慕容婕一僵,心中迅速思量,慕容是吐谷浑的国姓,不能告知他们,于是答道:"在下姓木,单名一个熔字。"

"原来是木娘子,"丁元拂去脸上水汽,"娘子身手不凡,不知师从何门何派?"

"丁郎君过誉,我不过幼时跟着家中武师学过几年拳脚,没什么稀奇。"

丁元还想再问,空中却是一道电闪雷鸣,船身倾斜,几欲倾覆。船舱内救命呼号声不断,丁元把自己撑在慕容婕身旁,叹道:"这暴雨若还是不停,只怕我们今日难逃此劫!"

慕容婕也跟着慌乱,只恨自己一身武艺,当此船上,却是无计可施。芸一又摸出了自己的念珠,不断诵念着佛祖菩萨的法号。她的诵念低缓而有节律,在此刻的狂风骤雨之中,竟渐渐成为船舱内唯一清晰的声音。慕容婕望着同样焦急的丁元,心道,这淮水上的一叶孤舟,就是我的归处了吗?

"船——有船——"船舱外艄公的叫声打断了芸一的诵念,丁元和慕容婕抢先探出舱门,只见波涛汹涌的江面上,一艘紫帆大船缓缓而来。

"是中州派的船,"芸一喜极而泣,她扯住慕容婕的胳膊,喃喃道,"木娘子,我们有救了!有救了!"

艄公点起油灯,朝大船的方向晃了一阵,大船的甲板上随即也亮起几盏灯,或明或暗地闪过。

"快看,船掉头了。"丁元指着大船的方向道。果不其然,那艘紫帆大船数桨齐摇,加足马力朝客船驶来。

舷窗外的风雨声渐歇,慕容婕在自己的舱房内,却怎么也睡不着。今日,若不是遇上中州派的商船,只怕生死难料。她身为大宁王的死士,这么多年,也不是没有过死里逃生的经历,但像今天这般只能听天由命，半点掌控不得的，还是头一遭。想到差一点就再也见不到师父，慕容婕心有余悸。她从床上爬起，推开舷窗，望向窗外那一弯正从逐渐散去的云层中挤出的浅月。

慕容婕突然有点怀念吐谷浑的月亮，草原上月明星稀，不管什么时节，月亮的轮廓都是那么的分明，不似这里，氤氲中多有暗昧。

舷窗下是一道窄小悬空的围栏，也不知是派什么用的。慕容婕的舱房在这艘船的最高一层，每间舱房虽被隔断，但这舷窗外的围栏倒是相互连通，只是若没有上好的轻功，谁也不敢踩进这围栏里。

慕容婕想换个地方看月亮，于是从床边摸起外衫，翻身而出。这只能侧身通过，还没多少地方可供垫脚的促狭围栏，竟是丝毫难不倒她。

同层的舱房皆已沉静，只偶有鼾声，唯有东南角单独隔着的那一间内，还隐隐闪动着烛光。慕容婕小心翼翼地从半掩着的窗棂处绕过，却听得舱房内传来似曾相识的嗓音。

"师太，这是近三月无尽藏院的香积钱放贷明细，还请过目。"这是芸一的声音。

她一时好奇，双足点着围栏，将身体贴在这扇舷窗边，偷偷朝内瞥去。只见芸一恭敬地跪坐在一个全身素白的尼姑身旁，双手呈上一本册子样的东西。那尼姑接过册子，随手翻了翻就放在一边，道："你做事，我信得过。虽说是春借秋还，但若真有还不上的，无尽藏院也要早做打算。"

芸一应道："师太放心。周边举贷的佃农都是探问过的，就算真有个别不能偿利，便等秋收在城外的水田上出力就是。"

"嗯，"尼姑点头，又问道，"扬州那边如何？"

"天宁寺和静乐寺在盂兰盆节又收了大笔布施，无尽藏院充盈得很。"

"传信给两位典座，既然受了布施，病坊和悲田坊也要办得更大。"尼姑的语气中颇有些颐指气使。

"芸一明白，佛门供养的鳏寡孤独者越多，收到的布施也会越多，无尽藏院才会有更多的香积钱可以放贷。"

尼姑停顿了片刻，冷淡地道："芸一，过慧亦夭，做人切忌太聪明。"

芸一见状，立刻赔罪："是芸一多嘴，师太恕罪。"

尼姑不以为意地拂了拂衣袖，接着道："扬州风俗好商贾，不事农业，想必今年来举贷的商人也不少。举贷多的，让你阿弟向崔掌柜打听下底细，若崔掌柜认可，福报放低些也不碍事。"

"喏，奴自会跟阿弟说，"芸一应道，"对了，提起崔掌柜，有一事还需告知师太。近日有博陵崔氏的人在宋州的明觉寺举贷，还质押了一处田产。"

"哦？这倒稀奇，"尼姑来了兴致，"博陵崔氏竟会来举贷，可知是博陵崔氏的哪一房？"

"约莫是第六房，但不敢确定，要查查看吗？"

"查吧，连质押的田产一并查。此事务必低调，只让明觉寺无尽藏院的典座经手，有消息就来报我，"尼姑略一沉思，又道，"还有，暂时不要让崔掌柜知晓。"

"喏。奴先不同阿弟讲。"

两人沉默半晌，芸一又问："师太，不知萧夫人的病情如何？萧掌门特地派了中州派的船来接你，难道是……"

尼姑道："不碍事的。阿姐自生完我那外甥，一直体弱，多少个郎中都说要细心调养。这次来楚州，是因岚儿过几日就要及笄。"

"萧小娘子竟要及笄了，"芸一叹道，"当真是光阴似箭，奴还记得她刚出生的时候，萧掌门，不，那时还不是掌门，他奔走相告，喜上眉梢的模样。要说萧掌门与令姐可真是恩爱，这么多年从未纳妾，想来萧掌门定然请了最好的郎中为令姐瞧病，什么金贵药材都舍得用。"

跪坐在蒲团上的尼姑没有答话，只默默地捻着手中佛珠。

"什么人——"甲板上传来一声呼号。

糟糕，被发现了，商船巡逻的船员怎的目力如此好？慕容婕眼见甲板上的火把越聚越多，已来不及原路折返。她环视四周，只有船顶离得最近，不如我先到上面去躲一躲。

她迅捷地从围栏上跃出，翻身上到了客舱的顶篷。哪知这商船的最高处，却早已坐着一个人。

"咦——"丁元青色的衣袂随着江风轻摆，"木娘子，怎么是你？"

慕容婕飘然而落，隔着月色，与丁元在客船顶篷的两端，相视而立。甲板上有更密集的脚步声传来，丁元从顶篷上探出头去，对着下面甲板上的船员呼道："不要紧张，是我。我嫌船舱里闷，出来透口气。"

船员中似乎有人认得丁元，回道："原来是丁谷主，打扰了。"

甲板上的火把即刻散去，丁元转身问道："木娘子，也来赏月？"

慕容婕见他替自己解了围，便应道："嗯，睡不着，想找个清净的地方。"

"那你可来对了，"丁元昂首望向空中明月，周身透着惬意，"舟子夜离家，开舲望月华。木娘子，今夜这江上明月，尽归你我。"说着拍拍身旁的位置，示意慕容婕来坐。

念及白日里与他经历过生死一瞬，慕容婕略微踟蹰，缓步上前与丁元并肩而坐。她也随着丁元刚才的指引，抬头仰望。此刻，乌云业已尽数褪去，那浅浅的月牙儿洇出柔和的光晕，和着江上清风，直叫人忘记了世间韶华。

"喏——"丁元递上一只酒壶，闻着是西域才有的葡萄酒。

"你哪里来的葡萄酒？"

"木娘子真识货，"丁元的表情带着顽皮的窃喜，"我从船舱里偷来的。中州派的商船，总能有些好东西。"这人白天还不顾安危地救人，现在竟像是个捣乱的孩子，慕容婕心想。

丁元看出了她的心思，笑道："人生在世，难得有片刻解脱。今日你我险些丧命，可眼下又有江风明月为伴，足见世事无常。此情此景，岂能无酒？为了这一刻，偷壶酒不算什么。"

难得有片刻解脱……慕容婕蓦然一怔。是啊，今日我差点就丧生于孤舟，我若死了，大宁王还有其他的死士，师父也还有其他的徒弟，一切都还照旧。既如此，就让我解脱片刻，又如何？于是拿起酒壶，猛灌一口。酒入喉舌，便即呛住。她擦着嘴角咳出的酒渍，仍坚持道："好酒！"

丁元望着略显狼狈的她，突然笑起来。

即便是在吐谷浑的草原上，慕容婕也极少饮酒，死士应时刻保持警惕，师父总是如此训诫。然而丁元快意的笑声仿佛是种鼓励，她禁不住又多饮了几下。等到脑袋开始发晕，她将下颌撑在膝上，喃喃地道："你说，我们在这里赏月，月亮也在赏我们吗？"

丁元这才伸手接过酒壶，也不擦壶口，边饮边道："木娘子希望它看到我们吗？"

慕容婕看着夜空中的浅月，认真地点点头："你看，这轮孤月自己挂在空中，度过千千万万年的岁月，我想，它定然很寂寞，因它今夜映照着的所有，终有一日都将离它远去。"

丁元默然，片刻之后却忽而道："木娘子此言差矣。明月当空的这千千万万年中，江风也吹了千千万万年，它们有彼此为伴，焉知就一定寂寞？"

江风，明月，原来也可以为伴吗？慕容婕怔怔地出神。

丁元又将酒壶推了过来，黑瞳中映出淡淡月华似霰，二人就这样坐在客舱的顶篷上,任由风起月浓,天地变色。

慕容婕不记得上一次睡得如此酣畅是在何时,若不是芸一叩门,她定然还在梦中。

"木娘子,可是扰了你休息?"芸一引着身后的白衣女尼进到舱房。

"不妨事,"慕容婕忙将披在身上的袍衫穿好,"想是昨日太累,竟睡了这许久。"

"昨日实在惊险,我到现在还在后怕哩,"芸一拍着自己的胸口,"多亏木娘子出手相救,否则,我恐怕早已葬身鱼腹,再也回不到师父门下。"

"师父?"慕容婕不解,芸一在船上时明明丝毫不会武功。

"正是,"芸一扶住女尼的手臂,道,"实不相瞒,我是泗州荷恩寺的在家弟子,这位就是我的师父,清宁师太。"

慕容婕这才明白芸一口中所言,是指修习佛法的师父。她朝芸一身边看去,这女尼虽人近中年,但面容清雅,在素白衣衫的映衬下,犹如水映韶光。昨夜在舷窗外,只听得她的声音,不承想还是位不染尘色的玉容女子。

清宁师太对着慕容婕双手合十,和婉言道:"阿弥陀佛,救人一命,胜造七级浮屠,施主救得芸一,实在是莫大的功德,贫尼感激不尽。"

慕容婕也学着合十道:"师太客气了,昨日实乃机缘巧合。若说救人,出力的可不止我一人,爝明谷的丁谷主也有份儿。"

"施主不贪功,不妄言,可见人品至诚。芸一都同我说了,稍后,我自会去向丁谷主拜谢。说起来,丁谷主还同贫尼有些交情,不似施主,对素昧平生之人亦能拼力相救。"

"哦?"慕容婕奇道,她昨夜只与丁元对坐赏月,两人都没说几句话,就连丁元为何认得商船上的船员,她也没有问。

芸一抢道:"木娘子不必惊奇,丁谷主的先父是中州派萧元德掌门的结拜兄弟,而师太的姐姐正是萧掌门的夫人。丁谷主与师太此次前往楚州,都是要参加萧掌门长女萧岚的及笄礼的,却没想到这么巧,萧掌门派去接师太的船正好救了咱们。我昨日上船后,才发现师父也在船上,当真是因缘际会,巧妙得紧。"

慕容婕也有些意外,怪不得芸一最先认出中州派的船,也怪不得中州派的船员识得丁元,她附和道:"果然好巧。"

清宁师太接过话头:"佛说,诸法因缘生,芸一此番得救,即是同木施主有缘。芸一和我都很想报答施主,只可惜佛门清贫,没什么堪用的。"

"师太,"慕容婕客气道,"我救人只因那是该做之事,师太如此说,倒是轻看我了。"

清宁师太淡淡一笑,敛衽为礼道:"是贫尼失言。木施主是真善人,可我等也是真想报这份善缘。不如这样,荷恩寺与江淮一带的诸多佛寺皆有往来,施主若是在江淮遇到了甚么急难事,又或是只想找个地方图清净,便带着我的书信去寺院,寺中同修自会协助一二。"说着从袖中取出一封信笺。

听她昨晚与芸一的对话,像是个能插手江淮诸多寺庙银钱事务的人,看来果真如此。慕容婕接过信笺,谢道:"师太想得周全,既如此,我便却之不恭。"

清宁师太和芸一都合十还礼,慕容婕又问:"方才听芸一说这商船是中州派的?恕我初来江淮,无有耳闻,商船好歹也救了我,我亦当感恩图报才是。"

芸一一听,立刻热络地说:"木娘子,莫说在江淮,但凡运河过处,谁人不识中州派的紫帆大船?这些年在萧掌门治下,中州派愈发兴旺,统揽了运河两岸的水运生意,又有更多的武林人士投奔。萧掌门武艺非凡,在江湖上也颇有威望,最难得的是他扶危济困,便咱们江淮一带的佛寺，哪个没有受过他的布施？人人都说萧掌门就是在世的活菩萨……"

"芸一，"清宁师太打断道，"说话要懂分寸，萧掌门积德行善，可并不是为沽名钓誉。"

芸一这才敛去夸耀神色，对慕容婕道："我一时多言，让木娘子见笑了。"

慕容婕未改面上和顺，只暗暗惊异一个漕帮能有如此势力，不只买卖遍及南北运河，在江湖上竟也大有来头，也是稀奇。

清宁师太和芸一走后不多时，紫帆商船终于要在楚州港靠岸。晴了一夜的天空，此刻又渐渐沥沥下起小雨。慕容婕收拾了行李，提前来到甲板上，却见丁元早已执伞而立。两人见到对方，同时报以微笑，一道顶着江南烟雨，看大船缓缓拉近码头。

"不知木娘子此去何处？若是顺路，我送你一程。"

"不劳烦丁兄了，我来楚州寻亲，昨日那么大的风浪也挨过，还怕一人多走几步路？"

丁元也不勉强，只道："在下家住越州天姥山的爚明谷，日后若方便，木娘子可来舍下做客。"

我身为死士，行不由己。若换做平时，随便敷衍就是，可他到底与我共那一江风月，就算此生不会再见，我也不能骗他。

慕容婕正犹豫间，岸上传来一声清脆悦耳的"丁大哥——"只见码头上站着一位身着粉色襦裙的少女，正朝丁元挥手。丁元见到，也笑着朝她扬了扬手臂。

"师太，你看，是萧小娘子。"芸一和清宁师太也来到甲板上，芸一眼尖，指着那少女言道。

清宁师太向岸上亲切地唤了声："岚儿。"少女听到，更为激动地朝众人招手。她身后跟着一队穿同样绛紫色半臂衫的人，个个身形矫健，精气内敛，都有武艺在身。这应该就是芸一口中的中州派掌门之女萧岚。

待船身停稳,芸一扶着清宁师太先行下船,丁元与慕容婕从后面跟上。那粉衣少女轻纵两步迎了上来,欢快地道:"小姨,你可来了,岚儿和阿娘都好想你。"

清宁师太慈爱地看着少女明媚的笑靥,笑道:"岚儿又长高了,也更俊俏了。"

芸一夸赞道:"萧小娘子站在江边,奴差点不敢认,真真就是那画里走出来的美人。"

萧岚有些不好意思,双颊泛起红晕,更显得青春靓丽。她转向丁元,亲昵地道:"丁大哥,我听船长飞鸽传书,说你在江中遇险被救起,可把我和丁二哥吓坏了。你不是鲁莽之人,为何不等暴雨过去再乘船?"

"丁谷主那还都是为了要赶上萧小娘子的及笄礼?"芸一抢白道。丁元笑了笑,没有否认。萧岚听罢,脸上的红晕更甚。

清宁师太拉着她的手,问道:"就你一人来的吗?"

萧岚这才想起了什么,左顾右盼地道:"阿耶也同来的,说是要先与陆督主交代些事情,随后就到。"

慕容婕急于离开去寻找师父,不愿再在码头上耽搁,也不顾几人仍在叙话,插口道:"师太,芸一,奴还要赶路,这便告辞,后会有期。"

话音刚落,码头上忽然躁动,慕容婕隐约听到刀剑相交之声,循声望去,只见楚州码头停靠的数艘紫帆大船间,有两个身影纵跃其中,正在缠斗。

"是阿耶——"萧岚率先叫道。

那一紫一黑的两个身影,身法极快,倏来倏往。若不是习武之人,根本连他们的招式也看不清。他二人一人持刀,一人使剑,纵然此时淫雨霏霏,并无日照,但二人每每兵刃相接,力道之大,都能凭空生出几缕火光。

"萧世伯的刀法又精进不少。"丁元赞道。

萧岚拽住丁元,着急地问:"丁大哥,依你看,我阿耶可是占据上风?"

丁元又看了半晌,摇着头道:"难说。萧世伯的功力已极少见,可这黑衣人的剑术诡奇,虚实难测,且他的轻功尚在萧世伯之上。木娘子,你是轻功行家,你说呢?"

"喔……"慕容婕双眼不离江面,含糊道,"我也看不出。"

她紧握着长剑的手早已生疼。那御风般的黑色身影不是别人,正是自己心心念念的师父慕容兖。师父是来码头寻我的吗?可他为何会与中州派的掌门缠斗?

丁元说的没错,师父的轻功的确在萧元德之上,若是只有二人过招,以师父的身手,就算不胜,定然也不会败。可如今这码头上,光萧岚身后,就站着十数位中州派的好手,还不算上那些紫帆大船上的人。丁元和清宁师太既是来参加萧岚及笄礼的,那楚州必是萧家的大本营,这码头前后,不知还有多少中州派的弟子。师父武功再高,也不可能同时与这么多人对决。

只听萧岚对身后那队紫衣人吩咐道:"你们看仔细了,阿耶如果不支,也别管什么江湖规矩,先拿下黑衣人要紧。"

"喏。"众人齐齐得令,他们的回答声如洪钟,震得慕容婕更加心焦。

又过得一刻,萧元德渐露疲态,追着慕容兖的身法不再如之前那般大开大阖。不等萧岚下令,她身后奔出数人,提刀朝紫帆大船间杀去。

慕容兖眼观六路,也知不宜恋战。于是单手轻扬,瞬间弹出数枚石子,暂退了中州派诸人的进攻。谁知这些人避过石子后,很快重新腾跃而上,慕容兖几次想脱身,竟是不能。

萧元德与众弟子默契十足,他率领诸人频频欺近慕容兖身畔,渐成包围之势。饶是慕容兖步法奇特,总在千钧一发之际绕了出来,但若继续拼斗下去,落败是迟早的事。

慕容婕清楚,死士的规矩是宁死也不能被擒,师父若真被逼到绝路,势必要自裁以慰主。她无数次想拔剑冲入刀阵,但以自己的功力,非但不能帮师父解围,反可能会使他分心。怎么办?慕容婕就这样在码头上看着师父一次次惊险地从刀尖掠过,心急如焚,不能自已。

就在此时,萧元德找到了慕容兖的破绽,挥刀横过,在慕容兖胸前划出一道血痕。

管不了那么多了。慕容婕瞥了瞥周围都在聚精会神观战的众人,手中亦弹出一枚石子,正中清宁师太的小腿。清宁师太脚下一弯,径直摔下码头,跌入江中。

"不好啦,清宁师太落水啦——"慕容婕冲着紫帆大船的方向大叫。

"师太——""小姨——"芸一和萧岚也惊叫道,岸上顿时乱作一团。

丁元正欲跳下,慕容婕却抢在他前头纵身入水。她做出一副要救人的姿态,实则在水下暗自运功,将清宁师太推得更远了些。清宁师太惊慌失措下胡乱扑腾,几下就被江潮迅速卷离码头,朝着江心而去。

慕容婕在水中用余光扫到萧元德和中州派诸人,他们果真被清宁落水的动静吸引,停下了对师父的攻势。她这才放心地向清宁师太游去,师太几要昏厥,慕容婕抓着她的衣领奋力回游,渐渐有些力不从心。好在中州派已有数人相继入水,将清宁师太顺势接过。她长吁一口气,停在水中缓了缓酸麻的四肢。

"小心——"丁元的声音从前方传来。慕容婕不及反应,猛然间被身后涌来的潮头压在水下。她在水中打了几个滚，拼尽全力才重回水面，可码头，竟已离开数丈之远。

"木娘子，木熔——"丁元还在高喊着。

慕容婕睁着迷蒙的双眼，看到丁元正朝着自己奋力划来，全然不顾江心翻起的一波波潮涌。他是要救我吗？为什么？慕容婕听到自己脑中的声音在一片扰攘中问道。可还不及回答，潮水在江心绕出旋涡，缠住了她，她在旋涡中上上下下，无论如何游弋，都无法挣脱。江岸逐渐模糊，慕容婕胸中阻滞，再没了力气。

师父应该已经逃出去了吧？师父于我有养育之恩，如今我死了，也算报答了他……这一刻，慕容婕忽然间觉得轻松。虚弱的意识里只剩回忆：阿娘的琴声，师父的训导，草原上奔跑着的追风，还有，还有那江风里的一弯浅月，那样皎洁，那样恣意……

"咳，咳……"慕容婕被喉头的一抹干痒唤醒，每咳一声，胸中的沉重就多一分，牵得浑身都跟着痛起来。

"你醒了。"师父深沉的嗓音在耳旁响起。慕容婕强撑着睁开双眼，烛火荧荧中，师父高大的身形投出一方有力的黑影，罩在自己身上。

"师父，"慕容婕沙哑地吐出几个字，"你怎么会……"

慕容兖将慕容婕上半身扶起，靠坐在床沿上，同时伸手喂了她一粒丹药，并在她背上推拿数下。慕容婕顿时觉得周身气脉顺畅不少，四肢也有了些气力。

"还好我在江中寻到了你，"慕容兖沉稳的语气中有着不易察觉的紧张，"婕儿，今后万不可再有此种举动。若你出了事，我有何颜面再面对大宁王？"

"只要能救得了师父，我不在乎。"

"婕儿，我千里迢迢将你从长安带回，又悉心教授你武艺，可不是要你如此轻贱自己的性命。"

慕容婕听师父虽然责备,却是出于关切,也不再辩,垂首道:"婕儿知错,以后不会了。"

烛火浅摇,屋内的影子都跟着晃了几下,慕容婕听到窗外有水浪声,不禁问道:"师父,咱们,这是在船上?"

"嗯,"慕容兖点了点头,"你在水中太久,伤了肺脉,需好好调养。我先送你到洛阳,之后你便走陆路回吐谷浑。"

慕容婕登时坐起,急道:"师父,我好不容易才找到你,我不回去!"

"慕容婕,"慕容兖神色即刻变得严厉,"一年未见,你连我的话也敢不听?"

"师父,"慕容婕哀求道,"这一年多,大宁王从不透露你的行踪,徒儿日日都在惦念你,却又不知你在何处。我的伤不碍事的,我定当勤加修习,早日痊愈。师父,求你让徒儿跟着你吧。大宁王身边不缺我一个,我留在你身边,多少可以助师父一臂之力。"

"哼——"慕容兖冷哼一声,丝毫不为所动,"你初来乍到就险些丧命,如何能助我一臂之力?留你在此,难道还要我分心照顾你?"

"我——"慕容婕无力辩驳,满心失望。

"婕儿。"慕容兖拍着她的肩头,语气渐缓,"我不能让你再以身犯险,相信这也是大宁王的意思。你且回去,继续修习龟息法门,早日养好伤,莫要让我担心。另外,"慕容兖说着从怀中掏出一个巴掌大的皮口袋,交在慕容婕手上,"把这个带回吐谷浑,交给大宁王。"

慕容婕狐疑地拆开皮口袋,从中摸出的,是一串青绿色的佛珠。她更加糊涂了,问道:"师父,这是什么?"

慕容兖站起身,背对着慕容婕,并不答话。慕容婕追问道:"师父一年多杳无音信,难道就是为了这串东西?"

"死士的规矩都忘了吗?"慕容夰的声音再次归于冷峻。

慕容婕望着师父那宽厚的脊背,压在嘴边的话,终于又敛回心中。

第十章
康君邺：萨宝

"罗什地基，四至临街，敬德记"，康君邺摸着石碑上的刻字，不禁又抬头仰望面前这座足有十二层高的青砖八角佛塔。

鸠摩罗什寺是凉州香火最为鼎盛的佛寺，因供奉有西域高僧鸠摩罗什的舌骨舍利，声名远播。四年前，大唐的将军尉迟敬德路过凉州，突然间看到城内一座古塔顶端绽放金光，前往礼拜时发现正是这座存放着高僧舍利的佛塔，于是拨银修葺，并立碑为证。据说舍利塔的最高一层有两个真金佛龛，也不知是不是真的。

寺内又有几下悠远的钟声传来，惊起正在院内啄食的飞鸟一片。"哀鸾孤桐上，清音彻九天"，康君邺低声吟诵着从宴席上听来的诗句，陡然间觉得和写这句诗的鸠摩罗什大师有了一丝共鸣。但片刻之后，他就想起自己此行的目的可不是凭吊先人，脑中又浮现出那日面见安萨宝时的情形。

自打离开了伊吾，康君邺心中一直忐忑。石万年口中的安萨宝乃是昭武九国无人不知的角色——安元寿。

安家祖上是西域安息国的王子安难陀，北魏时流亡定居于凉州，一直是武威郡的豪门望族。安元寿的父亲安兴贵和叔叔安修仁，在武德年间，曾协助大唐平定了凉王李轨的叛乱，双双封侯拜相；而安元寿本人在当今圣人还是秦王时，就随侍在侧。想当年圣人与突厥的颉利可汗结渭水之盟时，护卫圣人营帐的，正是安元寿。贞观三年，他荣归故里，被授了"萨宝"之职，奉命管理凉州的胡人聚落。虽说陇右道昭武九姓的萨宝不少，也都是分权而治，但却无人及得上安家的势力。康君邺所在的斯鲁什商团，就是安家的产业。

在伊吾时，石万年不愿多说，这让康君邺愈加不安。他实在想不通，远在凉州的安元寿，怎么会和自己往长安朝贡扯上关系。所以一到凉州，没等安元寿派人来请，康君邺就自己拿了拜帖前往萨宝府，但安元寿没有立刻见他，而是约了康君邺几日后在凉州的祆祠参加圣火礼。

当今圣人允许昭武九姓和波斯商客在大唐境内祭拜圣火，只是圣火礼需要在专门设立的祆祠内进行。披着红色斗篷的大麻葛将康君邺请到祆祠内一处宽敞的屋子，屋内正坐着一位身穿淡金色窄袖胡袍的年轻人。他和康君邺一样鼻梁高耸，满脸虬髯，但双瞳却是琥珀色的，似乎是汉胡混血。

"安萨宝？"康君邺难以将眼前这个同自己差不多年纪的华服男子与安元寿联系起来。

"正是在下，"安元寿双手交叉于胸，"康使者一路辛苦了。"

康君邺也连忙回礼："康国使臣康君邺拜见安萨宝。"

"康使者不必拘礼，"安元寿请康君邺落座后，客气地说，"石城主来信，夸赞康使者足智多谋，用一本佛经就把高昌的国主唬住了，在下很是佩服。"

"安萨宝过誉了，康某也只是顺势而为，这还要多亏石城主事先提醒。"

"那康使者可知我为何要让石城主出手相助？"言下之意，石万年竟是受他之托才对康君邺一路照顾。

康君邺并不觉得意外，一脸恭敬地说："还望安萨宝示下。"

安元寿眯起眼睛："某听说康使者在高昌曾多次去佛寺散财布施——"

康君邺担心他误会自己对阿胡拉的忠诚，赶忙解释道："在下那都是做给高昌王看的，为了让他相信佛陀托梦一说。"

"那不知使者一路到凉州,可曾注意过陇右道境内的佛寺数量？"

康君邺不解安元寿为何有此一问，但在脑中粗略回忆一番，从高昌到凉州，佛教寺院确实不少。就连胡人居多的凉州，所到之处，也时常见到佛寺。便答道："在下东行期间，的确经过许多佛寺，想来佛教在汉地传播已久，日渐崇盛也无可厚非，难不成，是咱们昭武九姓中有人背弃了阿胡拉？"

安元寿笑着摇头："使者想多了。我本不在乎佛门是否兴盛，只是如今从长安传来一支叫三阶宗的，皈依者甚多。这支宗派的每家寺院都建有无尽藏院，专门接收香客布施，再将积聚的钱财出借，而利钱只收三分。"

只收三分？！康君邺暗自惊道，同时瞬间明白了安元寿和石万年帮助自己的原因。

昭武九姓，历来以商为本，像斯鲁什这样的大商团，除了在大唐与西域诸国之间往来贸易，还以举贷给他人为利。不要说西域和陇右道，就连长安与洛阳也有几家斯鲁什的质库。通常向斯鲁什举贷，利钱要收四分，如果这个所谓的三阶宗真的只收三分利钱，那恐怕连昭武九姓自己的商人，也不会再从斯鲁什的质库举贷了。

"某明白了，安萨宝是因为斯鲁什的质库，才要我探查三阶宗的底细。"

安元寿赞道："康使者一点就透，果然聪明。"

"只是——"康君邺略一沉思，"如安萨宝之前所说，这三阶宗的无尽藏院乃是利用香客的布施出借，本钱得来容易，那利钱收得低也在情理之中。"

安元寿抚弄了一下栗色的须髯，道："康使者可不要小瞧了佛寺。我派人去两京打听过，这些佛寺要供养寺内僧尼，要修缮迦蓝，还要出资建病坊、悲田坊，收容病患和无家可归之人，已是极大的开销，如何还能拿出大笔钱财用于出借？"

康君邺对于佛寺用度不甚了解，听安元寿所言，似乎有点道理。

安元寿接着说："这些年长安有个传言，说三阶宗的总坛化度寺曾在兵乱中遗失了一件名为六藏图的圣物，此圣物或与前朝的佛家珍藏有关。"

化度寺？难道是阿耶家信中提过的化度寺？康君邺心中一紧，但面色未改："哦？还有此事？那定是一批绝世珍藏了？"

"这无从知晓。有人说是稀世珍宝，有人说是绝本经卷，还有人说是历朝施与佛门的贡品，总之说什么的都有。"

"那安萨宝是怀疑，三阶宗之所以能够出借钱财，乃是与这宝藏有关？"康君邺敏锐地问道。

"正是。坊间传言虽不能全信，但如此甚嚣尘上，必定也不是空穴来风。出家人整日吃斋念佛，哪里会懂得经营？如果不是另有助力，怎么能与我斯鲁什的质库抢生意？"

康君邺默默颔首，却没有答话，安元寿觉察出他欲言又止，便问："康使者可是有什么话想说？"

望着安元寿少年得志的饱满面容，康君邺道："在下受安萨宝与石城主之恩，定当竭力探查三阶宗之事。只是昭武九姓前往长安朝贡、行商者极多，不知安萨宝为何独独选中康某？"

安元寿再次眯起眼睛，露出难以测度的神情："我听说康使者的父亲十六年前在长安失踪，至今生死未卜——"

康君邺立刻警觉，虽说父亲康维当年也是斯鲁什商团极为得力的商人，但人走茶凉，十六年来，很少有人还记得他。安元寿如此年轻，不可能与父亲打过交道，他此时提起父亲，有何用意？

他琥珀色的瞳仁紧紧锁在康君邺脸上，"十六年了，康使者仍未放弃寻找真相，这份执着，我非常欣赏。不止如此，康使者为了能去长安，不惜欺骗圣火，这样的孤注一掷，也正是我最需要的人。"

几滴汗珠顺着康君邺的鬓角涔涔而下，心中震惊——连死对头米世芬都没能发现的事，眼前这个长居凉州的青年萨宝是怎么知道的？

安元寿轻笑着从腰间解下一块手巾，递给康君邺，然后不紧不慢地说："飒秣建城负责看护圣火祭坛的小祭司，是我的人。"

康君邺哑然，原来自己在圣火祭坛的燃料里做手脚的事，早就被人察觉。他再次看向与自己年龄相仿的安元寿，突然生出许多畏惧——安家在整个昭武九国，到底还有多少眼线？

"康使者放心，只要你能详尽探查三阶宗的内情，圣火一事，绝不会再有人知晓。至于你要寻找你父亲的踪迹，我也可以助你一臂之力。"

此时人为刀俎，我为鱼肉，康君邺挤出一抹无力的笑意，躬身领命："康某愿受安萨宝驱使。"

一晃数日过去，康国使团仍在陇右道的重镇凉州停留。

一则安元寿有意让康君邺在凉州附近的三阶宗寺院先探探底，二则使团此次要带去长安的几头贡狮，经长途跋涉，都形状委靡。驯兽官跟康君邺建议要在气候合宜的凉州多作休整，好让贡狮恢复气力。只是贡狮不方便入城，康君邺几经周折，才将驯兽官和贡狮都安排在凉州南城门外的一处空地。

这日康君邺出城去查看贡狮状况，南城门上的守卫又把他拦下："康使者，你们的使团到底还要在此扎营多久？都跟你说过了，秋收时节，城外不安全，吐谷浑的那些贼獠，不定哪日又要来抢东西。"

这的确已经是城门守卫第三次如此告诫康君邺。据说每年秋收，祁连山另一侧的吐谷浑汗国都会组织兵马，寇扰大唐边境，不是抢粮食，就是抢流民。凉州一带经多年屯田戍边，早已桑麻翳野，更是吐谷浑游骑兵眼中的肥肉。

康君邺从怀中取出一只银镯，塞在守卫手中，赔上笑脸："军士行个方便,我们最多再有十天就要出发,实在是使团内有猛兽,不敢带入城内。再说这营地就在城门边上,若真遇上吐谷浑袭扰,各位大唐将士,还能见死不救嘛。"

守卫捏着银镯,掂了掂分量,不客气地收入衣内,叮嘱道:"康使者,你是不知吐谷浑的青海骢,能日行千里,我们凉州的寻常马匹可追不上。这帮贼獠,每次都是抢完就跑,根本不会与守城军队正面冲突。你还是让营地里的人不管白天黑夜,都警醒些。"

康君邺连连称是。

这时,驿馆里的驿使也骑马到了城门口,他追上尚未出城的康君邺,递上一封请帖——原来是凉州都督李大亮今晚要宴请从长安来的鸿胪寺官员,康君邺作为康国使臣,也在受邀之列。

康君邺心知这定然又是安元寿的安排,要知道这些日子在凉州,城内的各种官宴、私宴,竟都没忘记邀请康君邺这位从未到过凉州的所谓使臣。凉州的显贵多少都和长安有着千丝万缕的联系,结交他们或许能对未来在长安的探查有所帮助,康君邺对于安元寿给自己铺路的心思了然于胸,也乐得配合。

当晚,他穿上在凉州新做的褐金色紧身胡服,欣然赴宴。

凉州都督李大亮着意促进汉胡融合,是以都督府的夜宴并没有严格按照官职来安排宾客席位,而是将前来赴宴的汉人和胡人交错排列。康君邺来得早,入席之后,身边只有坐在下首的一位宾客,他也身着褐色缺胯袍,粗眉阔鼻,看样貌从未见过。

"在下燕弘信。"两人拱手见礼之后,那人主动自报家名。

"幸会,在下康国使臣康君邺,"康君邺听他名讳前未加任何官职,想来应不是大唐官员,"不知燕郎君可是凉州人?"

"正是,不过某过完年节就要去长安任职。"

"哦?不知燕郎君要去哪个府衙高就?"

"高就谈不上,"燕弘信嘴上虽如此说,脸上却十分自得,"某精于刀剑，在长安的五皇子府中谋了份武职。"

"燕郎君竟是去皇子府上，这可真是天大的好差事！"

燕弘信满意地点点头，又道："不瞒康使者，说起来某和五殿下还有些亲属关系。"

康君邺被勾起好奇，就势做出一副惊讶的神情，这足以鼓励燕弘信继续说下去："实不相瞒，五殿下的舅父，也就是吏部的阴弘智阴侍郎，正是某的妹夫。"

"原来如此，"康君邺这下明白，为何凉州都督府的夜宴要邀请没有官职的燕弘信了，"想不到康某尚未抵达长安，就有幸结识了皇亲。"

这句奉承话显然令燕弘信很是受用，他假装谦虚道："哪里哪里，康使者日后到了长安，可要来五殿下府中寻我，某定要带着康使者，好好看看我大唐国都的繁华。"

尚不等康君邺答话，二人左近传来一声讪笑。与康君邺还隔着一处席位的再上首，有一位突厥打扮的年轻人正在佯装清嗓，努力掩饰刚才的笑声。康君邺之前在安元寿的私宴上见过他，此人正是现在驻守在凉州的左领军将军契苾何力。他出身铁勒皇族，也曾继任铁勒的可汗之位，突厥败北之后，他率领自己的部族归顺了大唐。

刚才那一下没忍住的笑声，颇有些嘲讽之意。燕弘信怒视着契苾何力，可对方既没有再看他，地位也远比他尊崇，他紧咬着牙，却无从发作。

康君邺见状，赶忙道："燕郎君成了五殿下的幕僚，真是可喜可贺，燕郎君的话康某都记住了，他日长安再见，燕郎君可不能食言。"

"好说，好说。"燕弘信敛去怒容，继续与康君邺高谈阔论起到长安后的种种计划。康君邺开始还有点耐心，但燕弘信来来回回都是夸耀他与五皇子的关系，康君邺不想得罪他，只能敷衍地听着。

"阁下可是康国使臣？"一身着石青色襕袍，面目清秀的唐人不知何时来到身边。

眼见有机会脱身，康君邺立刻起身施礼："某正是康国使臣康君邺。敢问阁下是？"

"某乃大唐鸿胪寺丞赵德楷，"他说着坐进了康君邺上首空着的席位上。在和契苾何力也见礼之后，又转过来，"李都督有心，特意安排赵某与使臣挨着坐。"

康君邺这才想起鸿胪寺本就是大唐专司外宾朝觐、番客入贡的官署，看来李大亮的确是考虑到二人的身份，才这样排座。他礼貌地说："某初来大唐，有诸多不懂之处，还望赵寺丞多加指点。"

"康使者客气了，使者远来是客，我鸿胪寺上下自当照顾。"他说着自斟了一杯酒，敬向康君邺，康君邺连忙拿起酒杯，与他对饮一盏。

"听说康国使团这次朝贡的贡品中还有几头狮子？"

康君邺一愣，不知他特意提起贡品是何意，恭敬答道："正是。原本有四头，可惜来的路上病死了一头，现在都安置在城外，有专门的驯兽官照看。"

赵德楷眼中来了兴致："说起来我在鸿胪寺供职这么久，还未亲眼见过狮子，只听从前到长安的人说是凶猛异常的神兽？"

原来他是想瞧瞧狮子，康君邺心中松了口气，笑道："赵寺丞若是想见，明日我带你去城外看看便是。正因为是猛兽，怕扰了凉州百姓，所以特意安置在城外。"

赵德楷喜道："如此就劳烦使者了。"

一旁的契苾何力忽然插话："我也想去见识下狮子，康使者方便的话，可否也顺道捎上我？"

康君邺哪敢拒绝："将军想来，某当然欢迎。"

谁知燕弘信搭腔道："康使者，某也对狮子颇为好奇，只是如今凉州城守备不力，吐谷浑的骑兵时常到城外劫掠，你的使团可要当心。若是贡狮被劫了去，凉州城内的卫兵怕是抵挡不住。"

这番话明显是说给驻守凉州的契苾何力听的，契苾何力冷笑一声："燕郎君不必含沙射影，那吐谷浑无非是仗着圣人恩施四夷，不欲兴兵，才一而再再而三地袭扰边境。当我凉州将士真怕了他们的青海骢吗？只要圣人一道诏书，我等自当上阵杀敌，生擒慕容伏允那老贼。"

燕弘信咂着嘴笑道："契苾将军可真会说话，但只怕燕某是无缘得见将军亲上战场了。说起来，将军也是我大唐的降将，若真是这么会打仗，当初为何要率部归顺我大唐呢？"

即便是有些城府的人，也受不住他这一激，更何况契苾何力年少气盛，当即涨红了脸就要跳起来，赵德楷赶忙伸手将他按住。

"听说燕郎君也有武艺在身，"赵德楷淡淡地道，"既然深恨吐谷浑扰我边境，那何不也投了军，共同守卫我大唐国土？"他外表文弱，但也许是常年在长安晓谕番邦来客的缘故，举手投足间都带着大国威势，一句问话已然压住了燕弘信的气焰。

燕弘信眼珠一转："赵寺丞说的哪里话，某不日就要去长安做五殿下的贴身护卫，保护皇子也是我辈应尽的职责。"

眼见再说下去，恐不好收场，康君邺瞅准时机，笑道："哎呀呀，诸位放心，我们康国的那几头狮子安全无虞。且不说大唐威服四海，吐谷浑的贼寇未必敢来。就算他们真到城外，我也会让驯兽官打开笼门，到时候管他什么青海骢、黄海骢，在狮子的嘴下，都只有血海骢。"

几人听他这样一说，都大笑起来，契苾何力和燕弘信相互白了一眼，不再争执。此时宾客也都到得差不多了，待凉州都督李大亮现身，宴会随即开始。

赵德楷与康君邺吃着酒，逐渐热络。他先是询问了康国的气候、风俗、官制、国主的喜好，接着又问了康君邺朝贡路上的种种关隘以及沿途各国的大致情况。言语之中，对西域诸国很是向往。

康君邺毕竟跟随斯鲁什商团行走商路已有十年，自己的经历加上从商路上听来的趣事，一个比一个离奇，一个比一个精彩。他本也是能说会道之人，此番借着宴会的气氛讲出来，直把赵德楷听得惊奇万分、心驰神往，二人都深觉与彼此一见如故。

不知觉间，都督府外暮色渐起，宴会也到了尾声。有八分醉意的赵德楷说什么也不肯等到翌日，一定要拉着康君邺马上就到城外的营地去看贡狮。康君邺也是酒意上头，想想狮子都是白日懒怠，黄昏里开始精神，现在去看倒也合适，便与赵德楷相互搀扶，只带了几个随从，来到城外的营地。

深秋时节的凉州，寒意袭人，但两人有酒劲撑着，都不觉得冷。驯兽官没想到康君邺快入夜了还会出城来看狮子，听来客是大唐的官员，便支起几个火盆，好让二人瞧个仔细。

那些关在笼中的贡狮，刚到了夜间要觅食的时间，又被突然窜起的火光惊吓，都在笼中来回走动，嘶吼不已。赵德楷强睁着迷蒙的双眼，借着火光打量着眼前这从未见过的巨大猛兽。狮子每嘶吼一声，他便往后退上一步，几次之后，脚下不稳，扑通一下摔在地上。

他坐在地上好半天也没爬起来，叫道："康兄，你快让这些狮子都老实些，这地面震动若此，我怎么起得来？"

康君邺心想他定是醉了，还打算笑话他一番，但猛然间也觉得脚下的砂石，似乎都在有节律地震动。他招呼随从扶自己蹲下仔细瞧瞧，却见原来站在身旁的驯兽官陡然间拔腿向凉州城门跑去，同时大声疾呼："有贼人！救命——救——命。"救命？这驯兽官难道也吃了酒？康君邺在脑中不太灵光地想着。他踉跄着转过身子，正迎上仆从惊恐万分的脸。仆从喷出一股热乎乎的东西在康君邺脸上，康君邺下意识用手抹了，却见一片煞人的殷红在手心中漾开。

第十一章
张九微：胡女

曲江上一缕寒风拂过，张九微跟着打了个战栗，她将脖子又往夹棉袄子里缩了缩，唏嘘一句："好冷——"

李真还在前面不断招手，但张九微已经开始后悔从杏园的暖阁里出来了。今日是任城王李道宗的生辰，李家将寿宴办在了长安郊外的杏园。杏园紧挨着有名的曲江池，每年春闱之后，新科进士都会在这里举办探花宴。但现下已是十月，不日就要入冬，曲江池畔早已没了繁花似锦，只剩落叶纷纷。

张九微在东海上长大，头一次在北方地界上感受秋风凛冽，极不适应。她本打算一直缩在暖阁里直到夜宴，但禁不住李真的百般央求，只好把自己裹成个团子，陪李真在曲江岸边游玩。说是游玩，其实只有李真一个人在撒欢，张九微全程把双手兜在袖子里，恨不能像这田间的野兔一样，打个洞钻进去。

好不容易走到眼前这块由两株古槐围住的小空地，张九微隔着几丈远喊道："真儿——实在太冷了，你且去前面玩，我就歇在这里了。"

李真应了一声，随侍女转身跑远。

张九微从袖中抽出手来，搓了又搓，仍不见暖，她喃喃抱怨道："城内那么多好地方，干吗非选在这里办寿宴？没来由地让我挨冻。"

"既然怕冷，为何还要跑出来？"五皇子李祐不知何时已站在槐树后。

张九微先是一惊，但总算没忘了礼数，对着李祐躬身一福："见过五殿下。"

"免礼，"李祐缓步上前走到张九微身旁，"刚才你可是说了主人家的坏话，回头我就要告诉李夫人。"

他轻扬的嘴角透着淡淡青色，张九微心知李祐是在打趣，却不想示弱，指着萧瑟的曲江道："觉得此处天寒地冻不适合办寿宴的，恐怕不止我一人吧？五殿下有微恙在身，想必也是怕冷的。"

李祐斜睨着张九微："我有微恙在身？何以见得？"

"殿下身上有药香。"张九微努努嘴。

"药香？"李祐不禁抬起自己的袖笼闻了闻。

"对，上次我在马上就闻到过。"张九微又补充道。刚说完，便即想起那日被李祐拢在马背上，心中立时尴尬，低头避过李祐的视线。

李祐轻笑一声，语气中没来由多了些逗弄："想不到九微娘子这般心细，还是……还是娘子只对我观人于微？"

张九微只想快些脱身，后退一步，道："殿下说笑，恕九微耐不住天寒，先行告退。"

还没等转身，李祐一把拉住她小臂："不许走。九微娘子总是这样匆匆告退，倒显得我这皇子毫无分量。难道真要我把你抱怨寿宴的话，说给任城王？"

李祐的举动出乎意料，张九微急道："殿下堂堂皇子，何故刁难我一女子？还请殿下自重。"

"不自重又怎样？"他挑衅地笑道，"夫子曾语女子难养，近之则不逊，远之则怨，我倒要看看是不是真的。"

张九微有些恼了，不再顾及李祐皇子的身份，瞪着他道："放开——"同时使劲地要挣脱。两人正在树下撕扯着，槐树旁传来一句质问："五弟，你这是做什么？"

是三皇子李恪和四皇子李泰。刚才那话是李泰说的，他不悦地看着二人，身后的李恪倒是神色如常。

李祐立刻松了手，张九微这才上前行礼："九微见过二位殿下。"

李泰蹙着眉，问道："五弟，张娘子与你有何误会，你要这般扯着她不放？"

"没什么，一时争执罢了。"李祐回答得云淡风轻，脸上却不大高兴。

"是吗？张娘子到底是李相亲眷，李相刚刚才上表乞骸骨，辞去相位，你就这样对待他的亲眷，若是传扬出去，满朝文武会怎么想？"

"四哥，"李祐打断道，"我不过与九微玩闹，关李相啥仕何事？你犯不着这么小题大做。"

李泰眼色微冷，不疾不徐地说："你可知圣人曰，李相识达大体，深足可嘉，他准李相辞官并非直成其雅志，而是要以李相为一代楷模。陛下有意成全这段君臣佳话，而你身为皇子，却在此时欺辱李相的亲眷，岂非是要给陛下难堪？"

李泰的这番话，字字句句牵扯圣人，丝毫不容辩驳。李祐怒道："四哥，你不要仗着是嫡子，多听了圣人几句话，就扣这么大的罪名给我。"此话一出，曲江畔的气氛瞬间变了，连一直神色自若的李恪，脸上也有点黯淡。

张九微可不想因自己引皇子不睦，她看看瞪着眼的李祐，又瞅瞅咬着牙的李泰，突然叹气道："刚才五殿下还说我女子难养，我看我一点也不难养，你们这些男子才难养。"

"你胡说什么？！"两人异口同声对张九微道。

"恕九微失言，"张九微佯装无辜，"只是看来诗中所云'兄弟阋于墙，外御其侮'一点不假。"

她故意把矛头引向自己，再巧言二位皇子是可以共同抵御外侮的兄弟。李泰和李祐怎能不明白？他们旋即对视一眼，和站在旁边的李恪一道，放声大笑。张九微见矛盾化解，心中长出一口气，也跟着笑了。

李真恰巧跑回来，见槐树旁的四人都在笑，好奇地问："真儿错过了什么乐事？"

张九微揽过李真："没什么，只是笑能御寒，殿下们见我太冷了，就逗我多笑一笑。"话刚说完，果真寒意上头，打了个喷嚏。

李祐和李泰同时向前，关切道："不要紧吧？"

"没事。"张九微嘴上说着，但见李泰和李祐的面色，都不大自在。李真似懂非懂的眼神在三人身上打转，最后还是李恪道："江边风大，咱们还是快回去吧。"

李道宗在杏园摆的是私宴，虽说男宾席设在一楼，女宾席设在二楼，但因前来的宾客大都有亲属关系，也就没有严格区分，而且杏园是环着空地而建的中空楼阁，楼上楼下不仅相互看得到，来去也方便。

开席后不久，李道宗夫人就招呼着众女宾吃酒说笑，每到一处，都引来艳羡一片。

"李夫人，你熏的这是什么香？好生奇特。"又有官眷问道。

李道宗夫人再次晾了晾手腕上的木镯："西市懿烁庄里新到的，也不知是什么稀奇木种，铺子里每只镯子的味道都不大一样。"

张九微满意地看着众女客恨不能马上冲到懿烁庄去的表情，心中已在默默计算这个月懿烁庄的收入。

自从在宫宴上发觉香木的商机，张九微便遣郑齐绕道摩逸国大举收购紫棠伽楠。又听张长盛说长安城中的贵人斗香成风，都不喜欢与他人用同样的香,于是又让郑齐在从流波岛来钱塘的路上,将木镯分批放在不同的花水和香料里,每隔一些时日,就将香料重新组合。这样一来,待运抵长安,紫棠伽楠吸收了多种不同的香气,每只木镯气味殊异,连见多识广的张长盛都啧啧称奇。

张九微先是送了张出尘一只木镯,京城里各家官眷往来频繁,很快就有不少人得知西市懿烁庄能买到奇香木镯的事。等过了今日李道宗的寿宴,懿烁庄怕又要迎来一大批的贵客,张九微越想就越欢喜,忍不住笑出声来。

"九娘,"李真一脸困惑地看着张九微,"你今日好生奇怪,莫不是又想起三位殿下讲的笑话?"

"别胡说,"张九微嗔道,"我是……嗯……我是笑楼下那些郎君,才开席,就吃醉了酒。"张九微一眼瞥到楼下有七八个郎君,正围在一起高谈阔论,随口胡诌道。

"在哪里?我也看看。"

张九微指给李真看,那几人果然已经微醺,不顾席面上的其他宾客,话说得很大声,在二楼都听得到。

"那吐谷浑的伏允老儿实在欺人太甚!"一个红袍郎君将手中的杯子重重摔在食案上,"寇扰凉州也就罢了,竟还把我大唐的鸿胪寺丞劫了去,真当我大唐无人吗?"

另一人接话道:"可不是嘛,两国交兵,尚且不斩来使,吐谷浑既向我朝称臣,又暗地里俘虏官员,实在无法无天!听说圣人在九成宫听到奏报,也大发雷霆。"

"只怕这回等圣人和太子从九成宫回来,就要发兵征讨吐谷浑了吧?"

"出兵岂是小事?吐谷浑气候多寒,沙漠广布,其人善骑射,又有良马青海骢,若不是有此倚仗,那慕容可汗怎会一而再再而三地袭扰边境?"

"许郎君,你这么说我可不爱听,突厥就不善骑射?突厥就没有名马?在我大唐的军队面前,还不是要远遁漠北?"

"可你要想想,与突厥作战的时候,谁是大将军?如今李相已经致仕,只怕……"

"难道我大唐除了李相,就没别的将军了吗?"

……

听到这,张九微暗自替楼下的那几位郎君捏了把汗。吐谷浑在凉州掳劫了鸿胪寺丞赵德楷的事,近日在长安闹得尽人皆知。可今日这寿宴上,包括寿星公李道宗本人在内,有不少曾经跟随李靖出生入死的武官。要是让他们听到没了李靖,大唐就没了可用的领兵之人,岂不是要犯众怒?

好在此时楼下忽有乐声响起,盖住了那几人的声音。杏园中心铺着红地毯的大堂里,五个身着粉红色紧身宽袖上衣和轻纱长裙的胡女袅娜而出,伴着欢快的节奏,在各自脚下的舞筵上,跳起了胡旋舞。

她们疾转如风,红色皮靴始终不曾离开那块小巧的舞筵,手中的绸带和身体一起翩跹飞舞,美妙至极。尤其是为首一人,身姿如翾风回雪,把张九微也看得痴了。

一曲舞毕,杏园内叫好声不断。张九微由衷赞道:"这胡旋女跳得可真好,比我之前在酒肆里见过的强出百倍。"

"那是自然,"李真得意地道,"这可是婶婶特意从西市的木月楼里请来的。听说这几个胡姬最近是长安各贵人府中的常客,邀请她们过府表演的人都要排到明年正月之后。"

"哦?"张九微心中突然来了计较,对李真道,"既然难得一见,我要下去看个仔细。"

她不声不响地从二楼下到大堂,候在离乐工最近的廊柱边上,这里是供助兴的舞者出入的,并没有设置席位。胡旋女们又舞完一曲,下场休息,张九微瞅准时机,拦下了领舞的胡姬:"胡女留步,我有几句话想说。"

那胡姬有些慌张，不知道自己做错了什么，操着不大流利的唐话道："娘子，可是奴跳得不好？"

"当然不是，你跳得极好。"

胡姬更加慌张了，她半张脸孔遮在纱巾之下，看不出表情，但那双蓝紫色的动人眼眸中，闪动着一抹畏惧。

"你别怕，"张九微轻拍了一下胡姬的肩膀，"我不是来寻你晦气，我惊艳于你的舞姿，想赏你一件东西。"说着就从袖中抽出一个木制的镂空吊坠，递给胡姬。

胡姬不敢接，张九微只好硬塞在她手中。那是一枚紫棠伽楠做的挂坠，木质外壳雕工精美，中空的内部有一颗色泽丰润的淡粉色珍珠，同样带着难以名状的幽香。

"这颗珍珠的颜色正配你的粉红色纱裙，你可以把它系在腰带上，跳舞的时候飞起来，更好看。"张九微笑意盈盈地道。

胡姬依言把吊坠系在腰间的锦带上，颔首道："奴谢娘子赏赐。"

张九微见胡姬收下了挂坠，又问："你叫什么？"

"主人给奴起的汉名叫珂雅，奴刚来长安不久，主人说，胡姬都要有汉名。"

"好，珂雅，我还有件事想拜托你。"

胡姬又紧张起来，张九微忙道："不是什么大事，无非是希望你能经常戴着这吊坠，日后若有人问你这吊坠哪里来的，你就说是从西市的懿烁庄里买的。"

"懿——烁——庄——"珂雅一字一句地念道，虽有西域口音，但口齿还算清楚。

"对，就是懿烁庄。"

珂雅眼中有些疑惑，但仍默默点头。此时，乐工们又奏起一支新曲子，张九微知道不便继续耽搁珂雅，便亲切笑道："珂雅，你舞跳得这般好，日后若有空，我会亲自去木月楼捧你的场。"

放珂雅离去后，张九微不免自得起来：有这胡姬去各贵人府上做活招牌，便不愁紫棠伽楠的挂坠在长安传不出声名。

她随着殿中的胡乐情不自禁地转动身体，胳膊刚摆了两下，就招呼到一个坚实的臂膀之上。

"没想到张娘子不只喜欢胡乐，还想跟着胡女学跳胡旋舞。"三皇子李恪瞅着张九微扭到一半突然停住的怪异姿态，忍俊不禁。

张九微迅速收敛仪态，强装大方地说："乐音动人，不能自已，让三殿下见笑。"

"是吗？不是还说要去木月楼给胡女捧场吗？"

"说说而已。"张九微拿不准李恪到底听了多少自己与珂雅的对话，含混地道。

"你可知木月楼是什么地方？你一官眷，出入那里，怕是不太方便。"李恪话中有话。

张九微立刻想到木月楼可能是烟花之所，心下赧然，对着李恪一福："九微无知，多谢三殿下提醒，"但转念一想，李恪怎么知道木月楼能不能去？遂道："三殿下如此了解，必是去过木月楼？"

李恪微一皱眉："张娘子，不要自作聪明。"

"殿下去过就去过，我又不会说出去。"张九微一脸无所谓。

"我看张娘子是学不会李相的谨慎了，"李恪面容冷淡，"长安城中，处处繁华地如烈火烹油，但能长久的，没有几人。娘子若是真聪明，就该学你姑祖父，早点远离这权力中心。"

他这是何意？难道他猜出我赏赐吊坠给胡女的缘由？可懿烁庄的事，连张出尘和李靖都不知道，别人更不可能。李恪不等张九微回答，径自越过她，徒留张九微呆站在原地，一时不知如何是好。

第十二章
康君邺：幽囚

身旁的赵德楷扭动了几下，康君邺赶忙合上高昌老僧赠予自己的经书，拍着赵德楷的脸，"赵丞，你还好吧？"

赵德楷悠悠醒转，他无力地挪了挪身子，小声吐出一句："水——"

康君邺拿起身旁的皮质水袋，扶着赵德楷的头，给他灌上几口，赵德楷喝得有些急，呛在中途，狠命地咳嗽一阵后，人终于清醒了些。

"什么时辰了？"他问道。

"约莫就快戌时，"康君邺又用手搭了搭赵德楷的额头，"今日的饭还没送来，你且再忍忍。"

"我吃不下。"他嘟囔着合上双眼，又歪倒在一旁。

康君邺无奈地望着虚弱的赵德楷，这关押俘虏的庐帐内光线不好，还有股浓重的马尿味，混着帐中数人多日不曾梳洗的体味，也难怪赵德楷没有胃口。

自在凉州城外被吐谷浑的骑兵虏走，康君邺和赵德楷一行，已经在吐谷浑的王都伏俟城被囚禁两月有余。康君邺无时无刻不在后悔那晚带赵德楷出城去看贡狮。真被凉州城门上的守卫说中，驯兽官虽及时跑回城内求救，但凉州城的守备军队，没能追上吐谷浑的骑兵，康君邺在马上眼睁睁看着大唐的追兵离自己越来越远，那景象，时常在梦中将他惊醒。

　　刚被囚禁的日子，赵德楷每天都说吐谷浑臣服于大唐，就算时不时劫掠边境，但终究不敢扣留大唐官员。可时间一天天过去，吐谷浑可汗慕容伏允没有半点要放人的意思，只把赵德楷等人当普通囚犯对待，连吃食也不按时提供。康君邺久经商路考验，对一时的绝境还沉得住气，赵德楷却日渐消沉，如今连话也不愿多讲。加上他从未受过这般苦楚，本就不怎么强健的身体，一天天消瘦，着实令人担心。

　　"送饭的来了——"庐帐的布幔刚被掀开，就有眼巴巴等着饭菜的俘虏嚷道。刚才还恹恹的他们，全都来了精神，涌到帐篷门口。

　　康君邺摇醒赵德楷，想拉他一起去拿饭菜，好歹走动一下，但赵德楷看了一眼那些狼吞虎咽的俘虏，颓然道："要我和他们一样，还不如不吃。"

　　康君邺正要再劝，两人身侧的地上忽地多出了两碗饭，一个轻细的声音说道："赵丞不吃饭，怎么有力气回大唐？"

　　赵德楷和康君邺都被这陡然出现的人吓了一跳，康君邺刚才分明没听到任何的脚步声。他借着帐内幽暗的光线看去，来人穿的也是和帐外看守一样的小袖长袍，但他苍白的面孔生疏，没有蓄须，并不是平日来送饭的人。

　　"回大唐？"赵德楷轻蔑地哼了一声，"慕容可汗肯放人吗？"

　　"可汗当然不肯，不然前些日子天可汗派人来伏俟城宣谕的时候，就该放你们走了。"

　　"圣人派人来过？"赵德楷一听到有大唐的消息，立刻提起精神。

　　"来过，"卫兵淡然道，"天可汗要求立即释放赵丞一行，可惜慕容可汗听信天柱王的逸言，拒绝放人。"

　　卫兵言语之中对慕容可汗的重臣天柱王毫无敬意，康君邺不禁心生疑窦，赵德楷眼中也是同样的疑虑。两人都明白，来人极有可能是慕容伏允派来套话的。

卫兵看懂了赵德楷防备的神色,小声问:"赵丞任职于鸿胪寺,必还记得从前在长安为质的吐谷浑世子慕容顺?"

赵德楷道:"记得又怎样?"

"世子如今已不是世子了,只是大宁王。他让我给赵丞带话,请赵丞务必保重身体,可汗如今虽倚重天柱王,不肯听他的劝,但大宁王一定会寻得机会,救赵丞返回大唐。"

康君邺心下惊诧,只听赵德楷犹疑地道:"大宁王是慕容可汗的长子,既然可汗不愿放人,大宁王又为何要背着可汗行事?"

"赵丞也知大宁王是可汗长子,他当年奉可汗之命前往长安朝贡,谁知可汗在大宁王被扣留为质期间,竟然改立了尊王为世子。大宁王回到吐谷浑之后,又不得可汗器重。"

"即便如此,"赵德楷打断道,"大宁王也没有要违抗可汗之命的道理。若他本就不得器重,此番抗命,岂不是更触怒了慕容可汗?"

"除非——"康君邺的商人本能已经看出端倪,"除非大宁王帮助我们,能有更大的好处?"

康君邺的话引得赵德楷和卫兵同时看向他,卫兵幽深的双瞳中闪过一丝精芒:"这位通译郎君反应倒快。"

康君邺被俘后,担心康国使臣的身份不受吐谷浑重视,便拜托赵德楷说自己是鸿胪寺典客署的通译,只要名义上是大唐的官员,吐谷浑就算不放人,也不敢随意处置。

"不错,大宁王自然不会无故犯险,"卫兵答道,"可汗老迈,偏信天柱王一家之言,几次三番与大唐作对,但吐谷浑之中,并不是都如天柱王那般。大宁王曾居长安多年,深知大唐与吐谷浑实力悬殊,所以才力劝可汗不要与大唐多起冲突。怎奈可汗现下已着了魔,根本听不进劝,天柱王还趁势离间可汗与大宁王。若继续这样下去,

· 123 ·

大宁王的处境只怕……"

赵德楷是聪明人，一把握住卫兵的手腕，急道："只要大宁王能救我等返回唐境，我自当向圣人秉明大宁王的忠心。"

康君邺从卫兵冰冷的面容中，捕捉到一丝慌乱，那光洁的侧脸上竟然一点胡楂都看不到。看来大宁王派来的卫兵，是个女人。他上前按住赵德楷的手，让卫兵趁势挣脱。

卫兵收回手腕后才道："赵丞放心，天可汗已经发了征讨吐谷浑的诏书，再过些日子，等伏俟城乱起来，大宁王就有办法救赵丞脱困。"

那些拥在帐门处吃饭的俘虏中已有人吃完，卫兵不便多待，在起身时故意喝道："赵丞还是快点吃饭吧，谁知道还有没有下一顿。"说罢转身离去。

康君邺将吃食递给赵德楷，小声问："赵丞，你看这大宁王真能救我们吗？"

赵德楷伸手接过，脸上的委靡之情已然大减，回道："慕容顺与慕容伏允父子不睦，确实不假。当年他以世子的身份往长安朝贡，慕容伏允突然兴兵犯隋，隋炀帝于是扣留了慕容顺为质。隋军击败吐谷浑之后，慕容伏允逃亡，炀帝便立慕容顺为吐谷浑可汗，送他回国，意图由他取而代之。谁知慕容顺刚抵达西平郡，他的辅臣尼洛周就被部下所杀，慕容顺没了支持，只能返回长安。后来，炀帝无道，乃至天下大乱，慕容伏允便趁机收回了被隋军占领的地盘，而慕容顺则被炀帝带同巡幸江都。炀帝被弑后，慕容顺从扬州逃回了长安，又继续被太上皇扣留。直至太上皇联合吐谷浑平定了李轨，为感谢慕容伏允，这才把慕容顺送回了伏俟城。只是没想到，慕容伏允早已改立了尊王为世子。"

"如此说来，他确有反对慕容可汗的理由，"康君邺忽然有点同情这个大宁王，"想来他只身在异国为质十数年，整日担惊受怕自不必说，其间还赶上兵乱，能活着回到故土已是难得。回来后却发现自己已不是世子，父亲还要多番猜忌，如若是我，定然也咽不下这口气。"

"君邺可不要小瞧了此人，"赵德楷停下竹箸，若有所思地道，"慕容顺能在炀帝身边那么多年却平安无事，城府绝不一般。若他真想救我们，早就可以行动，但他偏偏等到了圣人发出征讨诏书才有所动作。如果我猜得不错，他这是想借大唐之手帮他扫清障碍，好登上吐谷浑的汗位。"

康君邺半张着嘴，一时忘记吞饭。经赵德楷这么一说，本就黯然的形势更加复杂。

赵德楷宽慰道："君邺不必忧心，不管慕容顺出于什么目的要施以援手，我们总算有了些指望。只要能活着回去向圣人禀明情况，一切自有定夺，"他顿了顿，重又拿起竹箸，"眼下最重要的，是我需多吃两口饭！"

第十三章
慕容婕：叛逃

隆冬时节的伏俟城，寒风刺骨，滴水成冰。

慕容婕手里托着几件厚重的长皮袄子，来到关押大唐官员的庐帐旁。

"大宁王让我来给他们送几件御寒的衣物。"她边说边将皮袄子展示给营帐前的守卫。守卫在皮袄子里来回摸索了几下，这才拉开了庐帐的布幔。

庐帐内的气味比入冬前更加污浊，立在中心的火盆炭薪不足，黯淡的橘色火焰在风息倒灌中残喘，无法从围聚其间的身影中逃窜。

慕容婕要见的人并不在那些争相取暖的俘虏中，大唐鸿胪寺丞赵德楷和他那个来自康国的粟特通译，早已避开众人，候在晦暗的东北角。

赵德楷从慕容婕手中接过皮袄，囫囵套在身上，着急问道："大宁王还要我们等多久？"

"赵丞请再耐心等几天。"慕容婕明知自己的话对赵德楷没用，仍然说了。

他的眉头果然扭在一起，声量也不由得大了起来："大宁王到底在等什么？还请明示。"

一旁的粟特通译康君邺赶忙咳嗽几下，小声替赵德楷追问道："难道是在等我大唐的军队？"

虽然大宁王不曾允许自己这样说，但慕容婕觉得眼前的这两位大唐官员早就猜到了，于是回道："正是。刚传来消息，天可汗任命了西海道、积石道、鄯州道、且沫道、赤水道和盐泽道六路行军总管，统受西海道行军大总管李靖节制，估算时日，唐军应该已经出发。"

"李相？"赵德楷愣了一下，"你确定是李相？"

慕容婕不懂他为何有此一问，康君邺插话道："赵丞，可是有什么不对？"

赵德楷拉着不大合身的皮袄，"李相年事已高，又有足疾，我离京之时，长安城内都传言他即将致仕。"

慕容婕想起了绮娘子传来的简报，回道："李将军确已致仕，但听闻征讨吐谷浑的诏书一发，他就主动请缨，重披战甲。"

"难道真是李相……"赵德楷陷入了沉思。

他的表情在昏暗之中愈加难辨，但却绝对不是喜悦。这和大宁王与曲师姐的推断南辕北辙，慕容婕不禁试探性地道："李将军荡平突厥，威名远播，可汗一听到是他挂帅出征，极其慌乱。大宁王推测，只要李将军进逼吐谷浑，可汗势必要离开伏俟城，向西远遁雪山，到时就可以趁乱解救赵丞。"

"不可！"赵德楷忽然叫道，惹得那些火盆前的俘虏都看过来，他随即收声，"你可知李相用兵奇诡，当年他与突厥一战，在攻破定襄后，突厥的颉利可汗曾遣使投降。圣人派鸿胪寺卿唐俭与凉州的安修仁将军前往突厥王庭，商议接受突厥归附之事。可就在此时，李相既没有圣人的授意，也不顾唐卿和安将军仍在王庭，突然举兵突袭阴山，大破颉利可汗。此役我军虽大获全胜，但若不是唐卿和安将军设法逃脱，只怕早就命丧漠北了。"

康君邺比慕容婕更快领会赵德楷的言下之意，他圆睁着浅绿色的双眸，问道："赵丞的意思，是李相未必会顾及我们的安危？"

赵德楷凝重地点点头："不错！圣人此番下诏征讨，志在必得，只要李相能够攻破吐谷浑，我们这些人的性命又算得了什么？当年唐卿与安将军的事，只怕又要重演，"说到这儿，赵德楷猛地转向慕容婕，手指紧紧攥住她的上臂，"请你务必转告大宁王，他若是想立投名状，需得趁早。一旦李将军率军而至，不只我们逃不了性命，大宁王的盘算也势必落空！"

慕容婕从赵德楷眼中读出了无从掩饰的紧张，康君邺上前拉开他的手，对慕容婕道："我等的安危皆在大宁王一念之间，万望兵士向大宁王道明个中利害。"说着郑重地双手交于前胸，朝慕容婕躬身。

慕容婕没有回礼，转身离开了庐帐。

"他真这么说？"大宁王慕容顺在自己的王帐中踱着步，慕容婕带回的消息，显然有些出乎他的意料。

"句句属实。"慕容婕低头应道。

大宁王停下来，转身看向立在另一旁的曲妍："你怎么看？"

曲妍躬身道："回大王，几年前奴奉命前往高昌，确实从颉利可汗的胞弟阿史那欲谷设处，听说过李靖利用唐俭和安修仁前去受降发起奇袭之事。想来颉利可汗若不是因二人身在王庭放松了警惕，也不至于会被李靖生擒。赵德楷任职于鸿胪寺，与唐俭来往必定密切，他的担忧不无道理。你说呢，师妹？"

随着曲妍的话，大宁王将目光移到慕容婕脸上，慕容婕立刻避开他的视线，拱手道："奴以为师姐所说有理，既然大王本就想放唐人走，不如及早行事，以免夜长梦多。"

大宁王望着帐外枯黄的草原深思片刻，对二人道："好吧，明日戌时，按计划行事。"

曲妍和慕容婕颔首领命，正要退出王帐，大宁王伸手拦下慕容婕："你留一下。"

曲妍的额角略过一丝犹疑，但脚下没停，径自退了出去。慕容婕低头盯着地面，眼看着大宁王那双黑色镶金边的靴子一步步朝自己走来。大宁王走路的姿势和寻常的吐谷浑人不同,总是那么轻缓,像极了平康坊里那些大唐文士。

"婕儿,"大宁王换了种柔和的语气,却十分生硬,"在江淮受的伤都好了吧?"

"有劳大王挂怀,都好了。"慕容婕的回答也很生硬。

大宁王无奈地笑了一声,道:"你回来我身边也有十年,还是这么见外。"他说着把右手搭在了慕容婕的肩头,那清瘦的骨架快要撑不住身上厚重的裘袍。

"婕儿,我不认你,因你是我在长安为质时所生,你母亲又是北里歌女。我在这伏俟城,处境尴尬,若是被父汗知道我有与长安艺伎的私生女,于你,于我,都不是好事。你明白吗?"

慕容婕不敢看大宁王,只默默点头。

"不能听你叫我一声阿耶,是我的错,"大宁王把慕容婕的肩头抓得更紧了,"你……不要怪我。"

慕容婕终于抬眼对上他的双眸,那双幽邃的眸子里闪动着渴望、忍耐、悲恸,甚至苍凉,却唯独没有师父看自己时的那种关爱。她就这样直视着他,木然道:"奴,不敢。"

大宁王被慕容婕盯得有些发怵,骤然抽回视线,又恢复了主人的神态,吩咐道:"明日带赵德楷他们出城后,你也不要回来了。我会对外宣称是你勾结唐人,私放了他们。"

慕容婕不解地望着大宁王。

"既然不能等到唐军压境,伏俟城混乱,唐人这一走,父汗势必会追究。你经常去囚帐,嫌疑最大。明日,我会让曲妍和其他人陪你演场戏,你也不要手软。你对我的人出手越重,父汗才越会相信你是叛逃;我被天柱王攀扯的时候,也才越有话说,"他停下来,转了转手上的扳指,又补充道,"不过,中途如果出了什么岔子,一个活口都不能留,就算是那鸿胪寺丞,也必须杀了。"

"喏，"慕容婕拱手，"可出城之后，我要去哪里？"

"寻你师父，他还在江淮一带。你可以先去扬州，远朋楼的梁掌柜自有办法联络他。"

一听到又能见到师父，慕容婕晦暗了许久的心瞬间亮了起来。

大宁王转身从坐床下的暗格里拿出一个精致的小皮口袋，交给慕容婕："把这个带给慕容先生。"

慕容婕捏了捏皮口袋中的物什，又定睛看了看袋面上的纹路，这不正是自己从江淮带回来的那串佛珠？

"风暴将至，这伏俟城我怕是也待不久了，"大宁王蓦然垂首道，"唐军一到边境，父汗必定会同从前一样，烧毁草原，坚壁清野，向西面的雪山遁逃。千里奔逃路途难料，这东西我不便带在身上，还是由你师父保管最为妥当。"

慕容婕攥着手中的皮口袋，心中极为惶惑，这串绿色佛珠到底有什么玄机，大宁王和师父为何会为了它如此审慎？

大宁王再次郑重地看向她："跟慕容先生说，不管未来吐谷浑与唐军作战的结果如何，他都要继续执行我托付的事，绝对不可以停下。"

第十四章
康君邺：追兵

"快——快点换上。"赵德楷低声催促着庐帐内那些仍有些不明就里的仆从。这些人在伏俟城被囚禁了快三个月，早已习惯了每日裏紧衣衫缩在角落里睡觉，浑身筋骨怠懒，换衣服的动作都不大爽利。

康君邺倒是麻利地换好了吐谷浑卫兵的小袖长袍，戴上缯帽，还不忘把帽檐上悬着的罗幂翻下来。这罗幂虽是为遮挡风沙，但恰好也能掩一掩他的西胡容貌。

此刻，庐帐外只有呼啸的北风，康君邺不知大宁王的女卫兵用什么迷晕了帐外的守卫，只见那几人软绵绵地倒在帐内的干草堆里，一声不吭。

"这几日，可汗把多余的兵将都充作斥候派出去了，所以晚上的城防不严，"女卫兵趁着众人换衣服的空当，紧锣密鼓地嘱咐道，"我已在城外备好了马，待会儿你们跟紧我，路上不要随便与人搭话。"出帐前，那女卫兵把每个人挨个看了一遍，又道："还有，若是路上有人被擒，你们只管指认是我放你们出城的，千万不要提起旁人。"

康君邺见她说这话的时候，紧了紧腰间的佩剑，心头不由得掠过一丝凉意。这些日子只顾着想要如何回到大唐，却没有跟赵德楷商讨过，万一没逃出去，大宁王会如何处置他们？可现在也顾不得这么多了,女卫兵已经掀起了庐帐的布幔,康君邺紧跟在赵德楷身后,一行人目不斜视,脚下匆匆。

伏俟城的守备的确不怎么严,绕过大大小小数个庐帐,也都只在大帐前才有拿着武器的守卫。吐谷浑的黄昏,月亮出来得格外早,夕阳尚未褪尽,一轮朗月已然浮上草原的星空。康君邺呼吸着久违的新鲜空气,倍感清澈,若不是寒风侵肌,时不时卷来沙石打在身上,他几乎就要忘记自己是来逃命的。

就这样一路出了城,果然有几人牵着六匹精壮的黑马等在城门不远处。女卫兵同那些人点头示意,谁也没有多说话,只是指挥众人尽快上马。赵德楷归康心切,纵然骑术不精,坐上马鞍后,也勉力用双腿夹着马,随着黑马颠簸向前。

约莫跑出七八里,大宁王的人都停了下来。为首一人道:"前面就是青海了,你们过了青海,一直往东北方向走,就能抵达大唐边境。这些马都经过训练,识得去路。"

赵德楷在马上拱了拱手:"此番多谢各位相救,还请转告大宁王,某定当在圣人面前说清吐谷浑如今的情势,希望来日,能有机会向大宁王当面致谢。"

那些人都客气地还了礼。赵德楷正要催马前行,为首之人却突然吐出一句:"动手吧。"

康君邺尚未听得仔细,就见那女卫兵从马上跃出。她凌厉的身形在月光下犹如鬼魅,手中长剑出鞘,一道清冽的剑光霎时间将大宁王的兵士们笼住。那几人坐在马上竟毫不闪避,各自闷哼几声。等康君邺反应过来,他们身上早已添了几道不深不浅的伤口,正滋滋地渗出血迹。

康君邺等人都看得怔住,不知这一切所为何来。那女卫兵也不理众人,翻身单足在马鞍上一点,顺势坐回马背。她随即挥鞭催马,同时吹起一个清脆的马哨。康君邺几人座下的黑马,一听到这马哨,便跟着女卫兵的马向东疾驰。

马队在女卫兵的带领下，不多时就又奔出十几里，直到一片浩瀚如汪洋的湖泊出现在眼前。这巨大的湖面由于封冻，反射出惨白的粼光，乍一看去，像是夜幕下正在喘息的庞然巨兽。只听赵德楷在身后惊呼一声，继而仰下马去。

众人都听到他坠马的动静，纷纷停缰勒马。康君邺第一个跳下，扶起滚成一团的赵德楷，问道："赵丞，你没事吧？"

赵德楷从地上捡起自己的缯帽，重又戴在头上，摆手道："还好，还好，亏得是冬日，穿得厚，摔下来也不觉得疼。这就是青海？"他指着前方道："想不到竟如此浩瀚，惊得我松了缰绳。"

女卫兵不耐烦地催促道："两位，时间紧迫，请快些上马。"

夜间的荒原上倏忽传来一声急促的马哨，黑马们听了，齐齐仰天嘶鸣。女卫兵脸上变色，叫道："不好！是斥候！"

她话还未说完，一支弩箭便已射穿了马上的仆从。康君邺回身望去，只见身后星星点点的火光正在以极快的速度靠近，耳边又有更多的弩箭飞来。

他死命地拽起赵德楷，托住他的脚助他重新坐上马背。可等再要攀上自己的马时，又是一支弩箭从黑马身侧擦过，射掉了马的耳朵。黑马受痛，蹬出后蹄，康君邺被马撞倒，再爬起来时，哪里还有马的踪迹。

"君邺——"赵德楷在马上大喊，"快，快上我的马。"

康君邺小跑两步，眼看就要抓住赵德楷的手，一支弩箭却正中他伸向赵德楷的臂膀。他用余光瞥到那些火光又欺近了许多，又看看马上惊恐不定的赵德楷，再也顾不得臂膀上的痛楚，用尽全力在马屁股上拍下一掌，喝道："快走，别管我——"

赵德楷的马似乎早就在等这一下，瞬间失足狂奔，未几即消失于夜色。康君邺环顾四周，没死的仆从们早就策马跑了，倒是那女卫兵与跑在最前面的斥候短兵相接，斥候们都不是她的对手，长剑过处，人仰马翻。她料理完第一批斥候之后，手中已多出一柄长弓。康君邺望向她，月色朦胧中，女卫兵的脸上漾起一抹悚然的寒意。

不好！她是要杀我灭口！然而身体还是慢了一步，这一箭来势迅猛，正中康君邺的前胸。康君邺只觉得受力后挫，却丝毫没有疼痛。他不及多想，挥手折断箭矢，转身就跑。这一路连滚带爬，不敢看身后到底发生了什么，没跑出多远，一个趔趄，身体不受控制地从湖边的陡坡上摔将出去。康君邺只来得及感到头上一阵钝痛，再想睁眼，前方最后的光亮也随着晕眩一道消散殆尽。

……

水？康君邺在黑暗中感到一阵潮气。我是在梦中，还是已经死了？

冰冷的水，初始只是抽抽搭搭地滴在脸上，可后来，一道巨大的水柱迎面浇来，把他硬生生地从自己昏沉的意识里拽了出来。康君邺张开嘴巴，大口地喘着气，周身的水汽几要成冰，刺骨的寒冷逼迫他睁开双眼——两个吐谷浑士兵正拍打着自己，其中一人还拎着水桶。

"天柱王，他醒了。"士兵停止了拍打，对身后之人说道。

康君邺在迷糊中渐渐看清自己此刻正躺在一间不大的庐帐里，帐内的火光映在一个矮胖的人影上，让他头顶缯帽的黑色玉石明暗交错。这就是慕容可汗的重臣天柱王？

"听说你是鸿胪寺典客署的通译？"

康君邺虚弱地点了点头。

"大唐的薪俸几何？"

康君邺编不出，只默默不答。

天柱王拿起案上的一本东西，对着康君邺晃了晃："这是从你身上搜出来的，没想到你一个西域人，竟还信佛。"

是石窟老僧送我的《维摩经》。自离开高昌，康君邺一直把经书揣在衣内，被囚在伏俟城的这三个月，百无聊赖时，也会拿出来翻翻。

天柱王轻笑一声："不过现在不管是什么样的佛祖菩萨，恐怕都救不了你的命。你的那些大唐同僚们都跑了，我看，大唐朝廷并不会在乎你一个胡人的死活，你说呢？"

康君邺岂能不知？从决定让赵德楷先脱身的那一刻，便注定了只能听天由命。别说天柱王，就是他自己也说不清当时为何要帮赵德楷，如果不是为了助他脱困，我现在应该已经在奔往凉州的路上。

一想到凉州，康君邺顿时清醒。康国的使团还在凉州，我冒着欺骗圣火的风险，不顾阿娘的反对，执意前往长安。十六年的等待，就为能查清父亲失踪的原委，可现在，连长安的城门也没看上一眼，就要命丧于此了吗？

天柱王的话，字字诛心。康君邺想到自己十多年的暗自筹划，想到出使路上的无数艰险，想到阿娘与弟弟的关切，胸中悬着许久的沉重终被刺破。那种混着绝望的压抑，顺着五脏六腑向下蔓延，压得他无法喘息。

天柱王满意地看着说不出话的康君邺，缓缓地道："通译郎君也不用如此，眼下，你可还有一个活命的机会，"他向康君邺走近几步："大宁王的死士私放了你们，可我不信这样大的行动，慕容婕那小女子能一力完成。她武艺虽高，但此事若无人里应外合，根本不可能办到。"

康君邺没有吭声。

"通译郎君可能忘了，那我就再给你提个醒。据斥候禀报，在青海边，慕容婕搭弓上箭，可是要射杀你灭口。可惜啊，大宁王怎么也没料到，你们出城许久，还能撞上我派去查探唐军动静的斥候。慕容婕虽没有落网，不过捉到了你，也是一样的。"

你是想让我供出大宁王？康君邺的脑筋迅速转起来。这的确是我活命的机会，但大宁王手下的死士远不止那女卫兵一人，他断不会允许我活着到慕容可汗面前指认他。而这天柱王，常年撺掇慕容可汗与大唐为敌，眼下唐军压境，我一旦供出大宁王，就会立刻失去利用的价值。大唐不会顾及一个胡人通译的死活，与大唐交战的吐谷浑，就会顾及吗？

"怎么样？通译郎君斟酌得如何？"

面前的天柱王似乎笃定康君邺没有退路。然而刚才那一桶兜头的冷水，让康君邺冷静下来。而今之计，最大的生机是尽可能多地为自己争取些时日。他对自己说。只盼赵德楷能够顾念我的救命之恩，还有安元寿，他一路保着我东行，我多少还对他有用……

康君邺用那只没受伤的胳膊撑起自己，对天柱王道："阁下说的这些，我怎么都听不明白。赵丞苦口婆心，又许了好大一笔银钱给那女卫兵，她才同意救我们回大唐。如果你要我指认她，我指认便是，至于其他的，我委实不知。"

天柱王有些错愕地凝视着康君邺，半晌，他轻蔑地冷笑一声，对着帐内的卫兵道："给这位通译郎君松松筋骨，但要注意分寸，千万别弄死了。"

不知过了多久，康君邺紧闭着双眼，感到有人在探他的鼻息。此刻，脱臼的肩膀混着撕裂的箭伤，正将剧痛一波波地送来，但无论吐谷浑的士兵如何踢他，康君邺都毫无反应。

"这人又晕过去了，"士兵道，"看着结实，怎么这么不禁打？"

另一人道："听说他已在城内囚了三个月，估计身体已不大好。晕就晕吧，咱们也省点力，天柱王说了不能让他死，就让他多缓一会儿。"

"天柱王让咱们在这临时扎营，就为了这么个西域人？为何不把此人带进伏俟城再审问？"

"谁知道呢？让咱们守着天柱王的羊圈扎营，可这味儿……"

康君邺在庐帐内早已辨不清时辰，只觉得自天柱王走后，黑夜漫长得有如永夜。为了少受点皮肉之苦，他只能装晕，可这毕竟不是长久之计。天柱王好不容易抓到大宁王的把柄，不把自己攻破，决计不会罢休。难道除了一箭被杀和被慢慢折磨等死，就没有别的出路了吗？康君邺不敢再想下去。

疼痛、寒冷、恐惧，缠挟着多日来的疲惫，让康君邺沉沉睡去。半梦半醒间，他再一次见到了阿耶。那时的阿耶看着比现在的他没大几岁，他牵着康君邺的手，带他穿过长安红色的城门。阿耶伸手指向长安城内，那里，除了无尽的光，什么都没有。

康君邺想问阿耶究竟要让自己看什么，可阿耶却松开了康君邺的手，一步步迈向长安城内的光。那道光打在阿耶身上，将他的面孔一点点熔化。康君邺怕极了，拼命地叫喊着让阿耶停下，可无论他怎么嘶喊，阿耶就是听不到……

"走水了！走水了！"有人叫嚷着冲进庐帐，吵醒了迷迷糊糊的康君邺，来人也是吐谷浑的卫兵。他对帐内的两个卫兵道："那边有营帐走水了，快，你们两个，跟我去救火！"

"那他怎么办？"帐内的士兵指着康君邺，"天柱王让我们一定看好他。"

"这营地外都是天柱王的羊，烧死了，跑散了，咱们能担待得起吗？"

帐内的士兵略一犹豫，对另一个同伴道："我跟他们去救火，你留在这儿，千万别出什么岔子。"

康君邺听到庐帐外呼喝声不断，乱作一团。留守的士兵紧贴着帐篷的布幔，盯着外面的动静。这也许是个机会。

"你还不去救火？"康君邺问道。

"闭嘴！"士兵瞪了一眼，"我劝你别打趁乱出逃的算盘，今日就算烧死你,也不会让你逃走。"

"烧死我?天柱王舍得吗?我要是死了,他拿什么攀扯大宁王?"

士兵啐了一口,没答话。

康君邺又道:"我看你的下场也不比我强,这么大的火,天柱王的营地准要烧个七七八八,你们丢了他的羊,他能饶过你们?说不定我还没死,你就先被他杀了。"

士兵恼火地跳到康君邺身前,甩了他一个耳光:"我让你再说。"

康君邺吐出嘴里的血,仍不放弃,笑道:"你打我有什么用?草原上天干物燥,夜里风又大,这场火且有得烧呢。我反正已是将死之人,天柱王不会让我活着回大唐,只是没想到老天爷怕我寂寞,用一场火拉了这么多人给我陪葬,也不枉此生了。"说罢哈哈大笑。

那士兵听着康君邺的疯笑,愈加忐忑。他思虑片刻,紧了紧缚着康君邺的绳子,又往康君邺嘴里塞了块绒布,反身出帐。可前脚刚跨出庐帐,整个人便好似一团肉包袱般,又重重弹了回来,跌在康君邺脚边,不省人事。同时,一个熟悉的轻盈身影已欺到帐内,朝康君邺快步走来。

完了……这下死定了。康君邺盯着女卫兵的苍白脸孔,猛踹那昏迷的士兵,喉咙里发出的呼救声都被绒布阻住,听着只像是哼唧哼唧的呜咽声。

女卫兵将昏迷的士兵踢去一边,蹲下抓上了康君邺脱臼的肩膀。明知徒劳,康君邺还是拼命挣扎。只听那女卫兵小声喝道:"别动,我是来救你的。"

康君邺不听,仍然大力扭动着身体,想挣脱女卫兵的手。

"我要是想杀你,你还有命坐在这儿吗?"女卫兵不耐烦地瞪着他。

康君邺一愣，脑中多了些理智：也对，以她的身手，对我一击毙命不是难事。正想着，猝然间一股钻心的疼痛从肩膀处袭来——女卫兵趁康君邺停下的工夫，以极快的速度接上了他脱臼的肩膀。康君邺隔着口中的绒布闷声叫着，扭曲的眼角不争气地滋出几滴泪来。待痛楚稍减，身上的绳子也都解下，他抽出口中的绒布，动了动肩膀。刚才痛归痛，不过肩膀能接回来，也值得。

"你还能骑马吗？"女卫兵问道。

康君邺点点头。

女卫兵扶起康君邺，道："出帐之后跟紧我，马在营地的西北面。"

"你为什么要救我？"

"现在不是说这个的时候，"女卫兵撩开布幔一角，小心探看，"我没烧粮草，只是点燃了主帐，这种火势，持续不了多久。"

原来这火是她放的。

女卫兵示意康君邺快走，康君邺却突然想起了什么，嘟囔一句："等一下。"

他回身走到帐中的几案前，拿起案上的《维摩经》和圣火符牌。横在地上的吐谷浑士兵陡然间跳起，没等康君邺反应过来，士兵一手环在康君邺身前，另一只手已用匕首抵在了他的咽喉。

"想救人？没那么容易。"匕首的刀尖扎进了康君邺的皮肤。

"来——"耳边士兵的高呼骤然间卡在他喉咙，匕首应声掉落，同时一股温热顺着康君邺的脖颈缓缓流入衣内。康君邺不知道发生了什么，只见那士兵右眼窝好似被什么利器击中，鲜血汩汩涌出。

"你愣着干什么？"女卫兵已经利索地用绒布塞住了那士兵的嘴，"快把他绑起来。"

康君邺这才搞清楚片刻之间发生的事，依着吩咐捡起地上的绳索，将士兵从头到脚捆紧。那士兵痛得全身打战，康君邺撇过头去，硬起心肠不看他满是血污的右脸。

因火势而混乱的营地中，无人注意到关押康君邺的庐帐外，偷偷跑出两个若无其事的身影。康君邺目不斜视地跟在女卫兵身后，仿佛这是他唯一会做的事情。

万籁俱寂的荒原之上，朝阳从那天与地衔接的边缘跃出，一时间赤朱丹彤，霞光烂漫。两匹骏马就这样奔驰了大半日的工夫，停在了一条尚未完全封冻的河道旁。康君邺跳下马，倦意从周身的每一个毛孔袭来，他歪靠在河边的一棵树下，脑中纷乱，却是怎么也睡不着。

"我听天柱王说，你名叫慕容婕？"康君邺问道。

女卫兵正在拨弄河边的石子，听到康君邺的问题，手中一滞。

"我们还要结伴同行，总得知道要如何称呼对方。"

女卫兵没有回头，道："你们唐人不都称呼女子为娘子吗？你也可以称呼我为慕容娘子。"

"可我不是唐人，而你也不太像寻常的娘子。"

"那就随便你吧。反正等把你送到大唐，我们也不会再见。"

"好，阿婕，"康君邺本以为女卫兵会反感这个称呼，却不想她真的毫无反应，"你为何要救我？在青海的时候，你明明要一箭射死我。"

"我也想问，我明明射中了你，你为何还活着？"

康君邺从怀中摸出圣火符牌和《维摩经》，指着经书背面被箭矢戳出的洞，道："因为这个，你的箭正好射在经书上，经书背面还有我的圣火符牌，我这才侥幸没死。"

慕容婕微微张了张嘴，叹道："你倒是命大。"

康君邺听她言语中带着失望，不禁问道："你既这么想杀我，那为何还要纵火救我？"

"还不是因为一箭没射死，让你被天柱王抓了，所以只能救你。"

康君邺有点哑然，他虽然疲累，脑中却一刻未停，道："你是怕我受不住天柱王的刑讯，会供出大宁王，而你又不能在庐帐中直接将我杀了，那样天柱王就有理由说是大宁王杀人灭口。最好是让他们看到你救走了我，如此一来，你勾结唐人叛逃的罪名就坐实了，大宁王也不会再被牵扯。"

慕容婕转过身子，挑着眉道："你的确是比那几个唐人聪明些。天柱王一心想攀咬大宁王，因此单独审讯你，没有将你带入伏俟城。其实他若是带你入城，城内四处都有兵将，我就算烧他十个八个营帐，也很难救你出来。"

"可我要是没等到你出手相救，就已经招供了呢？"

"城内还有我师姐，她长于用毒，自有办法让你在死之前翻供。"慕容婕的语气像是在摆弄一只掉进陷阱毫无反击之力的野兔。

康君邺想起赵德楷对慕容顺的评价，不由得道："大宁王身边还真是卧虎藏龙，看来当年他能在兵乱之中，从扬州逃回长安，定然不是侥幸。"

慕容婕的眼神快速闪动了一下。康君邺心知被自己说中了，正欲接着套话，只听砰的一声轻响，慕容婕手中扬出的石子正中河对岸枯草丛中的一只山鹑。她轻飘飘地掠过河道，用剑柄在地上一撑，顺势捡起山鹑，转瞬之间，又回到了刚才坐着的地方。她把山鹑丢给康君邺，面无表情地道："我不喜欢手上染血，你来弄吧。"

目睹了她用石子杀鸟的这手功夫，康君邺知道那庐帐中卫兵的眼睛定也是被她用石子打瞎的，哪里还敢拒绝。待洗剥好山鹑，慕容婕已生起了火，康君邺将山鹑穿在一根稍粗的树枝之上，在火堆中翻烤。油脂滋滋地从山鹑身上冒出，康君邺突然问道："你叛逃的罪名坐实了，还回得去吐谷浑吗？"

"应该……回不去了。"慕容婕向火堆添了一把枯枝，眼中毫无波澜。

康君邺听她对于被逐出吐谷浑一点也不在意，诧异地道："再也回不去家乡，你不难过吗？"

"我没有家。"慕容婕的回答干脆又冷冽，冷冽到康君邺不敢再问。

究竟是什么样的心性，才能对于再也回不到家乡全不在乎？如果让我这辈子再也回不去康国，再也见不到阿娘和弟弟，我会如何？康君邺用余光瞥着慕容婕，一时忘记翻动手中的山鹑。

"都烤焦了。"慕容婕蹙着眉道。她说着从康君邺手中抢过树枝，抽出匕首将山鹑一劈两半，递给康君邺烤焦的那一半，自顾自地吃了起来。两人吃饱之后，康君邺再也抵受不住乏累，靠在树上昏睡过去。也不知睡了多久，当他再次醒来，已是深夜。

慕容婕一人坐在火堆边，正拿着一串绿色的佛珠若有所思。隔着火光，康君邺观那佛珠色泽莹人，绿色深深浅浅，连着穗子的那颗珠子又透着亮。

"你也信佛吗？"康君邺问道。

慕容婕见康君邺醒了，迅速收起佛珠，用树枝又将火堆翻得更旺了些，道："你来守着火堆，让我也睡一个时辰。"她也不管康君邺答不答应，径自盘腿而坐，双手捏了个诀，就阖上双眼。

康君邺瞅着眼前这个颇为神秘的女卫兵，又回想起这几日连番的生死遭遇，心中涌动出无数的念头，却终究都化了在灼灼火光前的一句默诵："阿胡拉保佑。"

吐谷浑的青海骢名不虚传，脚力之快，远不是寻常马匹可比。康君邺跟着慕容婕只在草原上奔了两日，就已能看得到凉州附近的莲花山了。

傍晚，二人找了一处可以遮挡风沙的胡杨林歇脚，火堆点燃没多久，慕容婕突然毫无征兆地跳起，警觉地环视四周，小声道："有人来了，我去看看。"说罢，黑衣身影顷刻便隐没于林木。

康君邺还是不能习惯身边有这么个时隐时出的同伴，他向着慕容婕消失的方向追出几丈，却是徒劳无功，只得悻悻地往回走。

　　"来者何人——"一个高亢脆亮的声线划破黄昏的静谧，喝问道。随之飞来一支警示性的箭矢，深深扎进康君邺不远处的树干上。

　　康君邺惊惶地看过去，只见一小队行装齐整的骑兵正策马而来。他不敢擅动，呆立在原地，直到骑兵奔驰着靠近，才约莫看清这些人的装束并非是吐谷浑的样式。

　　"康使者？"待骑兵全都跑到了近前，马上一人认出了康君邺。

　　康君邺眯起眼睛再看——来人戴着头盔，一身铁甲，正是凉州的左领军将军契苾何力。面对这突如其来的喜从天降，康君邺再也顾不上其他骑兵戒备的眼神，跑着迎上前去，呼道："契苾将军！"

　　契苾何力跳下马，也上前扶住康君邺，一脸惊异："使者怎么会在这里？赵丞说你为了救他，被吐谷浑的斥候拦截，不知生死。"

　　康君邺不顾身份地紧紧抓着契苾何力的胳膊，激动地说："说来话长。我总算是逃出来了。赵丞现下如何？"

　　"他一切都好，已经奉旨在回京的路上。"

　　"那就好，就好，"康君邺有点语无伦次，有一脑袋的问题要问，却不知应该先问哪一个，最后挑了一个与契苾何力相关的，"将军为何也在此处？"

　　"这次征讨吐谷浑，我奉李将军之命领前锋，今日外出巡查，竟没想到碰上了使者，"契苾何力年轻的面庞在军甲之下，朝气蓬勃，"使者大难不死，真是万幸，我看还是尽快派人护送使者返回凉州为上。使者不知道，安萨宝多次托我和李都督打探使者的消息，想必正急于知晓使者的情况。"

　　"好，好。"康君邺逐渐平静下来，忽地想起了与自己同来的慕容婕。他领着契苾何力去到刚才歇脚的地方，却见火堆早已压灭，一缕温热的余烟旁，只剩自己的坐骑，慕容婕和她的那匹黑马都消失得无影无踪。康君邺有些怔忡，他望着静谧的胡杨林，默默轻叹一声。过去几日的惊心动魄，宛若一场酣梦，如今虽然醒了，却让人无法分辨其中的真实与虚幻。

"康使者，快上马吧。"契苾何力催促道。

康君邺最后又瞟了一眼胡杨林，纵身上马，与唐军的骑兵一道，绝尘而去。

安元寿位于凉州的宅邸，内饰奢华，既有西域的绒毯筵帐，又有汉风浓郁的古玩字画，连室内的火盆，都在外沿雕画着阿胡拉显迹的传说，并点缀有玫红色的宝石。火盆内的炭薪和缓地燃烧着，只偶尔蹦出几声噼啪的轻响，安元寿琥珀色的瞳仁在火光的掩映之下，深不见底。

"安某没想到康使者还有一副菩萨心肠。"他淡然地道。

康君邺低着头，也不多辩解舍命救赵德楷之事，道："当时事态紧急，未及多想，好在阿胡拉护佑，有惊无险。"

安元寿听他言及阿胡拉，嘴边不动声色地浮起一丝笑意："康使者，安某有几句话想提点你。"

"安萨宝请讲。"康君邺躬身道。

"使者此去长安，虽不会再有被敌国幽囚的困境，但京城的暗流，丝毫不会比塞外的风霜缓和。使者如果一味舍己救人，那安某只怕是错看了你，就算是阿胡拉，也未必能次次护你周全。"

"康某明白，"康君邺听出了安元寿的弦外之音，"康某还有许多未竟之事，日后必当小心谨慎，不再逞一时之勇。"

"也罢，"安元寿点到即止，"你的愚勇也不是全无用处，鸿胪寺丞如今可是深感你的救命大恩。他临去长安前，想尽办法要说服李都督救你回来，只不过征讨吐谷浑是军政大事，六路行军既出，一切都需尊李药师的军令行事。即便是我，也没有那么大的面子，能够从军中派人寻你。"

"真难为赵丞了，"康君邺想起在伏俟城囚帐中赵德楷消瘦的身形，"这次也亏得赵丞劝服吐谷浑的大宁王救我们出来。"

"这鸿胪寺丞还算聪明，若真等到大军压境，以李药师的手段，你们确实没有多大机会。当年我叔叔，也差点被李药师当了炮灰。"

康君邺想起赵德楷讲过的阴山奇袭，李靖攻破突厥王庭之时，安元寿的叔叔安修仁还在突厥安抚颉利可汗。那一次的凶险，想必至今都让安元寿心有余悸。

安元寿接着说："既然这次你们都侥幸逃脱，也就是过命的交情。赵德楷是鸿胪寺丞，能帮到你的地方甚多。康使者到了长安，可千万不要客气。"

"某省得。某在长安期间，必定会与赵丞多加往来。"

安元寿点点头，又道："还有一事，你被囚期间，康国使团群龙无首。这事被苏尔万商团得知，他们从西域派了人来，说是要接替你担任使臣，带领使团继续前往长安。"

"什么？"康君邺一听，立刻就要从坐床上跳起。自己九死一生，好不容易逃命回来，怎能在此时将康国使臣的位置拱手相让？

安元寿伸手按住他，笑道："康使者莫要着急。某好歹也是凉州萨宝，岂会让苏尔万商团白白捡了便宜？我遣人给康国国主送了信，就算康使者真的回不来，也会再找斯鲁什商团的得力之人接手。那苏尔万商团觊觎我斯鲁什在西域的势力日久，他们既一直盯着斯鲁什的动静，我当然也会时时防着他们。"

康君邺听了，自觉刚才有些失态。想想安家可是斯鲁什商团的大金主，一个不相干的三阶宗都要费力探查，更何况是处处与斯鲁什较劲的苏尔万商团。

"不过，也亏得你回来的时机正好，"安元寿习惯性地抚弄起他的栗色须髯，"康国国主的回信没有那么快传回来，而苏尔万的人已经到了凉州，他们若硬要去使团里闹事，我并非康国人，插手还需费点脑筋。契苾将军将你逃回凉州的讯息快马送来，苏尔万的领队叫米世芬的，一听说你还活着，当场大怒，惹得使团里的人都很是不悦。"

又是米世芬，康君邺不得不信了唐人常说的冤家路窄。自打当年他在算筹比试中输给了康君邺，没能被斯鲁什商团选中，米世芬心心念念的就是要胜过康君邺，任何能让康君邺难堪的机会，他都不会放过。他定然认为这回我死定了，想到米世芬气急败坏的样子，康君邺不禁有些想笑。

"那眼下苏尔万的人在哪里？"

"听说已经出发去了长安，"安元寿用火棍拨了拨火盆中的炭薪，坐直后对康君邺投来慎重一瞥，"康使者，长安不比凉州，有许多事情我照应不到，需得你自己留心。我许你留在长安，照应一部分斯鲁什的生意，质库那边，若有需要，你也可以动用我的人手，"说着将一块银色的圣火符牌交在康君邺手上，"总之，我所托之事，还望你务必尽心。"

康君邺用拇指摩挲着圣火符牌背后代表斯鲁什商团的莲花火焰纹案，郑重地点了点头。

第十五章
张九微：上巳

"九娘，"白芷瞅着铜镜中扮成男装的自己，不无顾虑地道，"今日是上巳，曲江边上不知会有多少贵人，别家的娘子都是绫罗绣衣，咱们这样打扮不太好吧。"

"你懂什么，"张九微将镶有大月珍珠和小块儿紫棠伽楠的蹀躞带缠在腰间，"今日全长安的贵族士子齐聚曲江，正是我展示这些时新货品的好机会。"她说着又在蹀躞带上系上了一枚与之前赏给木月楼的胡姬相似的吊坠，只不过镂空香木里的不再是珍珠，而是红珊瑚珠。

"九娘已经给懿烁庄带了那么多贵人娘子的货单，还不够？老掌柜前日不是才说，这几个月账上的收入都赶上去年一整年的了。"

张九微振振有词道："天下熙熙，皆为利来；天下攘攘，皆为利往。善为商贾之人，最要紧就是一个贪字，这么容易知足，我如何能赚钱？"

白芷扁了扁嘴，伸手摸向张九微腰间的蹀躞带，问道："这又是伽罗的主意？"

张九微点点头，赞道："还是伽罗点子多。若不是听了他的，将香木只当做点缀，就郑齐采买的那五百石紫棠伽楠，早就耗光了。用这种方法，离岛的珍珠、珊瑚，还有运往泉州的琉璃、玛瑙，都能一起出货，船队的银钱倒是周转得快些。不过，还是得尽快再去摩逸国采买几批,好不容易占了个先机,我需把紫棠伽楠的货源都牢牢拢在手中。"

"怪不得上元节岛主来信,九娘那么开心。岛主定是在信中又对九娘赞赏一番?"

想起祖父信中的嘉勉,张九微心中得意,但仍努力在白芷面前装谦虚道:"千里之行始于足下,祖父的称赞只是开始,日后我定要让流波岛的人,全都对我张九微刮目相看。"

"岛主从来都说九娘是最有志气的,"白芷帮张九微戴上黑纱幞头,"没想到这一晃,咱们竟已在长安住了一年,也不知岛上如今是什么光景?"

"是啊,"张九微轻叹一句,"本来想着怎么也要回流波岛过年,但现下姑祖父远征吐谷浑,姑祖母一人在家,祖父的意思,也是要我在长安陪着。"

二人穿戴完毕,各自又对着铜镜照了照,正要出门,张九微忽然想起什么,对白芷说:"等一下,把那副白檀算筹给我带上。"

白芷依言将春罗做的算筹袋也系在张九微腰间,主仆二人这才跟着李府的马车往长安郊外去了。

李靖家中人丁不旺,且张出尘上了年纪,懒得提前侍弄上巳节在曲江边的行障。李道宗夫人便一早邀了李靖府中的亲眷到自家的行障游春。这次远征吐谷浑,李道宗被任命为鄯州道行军总管,仍是李靖的副将。家中男主人皆行军在外,李靖家和李道宗家,往来也比之前更为密切。

一见张九微,李真立刻对李道宗夫人吵嚷道:"婶婶,为何九娘可以穿男装,我就偏要着襦裙?"

李夫人一如既往地会说话,笑道:"真儿,等你长到九娘这般身量,穿起红衣黑靴,方能像她这样英气逼人。"

"李夫人过奖了。"张九微笑眯眯地见礼。

"我何时才能长高？"李真懊恼地道，"九娘今日可比珠钗满头的贵人娘子们，别有风姿多了。"

张九微心中受用得很，揽起李真的肩膀，安慰道："真儿莫急，你已比我去年初见你时高出许多，再过两年，兴许会超过我。"

"真的？"李真满心的期待随着她的嘴角一同扬起。

"绝不骗你。"张九微肯定地冲她眨眨眼。

"那到时候我要和九娘一起穿襕袍在这曲江上泛舟，人道是两位翩翩佳公子，却不知……"李真拖起狡黠的长音，"却不知他们竟是叔侄。"

张九微又被李真讨了便宜，回身想揪她，李真却提前一步跑到婶婶身边去拜会其他官眷了。张九微无奈，便携着白芷，沿着一路贵人家花花绿绿的行障，想寻个高处先欣赏下曲江的春色。

走出不远，就见池边高地上耸出一间山亭，飞檐精巧，瓦楞流光。张九微从西侧拾阶而上，还未迈上最后一层石阶，就被几个婢女拦住。

"登徒子——"婢女声色严厉地喝道，"有贵女在此，岂容你乱闯？"

白芷上前一揖，和气地说："这位姐姐再仔细看看，我家娘子只是穿了男装。"

婢女经她提醒，又把张九微和白芷打量一番，确认二人不是男子，仍蹙着眉道："小娘子还是请回去，我家娘子已在亭中，不便与外人共处。"

张九微环顾四周，近处哪里还有比这山亭更好的观景之处，不满地道："曲江畔的山亭，何时也有主人了？"

那婢女还要再辩，亭中有个悦耳的声音问道："丹翠，外间有何事？"

婢女快步回身，禀告道："回王妃，有个小娘子也想到亭中观景，奴婢正要将她打发。"

"哦？是什么人哪？让她上来。"

婢女得令，引着张九微到了亭间。那倚在华贵绒榻上的贵女们见到进来的是两个郎君，都有些惊诧，但居中者很快就认出了张九微。

"原来是李将军家的张娘子。"她温言笑道，身边陪坐着的锦衣娘子们听她一说，也都恍然。

张九微在李道宗的寿宴上见过她，这正是四皇子李泰的王妃阎婉。她父亲是圣人重用的将作大匠阎立德，一手主持皇室的宫室与陵墓兴建。她本人也秀外慧中，才被选为圣人爱子李泰的王妃。张九微没想到婢女所说的贵女竟是四王妃，忙拱手施礼："奴不知是王妃在此，若有叨扰，还请恕罪。"

"无碍，"阎婉脸上始终带着清淡的笑意，友好却不亲近，"妾曾听殿下说过，张娘子心思灵动，常有出人意料之语，没想到今日也别出心裁，扮成郎君来曲江游春，不知是为哪般？"

"也没什么特别的缘由，无非是想行动方便些，可以四处多看看曲江的美景。"

阎婉身边一身着松绿色金丝襦裙的娘子讪笑两声，抢道："妾听说李将军一行已过祁连山，行军极为艰苦，娘子此时还变着花样游春，倒真是好兴致。"

山亭内的人听了，皆捂嘴轻笑，阎婉虽未如他人一般，但嘴边也动了两下。

这些人是专要消遣我，张九微心道。可碍着阎婉是四王妃，身份尊贵，她想回嘴，又怕惹出事端。

正不知如何应对，张出尘淳厚的声音传来："这位娘子此言差矣，"她由婢女搀扶着，走到亭中，"圣人威服四海，唐军兵强马壮，此去吐谷浑，纵有一时辛苦，但上至将领，下至士卒，莫不是抱着必胜的决心。九微受她姑祖父教诲，自然知道百万军前，处变不惊的道理。若我等武将家眷，一听闻军中艰险，就愁眉不展，郁郁寡欢，那要军中将士如何安心地上阵杀敌呢？"

张出尘语气温婉，但一席话微言大义，不愧是大唐名将的夫人，且此次李靖主动挂帅，解了朝廷的燃眉之急，正是眼下圣人最器重的人。亭中的女眷在张出尘面前不敢造次，纷纷敛去笑容，阎婉起身道："李夫人莫怪，我妹妹是闺中妇人，没什么见识，还请李夫人见谅。"

张出尘温煦地笑了笑，转过头对张九微道："九微，你扰了王妃这么久，也该回去了吧。"

张九微巴不得快点离开，赶忙向众贵女行礼告辞。她扶着张出尘出得山亭，斜眼瞅着姑祖母和婉的神色，不禁有些心虚。她不是没想到李靖出征在外，自己不便太招摇，但上巳节一旦错过，便只能等来年，为了懿烁庄的生意，她还是决定要这样做。方才要张出尘出面替自己解围，心中难免有愧，小声问道："姑祖母，九微穿新衣游春，没有顾及姑祖父尚在战场，你真的不恼？"

"你想在曲江畔行动方便些，有甚么可恼，"张出尘语气中还是一贯的疼爱，"再说，"她顿了一下，"战场上的事，我相信李郎。"

张九微心头蓦地一震。"我相信李郎"，这短短五个字，那般笃定，带着连圣人都不曾给予李靖的信任。

"姑祖母，"张九微有些艳羡地道，"怪不得祖父常说，非一妹不能识李郎，非李郎不能荣一妹。我来长安一年，早知你同姑祖父的感情远胜寻常夫妻，但直到今日我才真正明白祖父的话，姑祖父与姑祖母，于夫妻之外，更是知己。"

张出尘笑了："九微，虽说你我并无血缘，但就连李郎，有时候也觉得你与我年轻时很像。"

张九微亲昵地凑近道："九微怎及姑祖母当年风姿之万一？"

张出尘轻轻扯了扯张九微调皮的嘴角，慈爱中带着一丝意味深长：“兄长是真的多虑了。九微，你将来也许会有另一番天地。”

张九微浅浅愣了片刻，问道："姑祖母，祖父他对我有何担忧？"

张出尘不答，只是指着曲江上即将靠岸的游船，招呼道："九微，船来了。你不是要去杏园吗？"

果然，此刻李道宗家的游船已然靠岸，张九微惦着生意，不再追问，带着白芷登上游船。

三月三的杏园，可与李道宗生辰那日大不同了。二月底春闱刚放榜，新科进士全都于上巳节汇聚杏园，开宴庆贺。长安的权贵也争相在杏园摆酒，一方面笼络门生，一方面为家中待嫁的女儿相看女婿。

水榭旁，有一众文人围在一起行曲水流觞的雅事，张九微虽觉有趣，但她不善诗文，难以融入其中。在水榭附近绕了几圈，没找到什么识货的郎君，倒是又碰上了五皇子李祐。

"九微今日又扮男装是为哪般？"李祐如今连娘子二字也省了，直接唤张九微的闺名。

"五殿下，九微左不过穿了两次男装，偏偏都被你瞧见，你就不要打趣我了。"

"我不是打趣，我是觉得，"李祐想了想措辞，"觉得九微穿男装，很美。"

张九微心思还在懿烁庄的新货品上，随口问道："我穿女装就不美吗？"

李祐一怔，笑道："女装如昆仑美玉，男装如琼枝玉树，各有各的好。"

张九微被他夸得有些羞赧，脸红道："数日不见，五殿下巧善言辞的功夫真是进益不小。你看，连你的护卫都绷不住笑了。"说着指向李祐身后那个眉毛粗犷的护卫。

护卫没想到张九微拿自己说事，忙道："娘子恕罪，某可没别的意思。"

李祐朝护卫挥挥手："燕壮士莫要不安,九微从来都是这样,"接着又转向张九微:"这是我舅父的妻兄燕弘信,特意从凉州过来给我当护卫。他身手极好,舅父说,有燕壮士在,我就能安心。"

张九微觉得这话哪里不对,问道:"五殿下身为皇子,在长安城还不能安心?"

"这——"李祐含混道,"我尚未加元服,才留在长安,日后总要去就藩的。听三哥说,藩地远不及京城,他当初赴任齐州一年,初始也不大习惯。舅父为我招募壮士,便是为今后赴任藩地考虑。"

"原来如此,皇子都要就藩吗?"

"那要看是哪位皇子,"李祐眼中闪过一抹酸涩,"四哥的封地就在雍州,他才被授了雍州牧,自然可以长久留在长安。"

张九微听了,心中暗忖,姑祖父说的果然没错,圣人对长孙皇后所出的嫡子当真偏爱有加。太子李承乾自是要住在长安,九皇子李治年纪还小,可四皇子李泰与三皇子李恪年岁相当,李恪两年前就赴任封地,圣人却不舍得让李泰远走,竟然为此加授他雍州牧一职。

张九微见李祐一提起李泰,又神色郁郁,遂岔开话题:"那五殿下日后的封地会在哪里?远吗?"

李祐听了,眼中溢满笑意,问道:"九微难道是舍不得我离开长安?"

张九微愠怒道:"五殿下再胡言,九微便不敢与你来往了。"

"那可不成,你若是不与我来往,我上哪里找这么稀奇的物件?"李祐说着用另一只手拿起系在腰间蹀躞带上的镂空红珊瑚珠吊坠,这是过年时张九微送的年礼。

张九微见他把吊坠戴在身上,倒是为懿烁庄打了个活招牌,喜道:"薄礼而已,五殿下喜欢就好。"

"九微送的,我当然喜欢,"李祐忽地想起什么,不满地道,"可你为什么送给四哥一口琉璃水盂,送给三哥一幅乐舞图,他们收到的年礼可都比我的这个大气。"

送礼当然要投其所好，张九微心道。李泰文采出众，最爱舞文弄墨，琉璃水盂日日都能派上用场。至于李恪，他那日笑我学胡女跳舞，我就送他一幅凉州乐舞图。

"珊瑚是佛家七宝之一，五殿下为阴德妃的病情诚心礼佛，我也是盼望此物能让五殿下的孝心为佛祖知晓。"张九微早就准备好了说辞。

"你竟还记得。"李祐眼中又添了些不一般的眸光。

张九微心头一跳，不敢再与李祐对视，谁知李祐忽地走近一步，伸手撩起张九微腰间的挂坠："欸？原来你也有同样的挂坠。莫非当初你专门买了一对？"

张九微急忙从李祐手中抽回挂坠，辩解道："我姑祖父如今领兵在外，我当然也要时时求告佛祖保佑他老人家安康。我是西市懿烁庄的熟客，那掌柜的听闻姑祖父出征，就又多送了我一件。"

"是吗？"李祐显然不信张九微的解释，狭长的眼线垂下，也不顾周围还有燕弘信和白芷，眼神愈发暧昧。

张九微被李祐盯得双颊灼热，刚巧杏园最大的山亭里传来一阵叫好，张九微赶紧道："那边想必是有什么好玩的，咱们快过去瞧瞧。"

杏园的沐芳亭濒着曲江池畔的高坡而建，据势成阁，由内外共三十二根红色廊柱撑起双层檐顶，碧瓦飞甍，极是气派。

张九微跟着李祐，顺利地穿过沐芳亭外围了几层的护卫与仆从，上得亭来。李祐一见亭内竟是四皇子李泰为招待文学馆学士而设的雅宴，眉头不悦，只是不便说走就走。他和李泰相互问过，李泰颇为讶异地发现了一身红色襕衫的张九微，奇道："九微娘子怎的与五弟同来？"

张九微拱拱手："奴在亭外碰到了五殿下，我们听到沐芳亭的喝彩声，就过来凑个热闹。"

李泰着人腾出身侧一左一右的位置，让与二人，并向文学馆的学士们介绍了张九微。

张九微问李泰："不知刚才是有什么乐事？让诸君如此快意？"

"乐事倒是没有，是方才行令，谢偃郎君吟出一首好诗，正压在令上，"李泰说着指向坐于席中的一个白面中年人，见张九微目露好奇，便又道，"今日上巳，正乃春日洗新，于是我便宣以春、新为令，还要说出曲江边的盛景。谢郎君作'春景娇春台，新露泣新梅。春叶参差吐，新花重叠开'，实在巧妙。"

"四殿下过誉。"谢偃谦虚道。

"果然工整，最难得是应景，"张九微妙目一转，"不过我怎么觉得谢郎君是在自夸。"

李泰及众人顿时疑惑地看向张九微，张九微笑道："谢郎君的最后一句，新花重叠开，正是此刻的杏园。刚才我一路走来，就看到有桃花、素馨花，还有海棠花。这沐芳亭外花团锦簇，而亭内也是百卉含英，谢郎君难道不是在自夸吗？"

诸位文学馆的学士这才明白她是用百卉含英的典故说太平盛世里，有才学的人都能显露才华，大展身手，遂齐齐开怀大笑。

李泰尤为适意，他设宴款待学士，为的就是招揽天下英才，让学有所用。张九微的话正中他心事，李泰道："诗云，彼美淑姬，可与晤言。与九微娘子畅谈，实为乐事。"说着举起案上酒杯，敬席上众人。

张九微潇洒地饮了一盏，然而李祐已面有愠色。全席上，只有他未端起酒杯，只冷冷地哼了一声。

"四弟，五弟，你们占着这杏园里最好的赏花处，怎么也不叫上我。"一袭雪青襕袍的李恪笑着从李泰身后而来，把手搭在两个弟弟肩上，乍一看去，和寻常人家亲密的兄弟没有两样。

李泰、李祐要起身见礼，被李恪免了，仆从又拿出一方坐榻在李泰身边，几人略匀了匀地方，就此坐定。

　　李恪饮了一盏酒，笑道："我今日才知，这沐芳亭原来内外皆有花可赏，从前的上巳节，倒是咱们错过了。"

　　张九微听他如此说，便知李恪其实早就在亭中，也听到自己评诗，只是现在才露面。

　　席中的一位青年郎君问："张娘子见解独到，想必也颇有才华，不如接着令再作句诗？"

　　张九微慌了，急忙摇头："郎君莫要难为我，诗文我可真不在行。"同时求救般地看向李泰。

　　李泰会意，正要解围，又有一人道："我看娘子游春也带着算筹，难不成还懂些算术？"

　　李祐斥道："别多事，你们只管行你们的令，难为她一个女子作甚？"

　　张九微抬眼向问话之人看去，他瘦条脸上一双精干的墨色双目，眼神锐利，与席上风雅的文士不大相同。张九微一边解下蹀躞带上的算筹袋，一边笑言："郎君观人于微，这都没逃过你的眼睛。算筹嘛，我倒是的确会一些。"

　　"在下博陵崔平，也略通算筹，娘子可愿与崔某对演几下？"他不客气地道。

　　李祐驳道："你博陵崔氏是世家门第，放着明经、诗文不学，怎的却爱好算筹？"

　　李泰似乎看出张九微胸有成竹，拦住李祐道："五弟，话也不是这么说。我大唐科举取士，设秀才、明经、进士、明法、明书、明算六科，明算者亦为专才，崔郎君与九微娘子若是有此兴致，我等自当观摩学习。"

　　有李泰这番话，别人也不好再说什么。张九微与崔平互一拱手，都在案上摊出各自的算筹。张九微的白檀算筹小巧精致，还带着缕缕淡雅的香气，而崔平的算筹每一根都镶有犀牛角做的箸头，一看就不是寻常之物。

崔平做了个请的姿势，道："张娘子请出题。"

张九微略一思索，问："今有善行者一百步，不善行者六十步。今不善行者先行一百步，善行者追之。问：几何步及之？"

崔平手脑齐用，很快答道："二百五十步。"

张九微微笑着点头。换崔平发问："今有凫起南海七日至北海，雁起北海九日至南海。今凫雁俱起，问：何日相逢？"

张九微用算筹在案上演算几下，曰："并日数为法，日数相乘为实。实如法得一日，故是三日十六分日之十五。"

席上有人叫了声好。

张九微又问："今有人持米出三关，外关三而取一，中关五而取一，内关七而取一，余米五斗。问：本持米几何？"

这题略有些难，可没想到崔平仍是几下就得出答案："十斗九升八分升之三。"

他双眉一扬，竟也出了道难题给张九微："今有程传委输，空车日行七十里，重车日行五十里。今载太仓粟输上林，五日三返。问：太仓去上林几何？"

张九微心道，这题从前祖父可考过我，你休想把我难住。于是，手中快速拨弄一番，答道："四十八里十八分里之十一。"

短短片刻，两人已对演四题，这等心思敏捷，惹得文学馆学士们赞叹纷纷。演毕，崔平爽朗一揖："娘子好策算！崔某佩服。"

张九微一边收拢白檀算筹装袋，一边道："崔郎君谬赞。咱们是势均力敌，打了个平手。"

李泰抚掌笑道："好好好，没想到今日杏园设宴，前有谢郎君的好诗文，后有崔郎君与九微娘子的神策算。我大唐果然人才济济，正应了九微娘子的话，杏园内百卉含英。"

诸人连连称是，末席上的郎君道："正所谓周公吐哺，天下归心，这还不都是仰仗四殿下为大唐求贤若渴。"

这句奉承话竟将李泰比作周公，实在有些托大。张九微偷偷瞟过去，李祐刚才为张九微喝彩的欢欣已然不见，不满地瞪着说话的人；而李恪则仿佛什么都没听见，兀自谈笑饮酒。

少顷，众人都跽坐得有些乏累，李泰起身，招呼众人随意在沐芳亭内赏花观景。李祐不愿继续待下去，叫张九微一起走，但张九微今日来杏园的目的还未达成，推说还要赏花，李祐只得带着燕弘信独自离去。

李祐刚走，崔平就迎了上来，客气地道："适才与娘子演算比试，深为叹服。想必娘子也是家学渊源。"

"哪里，哪里，"张九微当然不会告诉崔平自己的确是家学渊源，因为日日都要算账，只说，"不过是枯坐闺中无事，跟先生多学了点东西。"

"崔某自来京师，还未遇到如娘子般精于算筹之人。今日与娘子比试，也算棋逢对手，若娘子不弃，请收下这副算筹，权当是个同好之礼。"说着解下腰间算筹袋，双手呈上。

张九微一愣，万没想到崔平会如此，但见他言辞真诚，推托倒是驳了他的美意。于是也解下自己的算筹袋，道："有道是礼尚往来，那不如崔郎君也收下我这副白檀算筹，以后，咱们就是朋友了。"

"甚好，"崔平大方地接过，"娘子举止坦率，崔某有幸，交你这个朋友。"

两人接着又交流了一番算筹的经验，直到白芷在张九微耳旁低声道："九娘，伽罗来了，你看亭子下面。"

张九微望向亭外，伽罗果真在桃花树下左顾右盼，似在寻找什么。张九微忙辞了崔平，趁众人不备，出得沐芳亭，在桃花林里截住了伽罗。

"九娘，可算找到你了。"伽罗一见张九微，焦急叫道。

"你怎么到这儿来了？我不是说让你留在城内吗？今日曲江熟人多，不好叫别人看到。"

"九娘，你快回去看看吧，是郑安他——"一向伶俐的伽罗有点语无伦次。

"你慢慢说，郑安怎么了？"

"哎，"伽罗长叹一声，"郑齐今早赶到长安，带回了流波岛的消息，说六娘在百济生产时血崩——"

"什么？！阿姐她……"张九微也急了，堂姐张瑾辰前年嫁给了百济王室做侧妃，算日子，是该年后生产，她另外的半句话不敢问出口。

"人没事，"伽罗忙道，"只是孩子没保住，而且医官说伤了本元，需卧床精心调养。"

张九微长吁一口气。

"郑安一听说六娘有事，急得给二公下跪，非说要明日就启程去百济。二公不允，他就——"伽罗咽了一下，"他就拔刀出来，架在自己脖子上威逼二公。我和郑齐都劝不住，只能跑来找九娘了。"

张九微心中恍然，立刻对伽罗道："我知道了。咱们不便同进同出，你先到青龙坊坊门处等我，我随后就到。"

伽罗跑远后，张九微又对白芷道："你坐船到对岸去，跟姑祖母说一声，就说是二公染恙，我要赶回去看看。"

白芷也领命快步走开。张九微朝着杏园北边望了望，最快的路还是要沿着曲江池畔走，于是决定先绕出桃花林。她心里着急，只顾着脚下，没走两步就撞在一个人身上。

"张娘子怎么总是如此冒失？"李恪嗔怪道。

张九微见是李恪，只得拱手见礼："是九微不小心，三殿下恕

· 159 ·

罪。"

李恪摆摆右手以示无碍，又问："刚才那天竺人，你也认得？"

张九微没料到被李恪看到她与伽罗说话，脑中飞快地想过，答道："我岂会认得？那人说他是从天竺来国子监学习的学生，初次来杏园，找不到游船码头，所以拦下我问个路。"

"这样，"李恪的下颌微微动了动，"张娘子今日在沐芳亭可谓大出风头，四弟恐怕直到现在还在夸你呢。"

"雕虫小技而已，让殿下见笑了。"

"张娘子方才可不是这么自谦。"李恪似乎话中有话。

张九微急于离开杏园，没工夫继续和李恪打哑谜，她直白地问道："三殿下若是对九微有什么教诲，还请直言。若是没有，九微还有事，就先行一步。"

李恪也不恼，斜睨着张九微，淡然地道："教诲谈不上，只不过突然觉得，张娘子同你送我的那幅图中的舞者很像。"

张九微满脸疑问，不知道李恪在说些什么，却又听他续道："广袖之襦，翩跹善舞。"说罢便领着仆从往桃花林深处走去。

张九微也急忙转身，要穿出桃花林。她余光中不断闪过桃花林中的影影绰绰，心头蓦地反应过来——他竟是在讽刺我长袖善舞！

张九微登时就想追上李恪辩个明白，怎奈此刻还有更紧要的事，只好强按下心中火气，一路小跑着与伽罗会合。

"阿弟！"郑齐高声嚷道，"你怎能如此不懂事？岛主平日的教导你都忘了？"

张九微推开虚掩的房门，只见郑安蜷在地上，把脸埋在双膝间，佩刀被远远扔在一旁。郑齐单手按住郑安的肩膀，满脸怒容，郭海则闭目而坐，盘着手中青绿色的佛珠，默念经文。

郑齐见张九微回来，忙迎上去，刚叫了句"九娘"，就重重叹气。

郑安终于抬头，他脸上的焦急惊怖混着潺潺泪水，涌向张九微。

· 160 ·

郑安嘶哑着嗓子，哭道："九娘，我知自己是你的护卫，任何时候都不该离你而去，可……可瑾辰她……求你放我去吧，就算从此被逐出流波岛，我也甘愿。"

"你说什么胡话！"郑齐喝道，"岛主当年接纳我郑氏全族入岛，你我又皆在流波岛长大，流波岛就是你的家，你离了流波岛，能去哪里？"

"我——"郑安噎住，"可我……我不能，瑾辰她……"

"郑齐，伽罗，你们先扶二公去正堂，"张九微俯身拾起郑安的佩刀，"我有话想同郑安单独说。"

"九娘——"郑齐不愿离开。

这时，郭海睁开双眼，起身道："郑齐，这里就交给九娘吧。"说罢向外间走去，伽罗拽着焦躁的郑齐，也跟着出了房门。

张九微将佩刀入鞘，还给郑安，严肃地道："郑安，我问你，当初二伯父逼阿姐出嫁，你为何不像今日这般以死相挟？"

"我——"郑安颓然看着张九微，说不出话来。

"你同阿姐青梅竹马，两情相悦。你虽为护卫，但你郑氏一族在流波岛上也是举足轻重，若你和阿姐一起抵死抗命，祖父定会出来说话。你也知道，祖父并不是囿于门户之见的人，只要祖父首肯，二伯父再想将阿姐嫁入百济王室，也是不能。"

郑安魁梧的身躯在张九微的逼问下瑟瑟发抖，他无从作答，此生大错已铸，心中的痛楚丝毫没有因为时间的消逝而消减半分。

"我可以放你走——"郑安一听这话，立刻抬头对上张九微的视线，"可你要先想好，去了百济，你能做什么？"

郑安嗫嚅道："我只是想看看瑾辰，她现在没了孩子，身体又不好，我不放心，我只要能陪着她，什么——"

"但你想过阿姐如何想吗？"张九微无情地打断郑安，"你确定阿姐像你想见她一样想见你吗？"

郑安似要反驳，可张九微目光中的质问牢牢攫住了他，让他无力发声。

"阿姐是没了孩子，现在想必也的确伤心欲绝，可你觉得，此刻她见了那个曾经倾心爱过却在最紧要的时候背弃了她的人，是会安慰，还是会喜悦？"

郑安的泪水再次止不住地涌出，他悲戚已极地道："当初的事，都是我的错，我无颜求得瑾辰的原谅。我只想默默地看她过好今后的日子。"

"郑安，"张九微的语气中带着尘埃落定的冷酷，"你还不明白吗？从你决定任由阿姐嫁去百济的那一刻，阿姐的一切就都和你无关了。你如今去百济，也无非是在她的痛苦上再添上几分，难道这就是你想要的？"

"不是……我没有……"郑安颤着声音，用手捂住了脸。

张九微上前，拍着郑安厚实的肩膀，低声道："往者不可谏，来者犹可追。郑安，你既已选择放手，就该看开些。我听人说，唐人夫妻和离，尚且有'一别两宽，各生欢喜'的潇洒，你和阿姐，前缘已尽，今后各自过好自己的日子，方能不负此生。"

郑安听完怔了半晌，终于支持不住，伏在地上，放声大哭。

傍晚，张九微没有回李府，留在平康坊的别院用夕食。郭海因要斋戒，在自己屋内诵经。流波岛诸人围坐在食案上，各怀心事，谁都没有吃上几口。

张九微放下竹箸，对几人道："懿烁庄上的货也不多了，郑安，这次你就跟着郑齐一起去摩逸国采买紫檀伽楠，顺道回趟流波岛。"

郑安诧异地睁着红肿不堪的眼睛，却听郑齐道："九娘，郑安是你的护卫，你在哪儿，他就在哪儿，怎可离开你自行回岛？"

郑安也道："九娘，你说的话，我都听进去了。保护你是我的职责所在，我不能让你一人留在长安。"

张九微摇着头说:"我在长安自有姑祖父、姑祖母照看。现在人人都知道我是李相的亲眷,谁敢欺辱我?再说若真有需要,不还有李府的卫兵吗?我放你去摩逸国也有生意上的考虑,此番我们要把摩逸国的紫棠伽楠全部收下来,还要在离岛交易珍珠、珊瑚和白檀,岛上的工匠怕也不够,需要再招募一些,郑齐一个人忙不过来。"

郑齐还想反驳,张九微又续道:"东海近来海盗也愈加猖獗,虽然现在他们还不敢劫我流波岛的商船,但此次走货量大,不得不防。郑安熟识海战,可以指挥舰船,有他跟着,我才放心。"

"九娘,"郑安再度哽咽,"我知你是顾念我,不让我难堪才这样说。郑安感激不尽。"

伽罗突然道:"九娘,这次就让我和郑安去摩逸国吧。郑齐刚到长安,也该换他留下来,体会一下京师的繁华。"

郑齐冲伽罗挤了挤眼睛,想来是被伽罗说中了心事。张九微略微想想,也无不妥,采办货物,伽罗和郑齐都是一样在行,便道:"好,这次就派你回岛。"

案上几人都得到各自想要的,气氛顿时舒畅不少,伽罗重又拿起碗筷,继续吃起来。他边吃边问:"九娘,听秦二爷说,五月底在太湖的中州英雄会,他和云门坞的虞坞主都要去,咱们跟云门坞也是要长久地做生意,不如就让我和郑安代你去拜会一下虞坞主?"

"是你自己想去中州英雄会看热闹吧。"张九微白了一眼伽罗。

伽罗忙赔笑道:"什么都瞒不过九娘,我想着反正也是顺路。"

"你们要去泉州,顺路从何说起?"张九微笑道,"罢了,若是不让你去,我这些日子休想有片刻清净。你传信,让离岛的商船直接去钱塘接应,你们得空可以先去趟扬州,正好探探大伯父那边的动静。"

第十六章
康君邺：故人

离傍晚还有一个时辰，长安的天空上就已看得到落霞，让康君邺有点不习惯。

眼前的大唐宫城，雄壮伟丽，数不清的红色廊柱撑起一层又一层的檐顶，那碧绿的瓦片，在霞光的映照之下，仿若泼洒不尽的宝石，每走近一步，都幻化出不同的光彩。

阿耶的书信里，常提到长安上元夜的花灯如昼，但街巷中的流光溢彩，必也赶不上皇城宫阙里的这一幕景象。是了，阿耶又没进过皇宫，当然不知皇城内的玉楼金殿是何模样，康君邺想到此处，在心中笑自己痴傻。

"君邺，"走在身旁的赵德楷道，"你今日是怎么了？从觐见过圣人后就是这般懵懂的样子。"

康君邺回过神来，笑道："让赵兄见笑。我初来长安，就得入皇城，这大兴宫比我想象之中还要辉煌百倍，一时有些恍惚，总觉得自己是到了天神居所。"

赵德楷笑着放慢了脚步："君邺并不是头一个恍惚之人，从前得以入宫觐见的他国使臣，也都这么说。眼下离太子的夜宴还有些时间，君邺若是想在禁内多看看，咱们便走慢些。"

还记得康国使团入长安城那日，赵德楷亲在城门处迎接。他一见康君邺，就迎上去抓住不放，如果不是碍于身份礼制，只怕当下就要长揖叩拜。康君邺清楚赵德楷感念自己的救命之恩，处处都对自己十分照顾。他本也与其投契，又共同经历了在吐谷浑的幽囚岁月，现在二人长安重逢，更是好得如兄弟一般。

眼看离东宫的主殿崇教殿越来越近，赵德楷理了理身上衣冠，对康君邺道："太子奉圣人之命，在东宫设宴款待长安的各国使臣，本来只有我鸿胪寺的官员列席。只是不知为何四殿下也想来，圣人便命诸位皇子一同赴宴。君邺待会儿务必谨慎，莫要让皇子们挑了理去。"

康君邺点头称是，又问道："赵兄，你说的四殿下可是圣人的第四子，越王李泰？"

"正是。越王也是长孙皇后所出，尤得圣人宠爱。照理说，太子殿下代圣人接待外国使节，是储君之礼，本不应有其他皇子出席。我估摸，圣人是有意让四殿下前来，但又不想惹御史进谏，所以便吩咐其他皇子们同来。"

康君邺听罢，不免有些紧张。原想只需应付一个太子，不料突然间多出好几位不能得罪的皇子。

"君邺不必过于担心，"赵德楷似乎看出了康君邺的紧张，"你远来是客，皇子们自然要有待客之道，我也会从旁照应。"

赵德楷说到做到，特意把康君邺的席位安排在自己旁边。他不动声色地向康君邺一一介绍了席上的诸位皇子——长身英挺的是三殿下李恪，腰腹洪大的是圣人爱子李泰。除此之外，还有身形单薄的五殿下李祐和与李恪一母所出的六殿下李愔。至于太子李承乾，康君邺之前面圣时便已见过，他面容与圣人有几分相像，一袭淡赭黄色的鎏金襕袍下，端的是少年储君的华贵气度。

康君邺才把席上的人认全，坐于次席的李泰便道："康使臣，康国使团此次入京朝贡，路途遥远，圣人深感欣慰。陛下特命秘书监虞世南，为贡狮作《狮子赋》一篇，要将贵国与我大唐修好的拳拳之心,与天下共闻。"

康君邺忙起身道:"圣人的嘉许,乃是我康国上下的荣耀。"

李泰又道:"我尚未得见贡狮,但虞监的《狮子赋》,我有幸阅过。赋中有两句写得颇妙,'瞋目电曜,发声雷响。拉虎吞貔,裂犀分象',狮子的神威可谓呼之欲出。"

康君邺唐话说得不错,但没学过吟诗作赋,大概听出这几句是在称赞狮子的威猛,便附和道:"狮子的确是神兽,凶猛异常,虞监的这几句,形容得再好不过。"

"哦?"主位上的李承乾突然开口,"虞监的《狮子赋》我也读过,但我却觉得全篇最妙之处在于'去金方之僻远,仰玄风之至淳,服猜心与猛气,遂守德以依仁',康使臣,你以为如何?"

我又不是国子监的学生,我岂会知道哪句诗作得好?康君邺在心中嘟囔,同时偷偷朝赵德楷瞥去。只见赵德楷端起水盅,一味轻轻摇头,康君邺顿时警觉。他佯装苦思,用余光扫过大殿,果不其然,太子一问之下,席上诸人竟都停了手中竹箸。尤其是那几位皇子,目光在李承乾和李泰之间徘徊不定,似乎想看二人的争论,如何收场。

看来赵兄是在示意我什么都不要说,康君邺遂惶恐地躬身道:"太子殿下恕罪,臣生于康国,此番是初来长安,只勉强会说唐话与突厥语,于吟诗作赋,一窍不通,委实难以评判。"

"无碍,"李承乾没有强人所难,紧接着却又问,"使臣还会说突厥语?"

"呃……"康君邺真想抽自己一巴掌,好端端地跟大唐皇储提什么突厥,但话已出口,吞不回去,只好应道:"会一些。都是为了行商方便。"

好在李承乾并不以为意,康君邺暗叹侥幸,赶紧退回席位。

谁知五皇子李祐再次将众人的注意引向康君邺,问道:"康使臣,听说你与赵丞都是在凉州郊外被吐谷浑的骑兵劫去,囚于伏俟城,想来你对吐谷浑的状况也算熟悉。我大唐军队与吐谷浑开战已三月有余,慕容伏允一再向西逃窜,李将军只能率军追击。不知依你之见,那吐谷浑的兵力,能撑到何时?难道真要我军横穿整个吐谷浑?"

"康使臣也被掳去了伏俟城?"四皇子李泰颇为惊异,转而对赵德楷道:"赵丞,为何鸿胪寺的上书中并未提及此事?"

赵德楷不动声色地朝主位上的李承乾望了一眼,似在斟酌。

康君邺见状,做出一脸的痛心疾首,道:"臣着实惭愧。臣奉国主之命远来朝贡,东行万里,却因臣的疏忽,在凉州境内被掳劫。还好贡狮安然无恙,不然臣颜面何存?我康国颜面何存?"

李泰微微一惊,忙道:"使臣切勿自责。凉州乃我陇右道重镇,吐谷浑却屡屡犯边,岂是使臣的错?使臣放心,此番李将军率军出征,定能为使臣与赵丞讨回公道。"

康君邺道:"李将军的威名,西域诸国,谁人不知?想那慕容伏允定是真怕了唐军,才会不停逃遁。臣行走西域多年,深知沙漠雪山的凶险。依我看,他在荒原中逃逸,并非长久之计,相信李将军很快便能将吐谷浑的余部一一击破,大胜归来。"

"康使臣所言甚是,"赵德楷适时附和,"圣人英明,恩施四海,不然也不会有殿上诸位使节,不远万里前来朝贡。慕容伏允如今已是穷途末路,不足为惧,我等只肖等着李将军凯旋的好消息。"

"说得好!"太子李承乾端起酒盏,"区区吐谷浑,如何能阻我大唐?诸位使节请同饮此杯,愿我大唐,盛世永延!"

殿上众人纷纷举起酒杯,恭敬饮下。李承乾示意太常乐工开始演奏,乐舞声起,终于无人再追问康君邺被掳劫之事。

"君邺,"赵德楷小声感激地道,"刚才多谢你解围。若不是你言及康国颜面,四殿下只怕不肯罢休。"

"赵兄,你我二人,何必言谢?我也是看你一直摇头,才知如

· 167 ·

何应对太子殿下的辞赋之问。其实《狮子赋》里那几句，我根本不懂。"

"君邺你反应倒快，"赵德楷称赞道，"太子殿下故意挑那几句，是在提醒四殿下谁是储君。你夹在其中，好不凶险。"

一个是大唐储君，一个是圣人爱子，不管得罪了哪位，我都担待不起。康君邺想想很是后怕，大灌下一口酒压惊。

"赵兄，"康君邺把声音压得几不可闻，"慕容顺降唐之事，想来除了太子，其他皇子并不知晓？"

赵德楷点头。"所以殿下顺着你我二人的话，没让吐谷浑之事继续说下去，"他顿了顿，语带责备地道，"五殿下也实在鲁莽，两军正在交战，怎好在这么多他国使节面前说起此事？"

康君邺也瞟向殿中，越王李泰早就离开自己的坐席与各国使节言笑晏晏，五皇子李祐杯中酒不停，只偶尔与三皇子李恪交谈几句。而主位上的太子李承乾，表面上欣赏歌舞，却是若有所思。

这些大唐皇子，看着个个都不简单。康君邺正在思忖，身后款步走来一位宫人，那宫人俯身道："康使臣，太子殿下请你去主位叙话。"

康君邺心中叫苦不迭。阿胡拉在上，我今日是走了什么背字，为何大唐的皇子们要一个个与我为难？他极不情愿地起身，赵德楷在旁小声叮嘱道："君邺，慎言。"

随宫人行至主位，太子李承乾用突厥语招呼道："康使臣，请坐。"

康君邺诧异地张了张嘴，下意识也用突厥语回道："谢殿下。"

李承乾笑道："使臣莫要奇怪。突厥与我大唐对峙多年，所谓知己知彼，我会说突厥语也不稀奇。况且突厥虽灭，偌大的草原还在，焉知日后我不会率领一队轻骑，驰骋于草原？"

策马草原和说突厥语有干系吗？康君邺不知是自己醉了，还是眼前这位大唐皇储文不对题，一时不知说什么好。

李承乾好像也不指望康君邺回答，继续问道："使臣可曾去过长安居德坊的祆祠？"

"臣初来长安，这几日接连入宫觐见，尚未得空去祆祠参拜圣火。"

"喔，"李承乾的语气中带着些许失望，"居德坊祆祠的萨宝，名翟磐陀，乃是位神人。我曾亲眼见他在一次突厥信徒的葬礼上，以刀劈面，之后却毫发无伤。听说翟萨宝还曾以利刃刺腹，左右穿出，卧床七日后便平安无事。"

真有这种事？康君邺表示怀疑，但仍恭敬答道："太子殿下既这么说，那翟萨宝定是阿胡拉的使者无疑。臣恨不能现在就去祆祠祭拜圣火，一睹翟萨宝的神迹。"

"甚好。我身为储君，不便出入祆祠，还请使臣替我问候翟萨宝。日后鸿胪寺举办番客宴会，再邀请萨宝同来。"

这翟磐陀是何许人，连大唐太子也认得，康君邺心中起了好奇。都说昭武九姓在中原地位卑下，只能从商，可从安元寿到翟磐陀，倒是另一番光景。

李承乾继续有一搭没一搭地问些西域，尤其是突厥的风土人情，言语之中，竟是对突厥颇为向往。即便两人一直用突厥语交谈，旁人听不懂，但康君邺时刻记得赵德楷的嘱咐，对李承乾的任何问题，都不敢多言。李承乾问了一阵，大概觉得无趣，便放康君邺回了席位。

宴会总算有惊无险地结束，身为鸿胪寺丞的赵德楷要留下恭送各国使节，康君邺辞了他，自己出了东宫。行至崇教门外，忽有人唤一声"康使者"，康君邺借着宫人手中的灯笼，看清来人粗眉阔鼻，须髯浓厚，正是曾在凉州都督府见过的燕弘信。

"没想到在此处重逢，燕郎君一切安好？"康君邺上前问候。

"安好，安好……某可是知道使者今日要赴宴，"燕弘信眨了眨眼，"使者忘记了？某现在是五皇子的贴身护卫。"

· 169 ·

只听他继续道:"康使者被掳去吐谷浑时,我好生担心,好在后来使者平安归来。我常与五殿下说,使者和善有礼,又能言善道,是有福之人。"

原来是你将我囚在伏俟城的事告知五皇子,康君邺这下全明白了。

两人才没说上几句,五皇子李祐被宫人扶着出了崇教门。燕弘信一见李祐,立刻迎上去:"哎呦,殿下,这是怎么了?"

李祐嘴里含混道:"不碍事。多吃了几杯酒。这种场合,有太子和四哥,除了吃酒,我还能做什么……"

燕弘信招呼仆从道:"去,取驾马车来,殿下这样,骑不得马。"

"谁说我骑不得马?"李祐扬起手臂阻拦,"他们看低我……你也要看低我吗?"

燕弘信撑住李祐单薄的身子,转身对康君邺道:"康使者,我赶着送殿下回府。你既已到了长安,咱们总有机会再见,这次就先行别过。"

目送燕弘信扶着李祐离开,康君邺在宫墙边站定,摸出胡袍内一金一银的两枚圣火符牌。他望着那逼真的火焰纹案,默默心道,我总算把使团安全带入长安,没有辜负国主的重托。如今使团之事已了,只盼日后调查三阶宗和阿耶之事,也能得阿胡拉的护佑。

康君邺在长安的居所位于开远门边上的义宁坊,这里虽算不得地处偏僻,但多胡杂居,比起秩序井然的长安东城区,要乱上许多。

初始,赵德楷托鸿胪寺的关系,帮康君邺在延康坊找了一处价格公道的小宅院,但康君邺推说囊中羞涩,执意要住到义宁坊来。这是十七年前父亲康维在长安的居所,康君邺总觉得住进这里,便又和失踪的父亲有了某种联系;况且,义宁坊对面的居德坊内,有长安城中最大的祆祠,康君邺若想识得在长安的其他九姓胡人,祆祠便是必往之地。

西市的开市鼓敲响，康君邺最后在镜前理了理身上簇新的胡服，就要出门。可走到门口又退回几案旁，拾起一直放在其上的《维摩经》。

虽说我今日是去祭拜圣火，带着你不合适，康君邺摩挲着经书上被慕容婕一箭射中的孔洞自语。这本佛经救过他一命，日子久了，愈加像个护身符，不敢轻易丢开。康君邺犹豫再三，还是把《维摩经》揣入怀中。

被族人们簇拥着，推搡着，康君邺鼻中满是祆祠内西域香料的浓烈香气。这座祆祠没有凉州的大，但殿宇、廊柱皆装饰华美，尤其是那中空神殿中的圣火坛，外侧镶金，镂刻着阿胡拉的神迹，各种宝石点缀其间，在火光之下，耀动宛如星辰。

康君邺拜倒在圣火坛前，一边默默祈祷，一边留心着圣火坛边那两个红衣红帔的麻葛。他二人脸上都蒙着红色面巾，烟雾缭绕中，看不清面目，也不知哪个才是太子李承乾口中的翟磐陀。

"恩人——"康君邺伏在地上，耳边传来一句粟特语的呼唤。

他不知这是在叫自己，没有理会，却感到背上有人轻拍，紧接着又听到一句："恩人。"

康君邺不明就里地转过身，一双蓝紫色的眼眸正痴痴地望着自己。

"恩人，"眼前的胡女有些激动，"你不记得我了？在高昌国的石窟下面，阿汉拿鞭子打我，是你救了我啊。"

康君邺这才有了些印象。这就是那日瘦弱的女奴？康君邺不敢相信。这胡女穿着嫣红色的胡袍，白腻的肌肤吹弹可破，透出淡淡的红晕，身形虽还是那般袅娜，但周身充盈着活泼的朝气，哪里还有半点委靡可怜的模样？若不是那双蓝紫色的眼睛，还映着火光中的灼热，康君邺当真不敢认。

"哦，我想起来了，你是为商团跳过舞的胡旋女。你已在长安住下来了吗？过得可好？"话刚出口，康君邺便觉不妥，这些西域女奴被卖来长安，无非是从前一个主人换去下一个主人，奴隶身份未改，何来过得好一说？

女奴并未介意，如实答道："阿汉将我卖给了西市的木月楼，新主人只要我好好跳舞，从不打我。"

康君邺笑着点点头，心想对于女奴而言，能吃饱饭，不挨打，便是好日子了。他不知该继续说些什么，余光中却瞥见有几双黑靴子走近。

"呦，这不正是圣火选中的使者！"米世芬故意拖着长音，说给身边几个年纪不一的西域胡人，他们不怀好意地瞅着康君邺，围了上来。

康君邺微微一笑，双手交叉于胸，道："阿胡拉保佑，好久不见啊，米世芬，这几位都是苏尔万商团的朋友吧？"

米世芬没有还礼，继续用那令人生厌的声调说道："康君邺，吐谷浑的囚饭滋味如何？堂堂康国使臣，竟然做了别国的阶下囚，让我国国主颜面何在？啧啧，此等奇耻大辱，也就你想得开。要是换做我，定然躲进自家营帐，这辈子也不出来了。"

米世芬说完，他身边的几人都跟着放肆大笑，引得祆祠内的其他教众纷纷侧目。

康君邺听他们笑完，才道："米兄此言差矣。你忘了同我一起被囚的，还有大唐的鸿胪寺丞？若照你所说，鸿胪寺的赵寺丞可是把天可汗的颜面也丢尽了。怎么，你是觉得，天可汗这辈子，都不应再出皇宫了？"

"你——"米世芬自知康君邺的话是个陷阱，万不能再说下去，否则就是大不敬之言。他气急败坏地瞪着康君邺，视线所及，扫到了仍站在康君邺身后的胡女。

"我说怎么有些眼熟，原来是木月楼的头牌舞姬，"米世芬说着将胡女指给身边诸人,"也是,康使者被关在吐谷浑那么久,当然急需败败火。"

苏尔万的人又大笑起来,其中一人欺到胡女身侧,在胡女滑腻的脸上摸了一把,混笑道:"这么水嫩,还真是能败火。"

胡女涨红了脸,却不敢躲闪。那人还要再摸,康君邺看不下去,挺身挡在了胡女前面。他先向着圣火一揖,然后道:"这位阿兄请自重。此处是阿胡拉的圣所,不容你在此亵渎调笑。"

那人听了,已伸出的手悬在半空,对康君邺怒目而视:"你算老几?敢拿阿胡拉压我?"他上前一步,猛地揪住了康君邺的前襟。

祆祠内的教众眼见有人要打架,都围过来看热闹。康君邺不想在祆祠内出糗,使出蛮力想要挣脱。二人角力间,只听呲的一声,康君邺胡服的前襟被那人生生扯下,衣内的两块圣火符牌和经书都掉了出来。

未等康君邺反应,米世芬抢出一步,抓起地上的《维摩经》。他略略一扫,立刻扬起经书,高声对着祆祠内的众人道:"各位族人,我熟识汉字,认得这本东西乃是佛教的经书。想不到咱们昭武九姓之中,竟有人背叛了阿胡拉,把佛教经书都带进了阿胡拉的圣所。更没想到,这背叛阿胡拉之人竟是我康国被圣火选中的使臣,国主亲赐他圣火符牌,哪知他却早已背弃了真神!"

"你休要胡言!"康君邺急了,冲上前去想抢回经书,苏尔万商团的人却齐齐将他拦住。

"阿胡拉在上,"米世芬双手交于胸前,"圣火座前,我岂会胡言?这本难道不是佛经?族人们都亲眼所见,你若不是背弃了阿胡拉,又为何将这佛经随身携带?"

"我——"康君邺百口莫辩,自己在众目睽睽之下掉出佛经,已是大忌,难道还要说我拿这佛经当护身符吗?

祆祠内的教众瞬间哗然。

有人叫道："我认得他。此人在高昌国时，还率领康国使团在石窟下拜佛，东去的商团都看到的。"

"对，就是他。""叛徒！""阿胡拉决不会宽恕！"

人群中不断有人附和，康君邺望着一脸得意的米世芬，心中方寸大乱。祆祠不只是祭拜圣火的神庙，更是长安城所有九姓胡人的交会联络之地，今日之事一旦传出，自己日后在长安城中还如何立足？还哪里会有族人襄助自己查找真相？

他脑中飞快地转着，只想快些找出合理的解释，可群情激愤的教众哪里容得下他，有人一边骂一边掷出石子，正打在康君邺汗意涔涔的额角，情况眼看就要失控。

就在此时，祆祠内突然响起一声急促的乐音，众人身后，几位身着红色斗篷的麻葛齐齐现身。

"是翟萨宝——"祆祠内有教徒喊道，教众见状，自发地向两侧退开，让出一条路。

翟磐陀？康君邺揉着额角望去。只见那几位麻葛簇拥着居中一人，面方耳廓，头发、须髯和皮肤皆惨白如霜雪，乍看之下，极为骇人。他一双幽蓝色的眼睛，衬着煞白的面色，仿若地狱中的鬼火，双眉之间还有一道形状诡异的伤疤。翟磐陀始终带着红色斗篷上的兜帽，面无表情，康君邺目睹他缓步走近，心生惧意，不自觉地向后退了两步。

"翟萨宝，"米世芬推开身前的教众，挤了进来，指着康君邺道，"此人背弃了阿胡拉，竟敢带着佛经来祭拜圣火。刚才这里所有人都看见了，他是把这本佛经贴身收着，定是时时诵念。"

"正是。""叛徒。""阿胡拉定要惩戒！"教众中又爆发出一阵声讨。

翟磐陀仰张双臂，示意众人安静，之后吐着沙哑的嗓音，问道："佛经呢？"

米世芬立刻递上那本《维摩经》，同时向康君邺投去幸灾乐祸的一瞥。翟磐陀把经书拿在手上，眸光紧紧盯着康君邺。康君邺直觉得自己在他的逼视中无所遁形，却又不敢躲避他的凝视，刚准备叫一声"翟萨宝"，翟磐陀忽地转向祆祠内的教众，高声道："此处既是阿胡拉的圣所，那便一切听阿胡拉的指引。"

他说着大步向前，奔至圣火坛，将那卷经书投入了熊熊的圣火。康君邺急急跑出两步，想要阻止的叫声卡在喉头，终是没能喊出口，只能眼睁睁看着经书被圣火吞没。

祆祠内一片寂静，教众都未料到翟磐陀会有如此举动。谁知，片刻之后，翟磐陀又用火棍探入圣火坛，明暗交织的火光下，那本《维摩经》竟完好无损地从火坛中取出，回到了翟磐陀手中。

康君邺狠命地揉了揉眼睛，不敢相信自己看到的一切，身旁的米世芬也张大了嘴巴，难以置信地望着翟磐陀。

只听翟磐陀沙哑的声音在祆祠内回荡："阿胡拉已做出了判断，此人没有背弃阿胡拉，阿胡拉也不会错怪忠实的臣民。"

祆祠内众人目睹阿胡拉显灵，激动得难以自抑，更有教众已经泪流满面。他们纷纷跪倒在圣火坛前，一波接一波地高呼："阿胡拉保佑。"

翟磐陀在众人的注视下，再次走向康君邺，将经书还给了他。康君邺头也不敢抬地小心接过，眼前这人，难道真是阿胡拉在人间的使者？那双幽暗的蓝色眼眸，像极了圣火在夜里才会幻化出的蓝色火焰，似乎能把整个人间都引燃烧灼。

翟磐陀领着麻葛们回了内殿，祆祠内的教众在一番窃窃私语后，也终于散去。康君邺顾不上理会米世芬那恨不能将自己吃了的目光，在苏尔万商团的人走了许久之后，仍握着手中经书，呆呆立在原地。

"恩人。"胡女轻声叫道。康君邺差点忘记了胡女的存在，她怎么还没走？

"恩人,刚才珂雅见恩人被围攻,擅作主张,去请了翟萨宝,差点害恩人丢了经书。"胡女一脸歉疚,神色中满是怕惹康君邺不悦的担忧。

原来是她请翟磐陀出来的,康君邺微觉惊讶,问道:"你认识翟萨宝?"

"长安的族人都认得。我日日来祭拜圣火,翟萨宝便经常同我说话。他虽面貌有点骇人,但从不因我是女奴,就轻看我。"

"喔,"康君邺逐渐从紧张中缓过神来,"刚才你说你叫做珂雅?"

"嗯,"胡女嫣然一笑,露出嘴角两个浅浅的梨涡,"珂雅是新主人给我起的汉名,珂雅很喜欢,恩人……喜欢吗?"

康君邺一愣,不知是为她大胆的发问,还是为她身为女奴却能有如此天真的笑靥,答道:"喜欢,很好听。对了,珂雅,当初阻止主人鞭打你,只是举手之劳,算不上多大的恩德,你莫要再以恩人称呼于我。我姓康,名君邺,以后,叫我康郎君或者君邺,都随你。"

一抹红云不经意间爬上了珂雅白皙的脸颊,她垂下修长的眼睫,小声道:"那……君邺,我就住在西市附近的木月楼,有空……有空的话,君邺来看我跳舞,长安的贵人们,都说我跳得好。"

"好,"康君邺不知自己为何会答应一个女奴,"若是有空,我一定去。"

几日后,康君邺办妥康国使团交接的一应手续,带着安元寿的信笺与圣火符牌,前往醴泉坊斯鲁什商团的质库。

质库从门面上看并不显眼。虽然紧挨着长安西市,但除了门楣上的一簇鎏金莲花状火焰,这里既无匾额,也无招牌,连厅堂里接待外客的仆从也没几个。

质库的管事是石国人,叫石大童,已在长安为安家打理质库多年。康君邺从前不过是斯鲁什西域商路上的一介小领队,手上过的货物银钱也就他自己当回事儿,可真等看了石大童拿出的质库账簿,康君邺拼命按住自己打战的双腿,才勉强没在石大童面前露怯。

斯鲁什的生意规模,远比想象中要大,怪不得安元寿明明可以在圣人驾前挣得高官厚禄,却还是选择回到凉州,做个萨宝。就这质库而言,举贷出的银钱足抵得上几十个小商队一年的收入,坐收的四分利钱,又可以支持多少商队走货,怎能不让苏尔万商团眼红?偏质库这门生意不是苏尔万想做就能做的。民间举贷,虽不为官府所禁,可也不是什么能够大肆开张、迎来送往的买卖,尤其对于西域来的九姓胡人,中原人士多少还存着点戒备。安元寿有祖上为太上皇和圣人挣来的功绩,才搅得动长安的水。即便如此,斯鲁什质库的门面如此低调,也说明了些问题。

"石君,质库上的事该怎样还怎样,安萨宝派我来,并不是要主持质库的事务。"康君邺自知无权过问质库的事,识趣地将账簿推还给石大童。

石大童眼中的戒心少了一半,笑道:"康君说哪里话,安萨宝特意交代了,要我听凭康君驱使。康君若有什么吩咐,尽管说。"

康君邺客气地笑了几声,然后道:"我确有需要石君协助之事。不知石君可否派三队人手,也不用多,每队两三人,日日去长安城中的化度寺、光明寺和慈门寺外守着,看看每日出入这三座寺院的都是些什么人,若能记下每日出入的人头数便更好了。"

"化度寺、光明寺、慈门寺,"石大童重复着,"这三座寺院可都是三阶宗的?"

"正是。我已打听过,自前朝信行和尚于长安创立三阶宗以来,这三座寺院是如今京城之中三阶宗信徒最为集中的地方。尤其是那化度寺,更要盯紧些。"

"喔,"石大童抚着虬髯,"派人出去没问题,只是不知康君此举何意?萨宝前次来长安之时,怀疑三阶宗敢以三分利举贷,是因有佛家珍藏的关系。最近几年，关于化度寺圣物六藏图中藏有宝藏机密的传言，也是甚嚣尘上，康君难道不打算先查查这六藏图之事？"

"六藏图自然要查，不过还不到时候。实不相瞒，自打康某在高昌国用一卷假佛经骗了高昌国主之后，便深觉信众只会信自己愿意相信之事，就算是一国之主，也不能免俗。这三阶宗既然能在两京上下扎根，必然少不了信众的拥戴。石君请细想想，住在长安的人，多的是非富即贵，他们之中定然有三阶宗的信徒。咱们可得先摸清三阶宗都入了哪些贵人的眼，免得日后探查，惹了不该惹的人，平白为斯鲁什招来不必要的官司。"

石大童即刻领会，不住点头，道："还是康君思虑周全。咱们质库，历来低调，生意都是依赖可靠的捐客从中介绍，为的也是不招惹麻烦。如此，就依康君所言，我明日就为康君分派人手。"

等康君邺谢过，石大童转着精明的眼珠子，又道："怪不得安萨宝会选中康君专程来长安查实此事，康君如此年轻，就得安萨宝器重，将来必成气候。"

康君邺刚想自谦几句，石大童接着说："康君初来长安不久，想必还没空在这京城里消遣。我已在木月楼订下酒席，为康君接风，康君务必赏脸，不然下回见到安萨宝，萨宝定然要怪我对康君招待不周。"

这石大童，刚见面时还不咸不淡，只有礼数，转眼间就想跟我套近乎。他以为我是受安元寿赏识，年纪轻轻就有此作为，哪里知道安元寿挑中我另有缘由？我的将来，是暗淡还是光明，都不由得我说了算。想到自己因欺骗圣火而被安元寿挟制，康君邺心中憋闷。罢了，我就趁着还红得发紫的时候，也来沾沾他安元寿的光，遂应道："康某求之不得。"

傍晚，刚在木月楼三层的上席坐定，石大童便俯耳过来："康君，我在木月楼旁有处宅院，康君今晚就歇在醴泉坊，若是看上了哪个舞姬,也一并带去。春宵一刻,不必担心宵禁会煞风景。"说着冲康君邺挤挤眼睛,露出一抹别有深意的轻笑。

康君邺附和着咧咧嘴,转身继续打量这木月楼。阿耶的信中也提过这里,不愧为长安城中数一数二的西域酒楼,上下三层的席面,人满为患。红廊红柱,笙歌燕舞,食客、仆从、乐工、舞姬,穿梭往来,好不热闹。木月楼不只是长安胡商们最常来的酒楼,如今连大唐的文人权贵,也时不时会到此处图个新鲜。

"康君,"石大童指向不远处正在给客人上酒的粉衣胡姬,"这个不错,你看那腰身……都说木月楼的掌柜眼光好,这一年到头总有新花样。"

那胡姬的确身段玲珑,轻罗做的紧身纱裙中,肌肤时隐时现。康君邺喉头涌起一股热浪,他赶忙低头吃了口酒,石大童却搂着他的肩膀笑道:"这就来了。"

康君邺再抬眼,手执酒壶的胡姬果然快步走近,柔媚的声音中带着惊喜,叫道:"君……君邺,你来了。"

她虽半张脸蒙着面纱,但那双蓝紫色的眼睛定不会错,康君邺站起身,笑道:"原来是你啊,珂雅。"

珂雅羞涩地摘下面纱,露出莹润如光的面庞,她今日的纱裙色彩鲜亮,配上头饰与薄纱,更衬出娇艳妩媚,且她身上还萦绕着一股清雅摄人的芬芳。康君邺的目光落在珂雅腰间轻纱透出的白腻上,不由得心中一荡,他听自己暧昧地道:"你身上好香。"

珂雅双颊漾起红晕,解下腰间的一个木制挂坠说:"是这个挂坠的香气,这是西市懿烁庄的奇物。"

康君邺不舍地从珂雅的纤腰上挪开眼,接过挂坠,果然是这个味道。这挂坠中还有一颗粉色的珍珠,这种香木中嵌入珍珠的样式,走货多年,还从未见过。

"君邺喜欢这个挂坠?"

"只是觉得稀奇。香木的味道甚是不俗，且这珍珠的成色也好，粉色同你的纱裙极配。"

珂雅掩嘴笑道："君邺的话，怎么和当初送我挂坠的贵人一模一样？"

"哦？还有人说过同样的话？"

"嗯，这个挂坠是几个月前在一个将军的寿宴上，有位小娘子送的。她说我舞跳得好，要赏我一样东西，不过一定要我记得这是西市懿烁庄里的货品。"

"懿烁庄？"

"懿烁庄是西市里顶有名的商铺，只是那里的东西，只有长安的贵人们用得起。"珂雅说到最后，声音几不可闻，又窘迫地红了脸。

她一介女奴，若是没人赏赐，确实也用不起此等物件，康君邺看着珂雅，心中升起一抹怜惜。他亲手把挂坠又系了回去，强忍下想去触碰那腰间肌肤的冲动。

"康使者还真是艳福不浅，袄祠里相聚还不够，这就来捧人家的场了。"康君邺心中咯噔一下，不用转身，也知道这令人厌恶的声音是谁的。

"米世芬，"康君邺极不耐烦地道，"我来木月楼吃酒，与你何干？"

"怎么不相干？康使者看上的舞姬，定然不凡，咱们也想尝尝鲜。"米世芬顺手就搂住珂雅，和苏尔万商团的几人一起讥笑道。

珂雅侧身滑开，恭敬地转向米世芬："这位客人，不如先入座，奴为你斟酒。"

石大童这时也凑过来，不耐烦地道："几位，对不住，这舞姬今晚就在我们这席了，你们还是另寻他处吧。"

有石大童撑腰，康君邺心中有了点谱，拉起珂雅的手："珂雅，走。"就要往自己的席面去。

米世芬哪里肯干，他扯住珂雅还拎着酒壶的那只胳膊，珂雅挣扎了几下，不料壶中的葡萄佳酿顺着壶嘴溢出，米世芬的胡袍下摆顿时上了颜色。

"贱婢！敢拿酒泼我！"米世芬大怒，他一把抓在珂雅肩头，呲的一声，扯下珂雅纱裙的半边衣袖，露出一截匀称白净的手臂。珂雅躲闪不及，手中的酒壶重重摔在地上。

"你做什么？"康君邺也恼了。

"做什么？"米世芬肆无忌惮摸着珂雅裸露在外的手臂，"你说我要做什么？她今夜得跟我走。"

"不，不，"珂雅试图甩开米世芬的手，满脸惊慌地道，"主人说了，珂雅只斟酒，跳舞，珂雅不陪夜。"

米世芬听罢，更加放肆地抱住珂雅，任凭她在怀中扭动，调笑道："不陪夜？酒楼的舞姬哪有不陪夜的？"

"放开她！"康君邺冲到米世芬面前。

"我偏不放，你能怎样？"

米世芬话音未落，脸上已挨了康君邺重重一拳。他气急败坏地抹掉流出的鼻血，发狠地撞向康君邺。苏尔万商团的人见状，轰地围将上来。石大童也不是吃素的，抡起地上的酒壶，就和苏尔万的人扭打在一起。

珂雅在旁不停哭喊着："别打了！"但此刻康君邺血气上头，想着以往的种种过节，恨不能将米世芬生吞活剥。

这处上席本来是木月楼内的清净地，一时间被杯盘破碎声、粟特语的咒骂声充斥，让酒楼内乐工的演奏都变了音。

康君邺和米世芬正打得眼红，后脖颈处忽地被一只大手揪住，像拎小鸡似的被提了起来。再看米世芬，也同样被一个满脸横肉的巨汉给缚住。康君邺这才略略恢复了些理智，眼见这满地狼藉，心道不妙。

只见巨汉身后缓步走出一个约莫有四十岁年纪的胡人，瘦削的下颌上留着短短的黑胡子，正上下打量着自己。

石大童认出了来人，赔笑道："何掌柜，真是对不住。兄弟多喝了几杯，扰了你的生意，这砸坏的东西，全算在我账上。"

那人嘴角挤出一丝讪笑："斯鲁什商团果然是财大气粗，我什么话都还没说，石兄就已经着急要塞金饼子给我了。"

"不敢，不敢，"石大童笑道，"到底是我们失礼在先，这几个苏尔万兄弟弄坏的，我们也一并赔了。"

"呸，"米世芬啐了一口，"谁要你赔，当我们没钱吗？"

何掌柜鼻中冷哼一声，道："几位先别忙着出钱，我木月楼在长安立足也不是一两日，斯鲁什与苏尔万有什么过节我不管，可几位砸了木月楼的场子，咱们也得先分辨清楚。"

康君邺挣脱开巨汉的手，向前几步，躬身道："何掌柜，在下康君邺，也是斯鲁什商团之人。刚才是我先动的手，康某一时激愤，失了分寸，向你赔罪。"

"不是的，"珂雅激动地冲上来，"主人，康郎君是为我说话。刚才……刚才那位客人想要珂雅陪夜，可……可主人说过，珂雅只跳舞，不……不陪夜。"她不知是心急，还是惧怕木月楼的掌柜，一番话说得磕磕巴巴。

何掌柜在珂雅裸露的手臂上扫了一眼，厉声道："你且去更衣。"

珂雅不敢违抗主人命令，只向康君邺投去担忧的一瞥，径自下楼。

何掌柜回过头来面向米世芬："这位客人，珂雅是木月楼的头牌舞姬，头牌不陪夜历来是我木月楼的规矩。阁下若是需要舞姬相陪，只管告诉各层的管事，木月楼有的是可以带走的舞姬。"

米世芬瞄了瞄何掌柜身旁的巨汉，低头道："某初来长安不久，不知木月楼的规矩，还请恕罪。"

何掌柜笑了两声，道："大唐有句话，叫做不知者不罪。阁下现在知道了，那就烦请去楼下结了酒钱，今日之事，就此揭过。"

米世芬没好气地瞪了一眼康君邺,带着苏尔万商团的人也离开了。

木月楼的仆从很快打扫了地面,何掌柜对石大童道:"石兄,你许久未来,簌儿可把你盼得紧。"

石大童一听"簌儿",眼中满是餮意,康君邺立刻明白这个簌儿应该是石大童在木月楼的相好。他知趣地对石大童道:"石君,若是佳人有约,大可不用管我。"

"那……"石大童凑过来悄声道,"康君先在这吃着,也不必只想着那头牌舞姬,木月楼什么样的女人没有?容我走开一阵,之后再来寻你。"

石大童下楼去后,何掌柜仍然站着没动。而刚才还忙着打扫的仆从,包括那个巨汉,都已退下,偌大的席面,只剩康君邺和他两人。何掌柜继续盯着康君邺看了一会儿,做了个请落座的手势。难道他刚才是刻意支走石大童?

"刚才你说你叫康君邺?你多大了?"

他怎么问得如此冒失?康君邺心道,可旋即想到自己刚才还在人家的地盘上动了手,便道:"某今年二十七。"

"二十七,"何掌柜若有所思,双眼仍未离开康君邺,"敢问康维是你什么人?"

康君邺心中一震。他是谁?他怎么会知道阿耶?

"你不用吃惊。你长得同你阿耶年轻时如此相像,且年纪也对得上,我岂会看不出来?"

"你认识我阿耶?"康君邺更惊诧了。

"认得。他失踪前,是木月楼的常客。那时,我还只是酒楼里的小管事,我们常在一起吃酒,算得上是长安城里顶好的朋友,"何掌柜轻叹一声,"没想到,一晃已经十七年了。"

康君邺依稀记得阿耶书信中提过一个叫何念山的朋友,便问:

"我还不知何掌柜名讳？"

"在下何念山。"

看来他真是阿耶的朋友。只听他又问道："对了，你既是跟着石大童来的，想来现在也在斯鲁什商团做事？"

"嗯，我奉康国国主之命，前来长安朝贡，眼下朝贡之事已毕，暂时就留在长安打理斯鲁什的生意。"

"你竟然还是康国使臣？"何念山此刻的表情，让康君邺想起了对自己很好的继父，"你果然同你阿耶一样，年纪轻轻，就堪当大任。你阿耶若是知道，定然会为你骄傲。"

可是阿耶没机会看到我现在的样子。何念山的话，戳到了康君邺的痛处，他突然忘记谨慎，直言问道："何叔叔，你可知十七年前发生了什么？我阿耶，到底去了哪里？"

何念山给康君邺斟了一杯酒，叹道："十七年前，长安城中都在说太上皇即将入京，人们逃的逃，散的散。我和你阿耶顾着生意，都没走。后来，炀帝麾下的将军阴世师把长安城封了个水泄不通，我们想逃也逃不出去了，就打算躲在城内，先避一阵。你阿耶住的义宁坊和我住的居德坊，只有一街之隔，我们每日都会互相报个平安。"

何念山停顿片刻，他眸色幽幽，似在回忆往昔。康君邺催促道："那后来呢？"

"后来，有一日半夜里义宁坊内火光冲天，因有宵禁，我不能出坊，只听到坊墙外来了许多人，鸣金敲锣，折腾了一夜。第二天才得知是义宁坊内的化度寺失火，而你阿耶，也是那晚之后，就再也没了踪迹。"

"化度寺失火？"

"是啊。说来奇怪，那化度寺原来有几个僧人，可大火之后，并未发现有任何僧人的尸身，他们竟都如人间蒸发了一般。"

"可这跟我阿耶有何关系？"

"有没有关系,我也说不清。你阿耶在长安交友甚广,他虽不礼佛,但同住在义宁坊,少不得也会与化度寺的僧人说几句话。化度寺失火后,我见他没来木月楼,便去他住的地方寻他。可他房内所有的金银细软都在,也没有打好的包袱,只人就这样彻底地消失了。"

消失了……康君邺听到这儿,脊背上悚出一阵寒意。来长安前,他做好了面对阿耶已死的准备,只是想弄清他因何而死,才好放下这长达十七年的等待。可如何念山所言,阿耶失踪得蹊跷,他还活着吗?他究竟去了哪里?康君邺抬手将酒一饮而尽,指甲抠着酒杯外沿的纹路,蹙眉不语。

何念山见状,搭手过来,安慰道:"君邺,这都是十七年前的旧事了,你阿耶他,只怕……只怕凶多吉少。所幸你年轻有为,还来了长安,也算圆了你阿耶的心愿。过去的事,就让它过去吧。"

"不——"康君邺猛地抬起头,"我不能放弃。我是阿耶的儿子,是他最后的指望,无论生死,我都一定要知道阿耶失踪的真相!"

何念山看着一脸认真的康君邺,眸光忽明忽暗。两人沉默良久,只对坐同饮,直到长安城上空陡然间响起深沉的钟鸣,那钟声一下接着一下,重重叠叠的回声穿透了木月楼内的喧闹,仿佛永远都不会停下。

康君邺回过神来,问道:"何叔叔,这钟声是?"

何念山听了一阵,脸上愈加沉重,回道:"这……是丧钟。"

第十七章
张九微：僧海

贞观九年五月庚子，太上皇李渊崩于大安宫。长安城中所有的酒楼、教坊都闭市歇业，只有各处佛寺、道观，满是为太上皇治丧超度的道场。

长安西市懿烁庄的内堂中，张九微正和老掌柜张长盛对账，白芷在她身后轻摇着一柄竹扇。今年夏日来得早，才入仲夏，长安城便已被暑热笼罩。

张长盛道："九娘，按你的吩咐，两京的商铺最近两月，都未再进珠宝首饰和鲜亮的布帛，多余的银钱，用来储了各色线香、盘香、塔香和篆香。如今太上皇驾崩，两京上下都要服国丧，从前来懿烁庄订购珠宝、布帛的贵人，倒是都改买香料了。九娘住在李府，消息到底是比咱们寻常百姓要灵通。"

太上皇病危的事可不是姑祖母说与我的，张九微心道。说起来，这次还真要感谢五皇子，若不是他透露时不时入宫探望太上皇的病情，我岂能提前准备？

张九微合起账簿，满意地点点头。

张长盛又道："听闻李相的三路大军在西海之上，屡破吐谷浑，逼得那慕容可汗自缢而亡，想来李相班师回朝之日，应当不远。"

"嗯，姑祖母说，姑祖父七月便能回京复命了。只可惜前方大捷，长安却遇国丧，不能大事庆祝。不过姑祖父能早日平安归来，就是好的。"

"九娘这几月也没少为李相担心吧。我看你清减了许多,如今没有伽罗在长安帮衬,九娘可要注意身体才是。"

恰巧此时郑齐和郭海推门而入,郑齐听了张长盛的话,笑道:"老掌柜,你这是在怪我没有伽罗得力,不能为九娘分忧啊。"

"郑郎说哪里话。"张长盛急要解释,郑齐却拉住他,笑道:"老掌柜,我在跟你玩笑,你还当真了?"

众人听罢,齐笑一场,唯有郭海,仿佛没听到似的,独自站在内堂的窗边,透过轻掩着的窗棂,不断向西市内张望。

张九微注意到他的反常,便问:"二公,窗外可是有什么不妥?"

"哦……没什么,"郭海转身过来,"我也有日子没来西市了,国丧期间,这里果然冷清不少。"他的表情中有那么一点不自然。

"二公不是说今日要去化度寺礼佛,怎么得空来懿烁庄?"

郭海每隔十日,就会去义宁坊的化度寺诵经,国丧期间,也未间断。其实,长安东城区也有不少佛寺,可郭海就是喜欢去西城墙边上的化度寺礼佛。张九微初时很不解,不过后来得知李祐的舅父阴弘智也常去化度寺,便觉得也许是寺内的僧人精研佛理。

"九娘,"郭海走到张九微身边,"我还是要去化度寺的。不过刚才路上走得急,许是崴了脚,不知你的车驾可否借我一用?"

"二公无碍吧?"张九微赶忙站起,郑齐与张长盛也围过来。

郭海摆摆手,笑道:"无妨,无妨。年纪大了,腿脚自然比不上年轻时灵便,也是想着不要逞强,才要向九娘讨马车。九娘想来还要与老掌柜多待一阵,等我诵完经,再回来西市,咱们一道回平康坊,可好?"

张九微知郭海一贯虔诚,想让他休息一日不去诵经,是断然不能的。于是便遣了张出尘派给自己的李靖府中的马车,送郭海往化度寺去了。

郭海走后，张九微捉住郑齐，问道："郑齐，二公在何处崴了脚？你怎的不小心看护？"

郑齐努力回忆了一番，回道："九娘恕罪。是我大意，来的路上并未发觉二公腿脚有哪里不便。我们快走到醴泉坊时，二公突然说不去化度寺了，要跟我到懿烁庄来。可能是在醴泉坊的路口走得太快，这才崴到脚。"

突然说不去礼佛了，可刚才又要坐马车去？张九微想起郭海在内堂窗边的样子，愈加起了疑心，问道："郑齐，你觉不觉得郭二公今日有点不对劲？"

"不对劲？"郑齐琢磨了一阵，"二公不一直是这样？九娘为何如此问？"

"罢了，"张九微说不出个所以然，"也许是我多心了。"

当晚，在流波岛诸人居住的平康坊宅院里，郭海提出想去长安附近的南山，还要借用李靖府邸的马车。

张九微略觉诧异，郭二公一向谨遵祖父嘱托，刻意避免与李府来往，现在竟主动提出要用李府的车驾，便问道："二公，你怎么突然想去南山？"

"九娘不知，如今长安城内的佛寺都要为太上皇超度诵经，化度寺也不例外，每日皇亲贵胄去得实在太多，我一升斗小民，进出多有不便。我听人说南山上的佛寺仍可供平常香客出入，就想着，不如前去南山礼佛，顺道游览一番。只是最近筋骨不大好，骑不得马，只能拜托九娘，安排一二。"

"原来如此，"张九微不好驳了他的虔诚之心，"那我明日就去同姑祖母说，到时我陪二公一道去南山。"

郭海眉间微蹙，推托道："老奴礼佛之事，怎好麻烦九娘同去？"

"不麻烦。长安城中都在服丧，懿烁庄的生意也不忙，我正好去郊外透透气。再说，二公要借用李府的车驾，如果我不同去，如何跟姑祖母开口呢？"

"那……"郭海略微踟蹰，"那就劳烦九娘陪我走这一遭。"

长安城中人，都说南山下有龙脉龟背，风水绝佳，故而南山山坳，建有多座佛寺、道观。张九微扶着郭海，一路攀阶而上，只觉得此处视野辽阔，既能远眺巍巍秦岭的林木葱郁，又能俯瞰关中平原的沃野千里，风水好不好她说不上，但这里的确是一处适宜修身养性的好地方。

"二公，"张九微指着前方的寺院山门道，"这里就是你说的至相寺了。"

郭海也瞄到了山门上的匾额，道："九娘，我看此处风光甚好，你就在这等我吧。我入寺参拜完，就来寻你。"

礼佛的确没多大意思，倒不如在这赏景，郭海的话正合张九微心意。她将郭海送进山门，自己在山门外的树荫下找了一块大石头，一边观景，一边和陪同二人前来的李府家仆叙些闲话，时间过得倒快。

"阿弥陀佛，"李府家仆中有人学着庙里和尚合十一下，指着山门外道，"怎么绿眼睛胡人也来拜佛？看来至相寺的香火真是旺哩。"

绿眼睛胡人？张九微经家仆提醒，也注意到确有几个健硕的胡人正在山门外徘徊，他们中有一人裹在硕大的兜帽之下，在烈日下尤为诡异。那几个胡人围在一起说了些什么，之后，其中两人跨入山门，其余的人，则分成两拨沿着寺院的东西两侧围墙散开。他们这左中右三路，分开进入寺院，是何意？张九微正琢磨着，忽然想到郭二公还在寺内，额角突突地跳了两下。一种没来由的不安涌上心头，她腾地从石头上站起，招呼李府的家仆："你们两个，跟我去寺院里一下。"

张九微身上,还罩着坠至裙摆的幂篱,行动不便,但此刻也顾不上这许多。她带着仆从一路小跑进到寺内,四处搜寻郭海的身影。观音殿、迦蓝殿、大雄宝殿,仆从们依着张九微的吩咐,把这不大的寺院全部跑遍,却是寻不到郭海的身影。

张九微有点着急,伸手拦下寺内的一个沙弥,问道:"这位师父,你有没有见到一个穿素白袍衫的老者,大约五十岁年纪?"那沙弥摇头直说没见到。

"那这寺院里,除了这些佛堂,还有什么地方可以去?"

沙弥想了想,答道:"东面有处塔林,也偶有香客会去,从前面的不二门出去就是。"

不等沙弥说完,张九微带着两名家仆飞也似的奔去,待穿出不二门,果然见到眼前的空地上,竖着大大小小十几座白色石塔,而郭海正在最高的石塔前驻足仰望。

"二公,"张九微叫道,"可算找着你了。"

"九娘?"

"二公——"张九微刚想解释,郭海身后的石塔边,忽地闪出两个高鼻深目的胡人。郭海脸上也突然变色,张九微回头望去,又有两个胡人从不二门的方向走进了塔林。

郭海比张九微的反应还要机敏,小声道:"快走!"一把抓起她的手腕,快步朝塔林的南面跑去。李府的家仆也觉出事态不对,赶忙跟上。可还未奔出塔林,前方的路便被第三队胡人堵住。

郭海将张九微护在身侧,叫道:"来者何人?"

那些胡人并不理会,只是越走越近。

"几位朋友,若是缺酒钱,我这里倒有。"郭海说着从怀中掏出两个小金饼,朝胡人丢去。谁知那几个胡人并不接,任由明晃晃的金饼子掉在沙地上。

郭海面色一沉,对张九微耳语道:"不好,九娘,这帮人莫不是来劫人的。待会我和仆役将他们拖住,你瞅准机会,只管跑。"

"二公,我岂能丢下你?"

郭海厉色道:"你一未出阁女子,切不可被他们掳去,否则声名尽毁。若你有不测,老奴我万死难辞其咎。"

这些人是来掳劫我的?张九微慌乱之中并未停止思考。不对,他们在我之前进入至相寺,若要掳劫我,在寺外就可以,何故冒险进入寺中?

李府的家仆倒是见过世面,硬气地道:"哪里来的奸徒,好大的胆子!咱们可是李靖将军府上的人,你们是不想活了吗?"

那些胡人听到李靖的名字,果然收住脚步,一时间面面相觑,似在犹豫。可片刻之后,有人说了一句胡话,为首的胡人立刻上前揪住了李府的家仆。只见他们手中多出一块红色巾子,捂上了家仆的口鼻。那两名家仆瞬间失去意识,软绵绵地倒在地上。

张九微这下真的怕了,只恨自己把郑安放回了流波岛,又没想过要带几个李府的府兵跟来南山。看着这些不断逼近的胡人,她怛然失色。他们到底要做什么?

郭海挺身挡在张九微身前,高声吼道:"几位光天化日之下,就要在佛寺中行凶,视大唐律法为何物?若胆敢伤了我家娘子,就算你们跑到天涯海角,李靖将军也决不轻饶!"

他面不改色,吼声中毫无惧意,连在塔林里漾起的回声都带着威势,换做任何歹徒,都要重新思量一二。然而张九微知道,郭海是希冀塔林外有人能听到他的声音,他抓着自己的手在微微颤抖。面对这些凶狠的胡人,郭二公只是在做最后的挣扎。

又听到一句胡话,那些人不再上前,只把郭海和张九微团团围住。

"僧海师父——"塔林里传出一个嘶哑的声音,"你终于回来了。"

郭海的身子猛然一震,双眼直勾勾地盯着正从塔林里缓步走出

· 191 ·

的人——那个隐于兜帽下的诡异身影。

胡人们齐齐退开，分别守住塔林的几个入口。隔着轻纱做的幂篱，张九微看不分明这人的样貌，只隐约可见一双幽蓝如海的眸子，仿佛会呼吸般，在兜帽下有规律地跃动。

他停在了距二人几步开外的地方，又道："十七年不见，僧海师父安好？"

"二公，僧海是谁？"张九微一时忘记了害怕。

郭海紧了紧搭在张九微腕上的手，示意她别再说话，之后双手合十，对着那人道："阿弥陀佛，没想到十七年过去了，翟施主还记得贫僧。只是不知今日这一出，是为哪般？这地上的两位的确是李靖将军府中的仆从，翟施主将他们迷晕，怕是难以向李将军交代。"

"只要僧海师父不说，他二人不会记得今日之事，"兜帽之人说着指向张九微，"我也可以让她不记得……"

"不——"郭海急忙将张九微拦在身后，"翟施主切莫冲动，她是李将军夫人的侄孙女，来长安探亲，亦是我家主人。我的事，她不知道，也不会说。"

"若不是那日在醴泉坊外碰见了僧海师父，我怎么也不会想到还有机会再见旧人，更未曾料到，僧海师父如今还了俗，竟在一品大员家中当差。"

"都是机缘巧合罢了。往日之事不可追，翟施主也不用再称呼我的法名，我还俗之后叫做郭海。"

"郭海……也不知僧邕大师听到，会作何感想？"兜帽之人边说边环视周围的石塔，"他的舍利就葬在此处吧？"

郭海沉默了，半晌才道："我护持佛法，心志不坚，愧对先师教诲，待我死了，自会受那该受的轮回之苦。"语中尽是无法消解的悔恨。

"僧海师父，你还不还俗倒与我无关。今日我出此下策，只因你在长安刻意躲避,我实在不知,故人重逢本是美事,僧海师父为何要躲着我呢?"

"那我也想请问翟施主一句,为何要频频派人在化度寺外探看?"

"哦?"兜帽下的声音透出诧异,"这从何说起?那日在醴泉坊外,我才认出僧海师父,我何时派人去过化度寺?"

"最近一月,化度寺外常有几个西域人士一待就是整天,难道不是翟施主所为?翟施主如今是祆祠的萨宝,调动些人手自然不是难事。"

"僧海师父,你说的不无道理。只是若我想寻你,便连这南山都来得,犯不着在化度寺外盯梢一月。这塔林里我的族人,可有你见过的?"

"那……"郭海有些动摇,"那敢问翟施主,今日尾随我来南山,究竟所为何事?"

"所为何事?"戴兜帽之人忽然激动地走近两步,张九微依稀瞥见了他花白的胡须,"僧海师父,十七年前,你们一夜间销声匿迹。僧邕大师后来虽回了长安,可直至他圆寂,都未曾踏出化度寺半步。十七年前的大火,到底是何缘由?净名师父他,究竟去了哪里?"

"净名……"郭海呢喃着这个名字,潸然垂首道,"净名师弟的下落,我也不知。十七年前,都说兵乱将至,先师与阴世师将军交好,阴将军封锁长安前,特意遣人告知了先师。我们师徒六人,为了逃离长安,只好半夜纵火,趁义宁坊的坊正开坊门求救之时,连夜出逃。之后,先师吩咐我们各自散去,约定等战乱之后再回长安,重兴佛法。谁知这一别,竟是永别!"郭海说到最后,已语带呜咽,两行细密的泪水顺着眼角滑出,打湿了他素白色的袍衫。

"这么说,净名他没有回长安?"

"净名有没有回来过,我委实不知。当年大家各自逃难,我在回乡途中，染了疫病，险些性命不保，多亏主人家相救。从那之后，我便还了俗，也再未见过其他师兄弟。我无颜重回先师门下，这次随张小娘子进京省亲，也只盼能在先师归葬处，叩首谢罪而已。"

那戴兜帽之人听罢，低声嘟囔着些听不懂的胡人之语，许久没有动静。

"翟施主，"郭海双手合十，"我知你素与净名师弟亲善，只是十七年前，大唐何处不是兵荒马乱？何处没有无家可归的流民？逃出长安之后，我才知长安城中的情况，并不算糟。另外几位师兄弟没有如约回来化度寺，想必……想必已是凶多吉少……"

"不——"兜帽下嘶哑的声线骤然变得尖利，"我不信！净名他，一定会回来的。"

郭海轻叹一声，走到兜帽之人身后的那座石塔前，合十道："何法不生，何法不灭，不善不生，善法不灭。师父，这天生万物，真的能够远离颠倒梦想，心无挂碍吗？"

张九微不由得也跟着看向这座白色石塔，只见这白塔顶端赫然间开出一朵朵白色莲花。郭海念出的佛偈在塔林中回荡，每多念一句，那莲花便多出一朵，层层叠叠，迅速沿着石塔四周铺开，围住了塔林的三人。这是怎么了？我在做梦吗？可二公分明还站在这里，戴兜帽的人也在。

张九微大着胆子朝戴兜帽的人走去，他的兜帽里空荡荡、轻飘飘的，张九微没忍住，伸手掀开了兜帽。这个人或者说这具身体，没有脸，只有无边的蓝色火焰，在一朵莲花中熊熊燃烧……

"九娘，醒醒。"张九微恍惚中听到郭海的呼唤。山中清风微拂，侍弄起发丝，挠在脸上有点痒，而这送来鼻尖的味道，竟有一丝熟悉。

"二公，"张九微有些糊涂，"我怎么了？"不远处，李靖府上的家仆仍是没有声息地躺着，整个塔林里，不见胡人的身影，只剩郭海一人。

"二公，那些胡人呢？刚才——"张九微忽地想起了自己看到的一幕，"二公，他……他没有脸，只有一团火……还有……还有好多好多的莲花。"张九微惊恐地抱住郭海的臂膀。

"九娘别怕，"郭海将张九微扶起，"那都不是真的，你不过是中了幻术。"

"幻术？"张九微从前在海上，也听过有关幻术的传言。狮子国的胡商说，最厉害的幻术，可以把人锁在虚幻的梦境中，永远也出不来。

"还好你有幂篱阻隔，翟磐陀的幻术作用有限，"郭海帮张九微拢了拢幂篱上的轻纱。

"翟磐陀？就是那个戴兜帽的人？"

"正是，他现在是居德坊祆祠的祆正，多年不见，竟学会了幻术。"

张九微的脑筋渐渐清楚，郭海和翟磐陀的对话一一回到脑中，她急道："二公，今日你们说的，都是真的？"

郭海没有言语，回身走近塔林里最高的那座石塔。他用手轻轻拂去塔座上的灰尘，怅然地道："事到如今，也没有瞒你的必要了。十七年前，我本是在长安化度寺出家的僧人，法名僧海。为避兵乱，我与先师僧邕大师和几个师兄弟一同逃离长安。返乡途中，我被一伙盗匪掳劫，他们本要将我卖去林邑国做奴隶，可我在船上染了疫病，眼见活不了了，便被丢在泉州的码头等死。后来，是岛主在泉州码头救了我，把我带回流波岛。"

怎么会？自记事起，郭二公就一直跟在祖父身边，张九微从未想过，这个日日相见的二公，竟有如此不同寻常的过往。

"九娘，"郭海接着说，"你不是一直好奇我为什么会跟来长安吗？"

"我——"张九微从未直接问过郭海,但自己的这点心思,早就被他看透。

"我自知天不假年,便恳请岛主让我跟你同来长安,只盼有生之日,还能再见师父一面。只可惜,我还是来晚了。"郭海抬头望向塔尖,怔怔出神。

张九微不忍打断郭海的忧思,但今日听到的事,实在太出乎所料,她没法不问个清楚。

"二公,你说翟磐陀是祆祠的祆正,那他怎么会和二公扯上关系?还有,他口中的净名,是二公的师弟吗?"

"是,净名自幼就在化度寺出家。十七年前,他才只有十五岁。翟磐陀一向视净名师弟为恩人。当年,他因样貌怪异,不为长安的胡人们所容,经常被排挤打骂,有人还想拿他献祭圣火。先师教导我们要对众生一视同仁,净名师弟便经常接济他、安慰他,与他成了朋友。我们离开长安时仓皇,并未对任何人说起,没想到这么多年过去了,他还惦记着净名师弟。"

样貌怪异,怪不得他一直戴着兜帽。张九微努力想回忆翟磐陀的面貌,却是无论怎样都记不得。

"那净名他,还有二公其他的师兄弟,都去了哪里?"

"去了哪里?"郭海突然爆发出一阵瘆人的笑声,"乱世之中,人命便如朝生夕死的蚍蜉。我们师兄弟五人允诺师父要重回长安,再兴佛法,却未想到,竟然谁也没能践行诺言。如今……如今我们散入红尘,我只盼他们都还活着。"

至相寺中古钟长鸣,比长安城中为高祖而鸣的丧钟还要萧瑟低沉。郭海默默绕着石塔走了一圈,张九微第一次觉得,二公的脊背有些佝偻。如果连二公都行将暮年,那祖父他……要是现在在流波岛上的是我,该有多好。

第十八章
伽罗：路窄

"郑安，"伽罗背着双手走在前面，没留意自己和身后的郑安越来越远，"刚才那崔记衣帽肆的孔雀罗珍珠腰带多少钱来着？"

"嗯？你说什么？"郑安快走几步，赶上伽罗。

伽罗站定，回身看眼心不在焉的郑安，叹气道："郑安，自打出了京城，你就是这副失魂落魄的模样。九娘虽许你回流波岛，可你也不能只惦记着六娘，咱们到底是出门做生意的，九娘在长安，还指望着咱们。"

郑安被伽罗道破心事，微微涨红了脸，赧然道："是我不对。咱们还要去哪儿？我一定专心记着。"

"那，就是那里。"伽罗指了指斜前方正朝着街口的大铺面。

位于扬州西水门长街上的崔记珠宝行，那惹眼的花榈木匾额，就算隔着条街，也能看到。伽罗与郑安从前都未与崔记直接打过交道，才敢这般大咧咧地穿行于崔记在扬州的各色商铺，看看流波岛如今都供些什么物什给崔记。

这间珠宝行分里外两间，外间都是些寻常首饰，依材质分门别类，各色簪、钗、栉、项链、步摇、耳珰、臂环等，已是琳琅满目，难以尽述。待到步入里间，柜上的饰品数量少了许多，但每一件若不是质地奢华，便是样式精巧，更有些从未见过的稀罕玩意。这满室的珠光宝翠，直把伽罗和郑安两个大男人看傻了。

内间有两位侍女打扮的女客正在替主人家挑选首饰，其中一人看上副耳坠，让内间掌柜拿到近前看看，伽罗也跟着凑上去。只见这副耳坠，中空的金丝花圈上有三根坠饰，一为珍珠，一为琉璃，一为红宝石。莹白、碧绿、殷红三色交织于灿金，流光溢彩，精美绝伦。

女客尚未开口，识货的伽罗忍不住道："呦，这可是上好的砗磲珍珠，还有产自大食的红宝石。"

掌柜笑道："这位客人真有眼光，这副耳坠出自东海，用的可都是海外最好的珠宝。别的不敢说，但在扬州，绝对是我崔记独有。"

一旁的女客听了，忙拿起耳坠又仔细瞧了瞧，道："余掌柜，夫人的喜好你是知道的。只要东西好，多少钱夫人也出得。"

"绝对货真价实，"余掌柜一脸真诚，"王夫人是熟客，还能信不过咱们崔记？这耳坠总共也只有三副，单价七两金，王夫人若是看上，我这就派人送去庄上。"

伽罗暗自咋舌，七两金，够买好几个粗使女婢了。

那位侍女却浑不在意，点头道："那就劳烦余掌柜，把这副耳坠还有刚才挑好的玉梳背，一道送来。还是老规矩，一并在庄上结账。"

掌柜连连答应。送走二位侍女，那掌柜见伽罗仍在内间细看首饰，示好道："客人想必也做些买卖？一眼就看出了那耳坠的门道。"

"哪里，哪里，"伽罗故作深沉，"常在海外跑船，自然见得多些。"他一边问价品评，一边默默记下来自东海的物件，心想等过些时日出海，也要去摩逸国及周边海岛，帮懿烁庄找找类似的。

大约过了一炷香工夫，伽罗示意郑安要离开。余掌柜却绕到二人身前，笑问道："二位客人，可看中了什么？若是铺面里没有，不知两位宿在何处？过几日再有新货，我差人去给二位说一声。"

崔记珠宝行的外间忽有人说道："余掌柜，我知道他们住在哪儿。"

伽罗回身望过，立时愣在当下——此刻要进入珠宝行内间的，不是别人,正是张承谟之子张夔。他惊异之余,慌忙上前:"大郎安好。"

张夔没理会他,而是走到余掌柜身前,笑道:"余掌柜,这二位就住在远朋楼,你要是想去送货单,可得抓紧。他们从长安来,在扬州可待不得许久。"

正说着,一宽额方脸的中年人也从外间走进来,余掌柜一见,立马快步迎上去,语气比刚才对伽罗的还要热络,道:"崔掌柜,你今日怎么有空来铺子上?"

那人对何掌柜笑笑,然后打量了一番伽罗与郑安,对张夔道:"张侄儿,你们认得?"

张夔轩眉一挑,回道:"崔叔叔,这二位也是流波岛上的人,不过他们不跟着我,而是在我九妹手下做事。"

伽罗听罢,马上明白眼前这方脸中年人就是崔记商铺的主人崔奉天,忙见礼道:"奴流波岛张伽罗见过崔掌柜。"郑安也慌不迭地向崔奉天行礼。

一旁的余掌柜不晓得流波岛内部的纠葛,笑道:"原来二位是流波岛的客人,怎么不早说?这位唐话说得如此好的天竺郎君,选了这么久,想是要买些首饰给家里娘子?刚才说与你的价钱,是给寻常客人的,若是郎君你买,自然还可以商量。"

"伽罗,"张夔故作惊奇地道,"我怎么不知道你家里还有娘子?长安什么样的首饰没有,要你大老远地跑到扬州来照顾崔掌柜的生意?"

崔奉天是最精明不过之人,听张夔一席话,眼中瞬间闪过一丝不快,道:"九微小娘子若是缺什么,尽管说就是,来我崔记多番打探,不知是何道理?"

面对张夔的有意刁难,伽罗稳住神色,仍恭敬地说:"崔掌柜哪里话,我等只不过是路过扬州,想着崔记乃是这淮南道鼎鼎有名的商铺,必然经营有道。同是商人,我和郑安当然该来看看有没有可以向崔掌柜求教的地方。"

"哦？那不知伽罗兄弟看出了什么门道？"

"门道谈不上。我看崔记珠宝行货品齐备，金饰、玉饰和各色珍珠宝石一应俱全，娘子们常用的簪钗珰环无一不备，价钱上也是从低到高，不管来了什么样的客人，总能挑到合意的首饰。不过最紧要，还是崔记在扬州是老字号，声名在外，别家怕是怎么也比不了。"

崔奉天似乎从伽罗话中挑不出错来，眼珠默默一转，立时换上一副和悦面容，道："老岛主真是知人善任，伽罗兄弟果然是经商的材料。各位既然有缘在我崔记遇上了，不如就一起入内吃杯茶吧。"说着示意余掌柜引众人到珠宝行的内堂，伽罗不好拂了崔奉天的情面，只得跟上。

坐定后，崔奉天道："刚才听伽罗兄弟说是路过，这厢可是要回流波岛？"

"正是，九娘对岛主很是惦念，特意遣我二人回岛看望岛主。"

"九妹连回岛看望祖父也找人代劳，定然是在长安乐不思蜀。也难怪，长安是什么地方，九妹年纪小，看得长安的繁华，一时忘记了流波岛，也在情理之中。"张夔捧着茶盏，似笑非笑地说道。

"在崔掌柜面前，大郎就别揶揄九娘了。"伽罗猜不出张承谟如何对崔奉天解释张九微留在长安的事，他既不敢言及李靖，也不能说起懿烁庄，只好拼着顶撞张夔，直白地制止他。

张夔果然不忿，"当"的一声放下茶盏，怒道："张伽罗，这里几时有你说话的分儿？"

"大郎莫恼，我不过是想着有崔掌柜在，咱们还是多聊聊生意上的事。"

碍于崔奉天在此，张夔白了伽罗一眼，没有再辩下去。

崔奉天道："听说九微小娘子的商船常往来于泉州，那我也向伽罗兄弟打听一下，不知近来往泉州去的商船可曾遭遇海盗？"

崔奉天的问题有些突兀，伽罗如实答道："东海上海盗劫船，是常有的事，泉州商路当然也不例外。但咱们流波岛有舰船，寻常海盗不敢打流波岛的主意，是吧，郑安？"

"确是如此，"郑安躬身，"流波岛的斗舰是岛主亲自主持建造，吃水深，航速快，可防风大浪急。船员也都是自幼习武，训练有素，并不是平常的商船。"

崔奉天认同地频频点头。

张夒却不解道："崔叔叔，阿耶一向对走扬州的货格外上心，这么多年，从未出过差池，不知你为何有此一问？"

"张侄儿莫要多心，崔某对承谟兄岂有半分不信任？只是这一年多，供我崔记香料的胡商总是出差池，三番五次说被海盗劫了道。我不在海上，难辨他所说真假。我想海上的亡命之徒应当不会专挑哪条商路来劫，若是泉州商路也是如此，那胡商倒是没骗我。"

"原来如此。其实崔叔叔大可不必费这番心思。我流波岛不大做香料生意，只因本岛不产香料，但往来流波岛的，有的是海外诸国的香料船只。崔叔叔只管将香料货单也托给流波岛，由我们替你关照，岂不两全其美？"

"也不是不可，"崔奉天捻着胡须，"其实从前我也对承谟兄提过，但承谟兄觉得这门生意不如海货来得稳妥，一直没有应下。"

"崔叔叔放心，这次回去，我一定说服阿耶。放着这么大的买卖不做，实在没有道理。"

他二人谈得热络，伽罗心中却另有计较。若是张承谟也涉足香料生意，势必要影响张九微在长安打开的局面。看来，这回去摩逸国，还需考虑得更长远些才是。

吃过茶，张夒没有继续留在崔记，反而跟着伽罗、郑安一道，回到了西水门大街上。

走出崔记不远，伽罗立刻问道："大郎怎么知道我和郑安住在远朋楼？"

"伽罗，"张夔两颊的肌肉紧了一下，"你们在长安做些什么我不管，但扬州是谁的地盘，你心里也要有数，不要纵着九妹倚仗祖父的宠爱，就随便打不该打的主意。"

伽罗的算盘被他点破，一时不好意思言语。张夔顿了顿，又道："我过几日就要回流波岛，你们既然也要回去，我便送你们一程。"

"大郎有心，可我和郑安还要去泉州，九娘已安排了离岛的船队去泉州接应。"

"还要去泉州？"张夔鼻中轻哼一声，"我九妹这一年多在长安，倒没闲着。出入药师公家中的，皆是权贵，她既有幸结识，想来将来能寻到一门比六娘更好的亲事，何苦还如此抓着泉州的生意不放？难道还怕祖父添不够给她的嫁妆？"

伽罗心头没来由一紧，不断玩味着张夔的话。九娘对于岛主派她给李相送信，始终不安。难道命九娘接手懿烁庄并不是岛主的真实目的，为九娘寻亲才是？

"大郎，"一直未曾说话的郑安终于开口，"六娘她……她现在如何？"

张夔回身搭手在郑安肩上，安慰道："郑安，六娘写信回来，说身体已大好，你不必过于担心。对了，六娘还问起你。"

"问起我？"郑安难掩声色中的惶急与激动，"六娘，真……真的问起我？"

"我岂会诓你？"张夔睨着郑安，"这样，等你回了流波岛，就到主岛上来一趟，我拿瑾辰的信给你。"

郑安听罢，眸中登时充满期待，向张夔连连致谢。伽罗望着一扫多日颓唐的他，心中暗暗摇头，郑安啊郑安，你当真是色令智昏。

第十九章
秦威：三试

清晨的百里太湖，烟波浩渺，朝露熹微。

秦威手摇单桨，驾一艘兰舟，载着云门坞的坞主虞思尧，穿行于碧波之上。晨雾尚未褪尽，朦胧着曙色里的翠柳拂堤，直把这江南美景，更晕得旖旎如画。

虞思尧和着秦威摇桨的节奏，轻拍船舷，缓缓吟道："湖平天宇阔，山翠黛烟朦，春在渚头上，人游画境中。二郎，此情此景，正应了这首五律，只可惜已过了春日。"

秦威读书有限，远不及虞思尧风雅，不过这首诗只颂太湖春意，浅显易懂，让秦威也觉得很应景，于是回道："坞主好雅兴，不枉咱们一早就来太湖游船。"

虞思尧的心情似乎格外好，待船行至湖心，他触手入水，撩起丝丝沁凉。不等秦威松桨，虞思尧轻点船舷，跃于湖中，但见他只有双脚入水，身子浮出湖面，绕着兰舟飘出数步。若非近看，当真要以为太湖之上来了位幸游至此的谪仙人，而秦威却知道，这是云门坞主的绝技"绿水浮波"。

虞思尧仍未尽兴，他将双腿没入水中更多，飞身旋转，卷出层层水帘裹于身畔，仿佛立在一个透明的水茧之中。就在那水帘准备落下之时，虞思尧发动周身罡气，冲破水帘。那些飘散的水珠瞬间震荡成雾，让兰舟如坠烟海。

秦威感到细密的水雾匀净地打在脸上，不禁赞道："不过数月，坞主的云门罡气竟精进至此。"

虞思尧坐回船上，脚上的鞋袜好似滴水未沾，水分早被云门罡气蒸干，笑道："有二郎主理坞内诸事，我才有功夫日日苦修，也算没白得这些闲暇。"

他二人齐笑两声，继续摇着小舟往太湖内岛西山去了。

太湖这些年水丰泽沛，汛期可漫至吴江塘岸，湖中的两个内岛，东山与西山，各自成势。尤以西山岛上既有险峰岩洞，又有古刹樟林，知名于江南道。三年一度的中州英雄会，今年便在西山岛上举行。

秦威和虞思尧的兰舟徐徐靠岸，游船码头上远远立着两个人，其中一个棕肤的天竺样貌分外显眼。

"伽罗兄弟，"秦威跳下船，招呼道，"怎么站在这里？莫不是也想去湖上游览，在等我这艘小船？"

伽罗上前见礼，笑道："我是十分想去湖上看看的，可郑安不肯。我们在山庄里听说虞坞主和秦二爷一大早就去赏湖，想来今日的天气定然很好，我便也拉着郑安到堤岸边走走。"

"江南烟雨多，今日的确是难得的晴天。"秦威说话间已将兰舟拴住，转身对郑安道："郑安兄弟，这次见你，话可少了许多，第一次来西山岛，也不见你有兴致观景，可是遇到了什么难事？"

郑安拱手道："劳秦二爷挂心，我……我没什么事，就是有点想家。"他嘴上虽如此说，但眉间的郁郁之色，骗不了秦威。

秦威还想再问，被一旁的虞思尧用眼神制止，虞思尧道："思乡乃是人之常情，正所谓近乡情怯，郑安兄弟离流波岛越近越是想念，也是有的。"

郑安局促地笑笑，转过身去，不再说话。

伽罗无奈地耸耸肩，冲秦威问道："秦二爷，这几日眼见来西山岛上的江湖人越来越多，把樟树林附近的几个山庄都挤满了，不知待会儿的中州英雄会到底怎么个开法？"

秦威答道："这英雄会是咱们大唐漕帮三年一度的盛事，多年前由中州派发起，是以又叫做中州英雄会。如今漕帮势大，南来北往的做生意，结交了更多的江湖好汉，来英雄会捧场的也就不局限于漕帮，两江两河过处，有点名头的，也都来凑个热闹。"

"听山庄的人说，待会儿还要比武？"伽罗满脸兴奋。

虞思尧笑道："怎么，伽罗兄弟也想下场参战？"

"要是虞坞主收我为徒，那十年后我也许能上场凑个数。从前在船上，我听老船员讲过不少高手对决的故事，早就想着要亲眼见识一番。"

秦威和虞思尧俱是一笑，秦威道："原来伽罗兄弟专程来太湖，并不是冲着我和坞主来的。"

伽罗不好意思地挠挠头，"秦二爷哪里话。"

秦威笑道："这也无妨。只是中州英雄会以会友为主，意在提醒漕帮诸人不可忘本，只设三场比试，分别是水试、准头和轻功。伽罗兄弟想看的高手对决，恐怕未必能见到。"

几人说笑间，已沿着堤岸边的樱花林，来到了西山岛上临湖而建的古刹章怀寺。秦威听说，章怀寺的僧众因感念萧元德经年向佛门布施，故而愿意暂时出借章怀寺，作为此次中州英雄会的观战场地。

平日禅音清幽的古寺前，如今人声嘈杂，里里外外围了足有三层。中州派为今日前来的各门各派都专门搭建了简易的棚子，每派各占一棚，闲散的江湖人就合坐一棚。云门坞的棚子就在章怀寺山门的右手边，正和左手边中州派的主棚相对。秦威陪着虞思尧进到棚内，虞思尧坐于坐床，秦威则和其余弟子一起站在他的身后。

虞思尧道："二郎，看来今年萧掌门下了不少请帖。"

秦威随即环视比武场地上的群豪。除了中州派在山门左侧整齐划一的紫色仪仗，岭南道的龙泉帮、青蛟帮，剑南道的南江派、滇黎会，河北道的白源盟、潞泽门都到了，除此之外，江淮一带的燏明谷、青蟾观、吉廓山庄、祁门镖局，还有一些独自闯荡江湖的剑客、拳师、道人，也有不少。

秦威点头道："萧掌门仗义疏财，中州派在他手下，确是一年强过一年。"

"秦二爷，"伽罗指向对面的中州派，"你看那是不是当日在板渚渡口切断手指的人？叫什么阿川来的？"

秦威顺着伽罗的指引看去，果然中州派的陆飞澜身侧，跟着那个曾在自己面前自断两指的阿川。陆飞澜与秦威双目相接，便携着阿川一齐走了过来。

"虞坞主，秦二爷，"陆飞澜拱手道，"某帮务繁忙，昨晚才至西山岛，还未及拜见二位。"

阿川也跟着向虞思尧和秦威见礼，他未直视秦威，向秦威抱拳行礼的左手上，齐根而断的两指，仍是突兀。

陆飞澜瞧见秦威身后的一身棕黑皮肤的伽罗，笑道："秦二爷当真阔绰，如今连贴身的仆从都换成了昆仑奴。"

伽罗一听，顿时驳道："你说谁是昆仑奴？"

"陆督主请慎言，"秦威不悦地俯视着陆飞澜，"这位是我和坞主的朋友，受邀特地来此观战。萧掌门一向礼敬四方宾客，陆督主可不要在外客面前失了中州派的礼数。"

陆飞澜脸上微微涨红，但瞬间便恢复了中州派督主的架势，笑道："秦二爷交友遍天下，陆某自是不能同你比。听说秦二爷现在时常南来北往地结交商客，莫不是要统揽云门坞的大权？"

这厮在坞主面前刻意这样说，是想挑拨我和坞主的关系，秦威对陆飞澜的用意一目了然。未及秦威回话，虞思尧淡淡地道："陆督主，去年在淮水之上与萧掌门对战的黑衣人可有找到？"

"回虞坞主，尚未找到，"陆飞澜不忘继续挑拨，"秦二爷一向消息灵通，不如咱们问问秦二爷？"

"陆督主既这样说，"秦威不理会陆飞澜话中带刺，"那我凭着手中的消息，倒有一问。那黑衣剑客先是跟踪陆督主，接着又偷袭了陆督主的商船，在楚州码头初始也是冲着陆督主去的，萧掌门只不过恰巧在场。不知道陆督主在哪里招惹了这么一位武功高绝之人，还把他引到了萧掌门的家门口？"

陆飞澜眸中寒光一闪，冷笑道："秦二爷打听得可真清楚啊。陆某无才无能，也不知怎的就入了这位高人的眼，他自楚州一战，再无踪迹。秦二爷既然这么热心，那就劳烦也帮着中州派寻觅寻觅？"

"二郎，"虞思尧接过话头，"若是萧掌门开口，你帮着探听一下，也无不可。"

"喏。"秦威爽快应道。他知虞思尧这样说的意思，是中州派的公事可以帮，但需萧元德亲自出面，陆飞澜还够不上资格。

陆飞澜也听出虞思尧的言外之意，眼中的寒光更甚，一旁的阿川适时地提醒了句："督主，萧掌门到了。"

几人撇开各自心思，转头望去，见中州派掌门萧元德，穿着一袭暗紫色泛着珠光的襕袍，款款登上主位。观战场上的群豪，一见萧元德登场，聒噪声渐止。陆飞澜也领着阿川，回到了中州派的队伍里。

萧元德向前几步，走到观战场中心，高声道："今日蒙诸位江湖英雄赏脸驾临，我中州派倍感光宠。这中州英雄会三年一次，为的是广交天下豪杰，同时也看看漕帮的众兄弟，三年之中，又有了哪些进益。中州派虽说是靠水吃水，但大唐境内，往来行船，若是没有众位朋友的襄助，实难成今日之势。萧某不才，得诸位推举主持这英雄会，在此先谢过。愿日后中州派与各位，都能相互帮衬，携手匡助漕帮，同舟共济。"

众人听得萧元德一席话，皆大声叫好。待呼声稍小，萧元德又道："今年的中州英雄会，仍是老规矩，设三场比试，水试第一，准头次之,轻功最后。每场比试皆为一炷香时间,胜出的漕帮兄弟,可获得相应的彩头。"

萧元德示意手下搬上一张大香案,置于场地中央,接着道:"我漕帮诸人,日日在水上讨生活,这第一场的水试,自是要考验水下的功夫。各位请看,在前面的船下,早已埋好一副足金打造的小船模子于湖底,哪位兄弟在一炷香的时间内,率先取得金船模子,那这副金模子就归他。"

言毕,场内诸人齐齐向章怀寺山门正对着的湖面看去,湖上确实漂着一只兰舟,比秦威早上划的那只略微大些。

一听彩头是足金船模,场上群雄纷纷现出激动的神色,片刻之后,湖边已聚集了来自各门各派的二十几位漕帮好汉,脱去了外衫。只听中州派的发令官一声口哨,他们齐齐跃入湖中,瞬间就没了踪影。

水下的情形谁也看不到,只偶尔见有人浮出湖面换气,或在兰舟附近冒出几个水泡。大半炷香的工夫刚过,湖面突然翻腾出不少水花,紧接着,两个赤膊之人一左一右现出水面,飞速朝岸边游来,其中一人,正是中州派的阿川。

秦威见二人并不打斗,颇为奇怪。以前英雄会上的水试,比试者都会在水面上争勇斗狠,为了彩头大打出手。待二人游至岸边,秦威才看出阿川一手攥着萧元德口中的足金船模子,另一只手则拖着个似已昏迷的参试者。

发令官和离岸边最近的几人赶忙围了上去,接下那昏迷之人,又是压水,又是运气,折腾了好一阵,那人才悠悠醒转。此时,香案上的香已燃尽,参与水试的余人都从水中上岸。

发令官正要宣布胜者,却听阿川高声叫道:"且慢!诸位,刚才在水下,的确是我先寻到了彩头,但我亦被石缝卡住,难以脱身。若不是这位青蛟帮的兄弟在水下想尽办法救我,在下早已去见了阎王。这位兄弟舍身救我,险些丧命,这副足金船模,理应是他的。"

众人听了他这番解释，方才恍然为何他二人一齐上岸。这下连一直闷闷不乐的郑安都赞道："秦二爷，这两位漕帮英雄可真够义气。咱们行船之人，上了船大家就是一体，只有同声共气，方能避得过海上的艰险。"

秦威暗暗点头，想不到这阿川不居功，为人倒是正派，只可惜是陆飞澜的手下。

只听萧元德在场中央说道："今日的水试，虽是我中州派的阿川先找到彩头，但如他所说，青蛟帮的兄弟不计后果地救他性命。咱们漕帮遍布大唐水域，休戚与共。这位青蛟帮兄弟的所作所为，正是我漕帮得以不断壮大的因由，是以这一场，乃是青蛟帮获胜。"

群豪立时又是一阵山呼海啸般的叫好。秦威与虞思尧对视一眼，皆赞许萧元德此举处得当。

岸边的人各自归队后，香案上重又插上了一炷香，萧元德道："诸位英雄，咱们走船的人，不论是套索扬帆，还是捕鱼救人，都讲究个准头。这第二场比试，就是要用绳索或是暗器，撂下那小船桅杆上套着的旗子。一炷香内，哪位漕帮兄弟最先撂下旗子，便可得三匹上等的缭绫作为彩头。"

"三匹缭绫，"伽罗小声惊呼，"萧掌门可真阔气，听闻越州产的缭绫极其名贵，三匹的价钱岂不是比之前的金船模子还多？"

虞思尧笑道："伽罗兄弟不愧是经商之人，连缭绫的时价都这么清楚。"

伽罗得意地道："在商言商，我流波岛的商船也经常收些丝绸运往海外，大唐境内有名的绫罗绸缎，自是难不倒我。"

相比彩头，秦威更关注比试本身。刚才水试的那艘小船已划出更远，停在湖心。小船的单桅顶端，不知何时挂上了中州派的紫色锦旗。那面旗子上有金线刺绣，在日光的映射下，熠熠生辉。

堤岸边的空地上，又间错着站出十几人，云门坞的弟子齐明也在其中。参与这场比试的人手中拿着各色家伙,有绳索、飞爪、孔雀翎、袖箭、飞蝗石,甚至还有特制的弹弓。

发令官一声令下,他们就开始对着那面紫色小旗发难。一时间,湖面上各种暗器如落英纷飞,好不热闹。

齐明是秦威的弟子,他使的暗器甚为奇特,乃是大大小小的数枚铁环。那铁环既扁又薄,飞掷出去,能在空中盘旋许久,但若是掌握不好力道,铁环每抛掷到中途,便会回旋,掉入湖心。

秦威看了片刻,便明了这场比试仅靠掷出暗器的力度是万万不行的。小船离岸边很远,旗子又小,若想击中目标,需得在掷出暗器之时配以恰到好处的内力,方能成事。

"二郎,"虞思尧轻捋着须子,"我记得,你两年前才开始传授齐明云门罡气,他今日若能在比试中明白个中关节,就算赢不了彩头,于内功也大有裨益。"

"正是。"秦威颔首,更加专注地看向岸边的齐明,心中期待他能将云门罡气用于铁环。

转眼半炷香的时间已过,岸边的参试者们虽已投出不知多少暗器,也偶有将暗器掷于船上的,但却无人能欺近那紫色小旗分毫。眼看时间越来越少,不少人沉不住气,开始一次性掷出多枚暗器,指望能够侥幸获胜。秦威不由得看向坐在主位上的萧元德,见他独自微笑观战,不知对眼前诸人的这一番急功近利作何感想。

人群中忽然躁动,秦威随即转移视线,只见湖面上有多枚暗器相碰,撞出点点火花,即便是在寺院山门前,也看得分明。

原来是白源盟和滇黎会的两个弟兄,都在朝小船大把大把地抛出暗器。岸边的距离毕竟有限,他们抛出的暗器在空中相互擦碰,碰撞后力道大减,皆在中途就掉入湖内。他二人大概都认为是对方碍着自己,几番擦碰后愈加不忿,索性不再朝着小船发射暗器,而是故意打下对方的暗器。

二人的较劲很快影响到后面的人的比试，只听湖面上砰啪之声不断，要不是节奏不对，还真以为是哪里奏响了编钟。秦威见齐明没有加入战局，而是沉着地抛出手中铁环，一次比一次更接近小船，似乎逐渐领略了要将内功切于手上的要义，心中暗自赞许。

就在这时，两枚飞蝗石分别与袖箭和孔雀翎相撞，飞蝗石最为轻巧，受力之后，陡然间改变方向，竟朝着空地上观战的人群飞来，眼见就要击中站最外圈的人。

"不好——"虞思尧目力更佳，看出飞蝗石上的力道极大，若被击中要害，只怕性命难保。

他刚自坐床上站起，就见外圈的玄衣人身形一挫，倏地飞身而起，轻巧地躲过了第一枚飞蝗石。可第二枚飞蝗石紧跟着疾速袭来，他眼看着是躲不过了，就在这惊险一瞬，玄衣人不知使了什么功夫，逼得飞蝗石再次变了方向，径直打在岸边的樱花树上。

这几下兔起鹘落，迅捷无伦，场上能看清楚的人都不多，更别说懂得个中险要的了。恰好此时，齐明用铁环摽下了小船上的紫旗，岸上爆出一阵喝彩，吸引了众人的目光。

在云门坞弟子的欢呼声中，虞思尧小声道："二郎，刚才那人的身法，你怎么看？"

秦威眯起眼睛，回道："此人轻功甚好，若是参加第三场比试，难有对手。只是离得有些远，我没看清他是如何化解了第二枚飞蝗石。"

"嗯，"虞思尧还在思考，"我也未能全看仔细，应该是手上的功夫，又或是靠什么硬物挡隔。不知这是哪门哪派的人物？"

"我看他没与哪个漕帮站在一处，也许是慕名而来的江湖人。"

"江湖上果然是卧虎藏龙，看来我云门坞的弟子需得勤加修炼，不可有一日放松。"

两人正说着，伽罗指着岸边道："呦，那边打起来了。"

果不其然，白源盟与滇黎会的人正揪在一起，嘴里不干不净地喝骂着对方，齐明也搅在当中劝架。中州派的发令官几次试图制止，非但没能拉住激愤的两派，反而在脸上挨了一下，划出鲜血汩汩。

陆飞澜见状，飞身跃入其中，围着发令官左右开合，击出数掌。他意在劝架，不想伤人，只使出三分力，但也把白源盟和滇黎会的诸人逼退数步。

"各位听我一言。"陆飞澜高声道，同时在手上捏了个诀，随时准备再出掌。白源盟和滇黎会认出他来，虽面色忿忿，却也站定，不再向前。

陆飞澜道："英雄会本为会友，设个彩头，无非是想给比试添点乐趣。诸位若因此结下了梁子，岂非辜负了萧掌门的一番美意？"

动手的几人听了，稍作冷静。一人道："陆督主言重了，我们白源盟没想砸萧掌门的场子，只是实在气不过他们滇黎会恶人先告状。"

"他娘的，你说谁是恶人？"滇黎会的人再次瞪起眼睛骂道。

"各位，"陆飞澜高声喝止道，"刚才的比试，两边的兄弟逞一时之气，相互攻击，大家都看在眼里。既然双方都有错，而你们又都没能摽中旗子，再这般争执，有何意义？今日你们来此，我中州派敬各位是客，以礼相待，可诸位非但不领情，还伤了发令官。若我中州派也因此嫉恨各位，又如何说？"

白源盟和滇黎会的人瞅瞅一脸肃容的陆飞澜，又看看脸上还在冒血的发令官，均觉歉然，不好意思再骂，只恼恨地盯着对方。

陆飞澜又接着道："适才萧掌门也说了，天下漕帮，本为一体，要同舟共济。各位不如就看在咱们中州派的面子上，握手言和吧。"

几人踌躇半晌，但说到底，谁也不敢驳了中州派的情面，最终互一拱手，就算讲和，各自退回帮中，陆飞澜这才带着发令官下去处理伤口。

萧元德再次来到场地中央，宣布道："众位，刚才的第二场比试，云门坞的齐明兄弟技压群雄，赢得这三匹缭绫的彩头。"

齐明跟在萧元德身后向场上四周拱拱手，众人喝彩过后，他从中州派接过缭绫，走回云门坞的棚子。

萧元德又续道："眼下正值盛夏，日头也大，想来大家都有些火气。不如今日就此散去，明日再来进行第三场比试。萧某已为诸位在各山庄里聊备薄酒，今晚上，就请大家以酒会友，不醉不归。"

秦威知萧元德是怕白源盟同滇黎会不肯罢休，在第三场比试上再次针锋相对，于是暂缓比试到第二日，给各门各派一个把酒言欢、尽释前嫌的机会。当下迈出一步到棚子前，朗声道："好！还是萧掌门大方，今晚上，咱们定要和各位远道而来的兄弟，一醉方休！"

场上众人听中州派和云门坞都如此说，便再无异议。古刹前再度喧闹起来，这帮南来北往的江湖人，此刻纷纷三五成群，笑闹散去。

第二十章
慕容婕：重逢

"阁下当真好身手，刚才那两枚飞蝗石如此迅猛，我等都未看清来路，阁下竟能一一躲过，啧啧，实在佩服得紧。"慕容婕身旁的道人不住赞叹。

道人身边的人也附和道："那飞蝗石也亏得是朝着阁下而来，若是冲着我来，我身上只怕已多了两个窟窿喽。不知阁下高姓大名，如此身手，师从何门何派？"

慕容婕捋了捋腮下的假须子，含混道："某不过是个浪迹江湖的剑客，听说太湖上有比武，赶来凑个热闹，并不是什么名门之后。"

道人即刻会意慕容婕无意表露身份，便不再问，但另一人却不放弃，追问道："阁下如此功夫，更应趁此中州英雄会，在群雄面前露个万儿，日后行走江湖，也多些朋友，你说是不是？"

慕容婕没有理会。那人还欲再说，却被道人捅了捅左肩："快看，那边打起来了。"

眼看身旁的江湖人都被岸边两个漕帮的争执吸引，慕容婕逮住机会，从人群中悄然退开，一路摸到了堤岸边的樱花林中。她大概记得被自己弹出的飞蝗石的方向，眼下需尽快找到那株被击中的樱花树，抹掉痕迹。

师父神龙见首不见尾，这偌大的江淮，到底要自己去哪里寻？慕容婕一边用匕首在樱花树的树干上来回切磨，一边暗自叹息。

自离开吐谷浑，又辗转数月抵达扬州，慕容婕没能找到师父的半分踪迹。依照大宁王的指示，慕容婕回了扬州的远朋楼，可远朋楼的梁掌柜也说已多日没有慕容充的消息。直到日前，梁掌柜听远朋楼的客人说，中州英雄会要在太湖的西山岛上举行，慕容婕想到师父曾和中州派的掌门萧元德对战，应是有什么特殊的干系，便决定来此处碰碰运气。

樱花树树干上的凹陷，很快就被磨平。慕容婕收起匕首，开始在树的四周寻找那枚飞蝗石。适才情急之下，慕容婕使出那一手弹指神通的功夫，虽刻意用佩剑遮住手指，但还是怕露了行迹。

她正找着，忽觉身后欺来一股掌风。她脚下迅速变换方位，让对方扑了个空。那人回身又是一掌，气力却颇浅。慕容婕低头避过，手中探出的匕首已至对方肋下。

来人急忙向后纵开，叫道："木娘子，是我。"

慕容婕闻言停了攻势，还是那身青衣拂袂，丁元在樱花树下笑得很是清朗。

"怎么是你？"话刚出口，她立即意识到自己还有装扮，不该自认身份，想改口却来不及了。

"刚才看你避开飞蝗石的那几下，我就有些疑心，没想到真的是你，"丁元上前几步握住慕容婕的手臂，神色中充满惊喜，"你能从江中脱险，真是太好了！那日眼睁睁看你被江浪卷走，我却无能为力……后来，我撑船到江心，在淮水上遍寻几十里，也没能找到你……我以为，你真的已经……"丁元声音越来越低，倒像是说给自己听的。

慕容婕感到手臂上突然一紧，丁元继续喃喃地道："你没死，所幸你没死。"

见丁元这般态度，慕容婕也不由得回想起江浪打来前的那个瞬间，丁元拼命游向自己的样子。除了师父，还从未有人如此挂念过自己的安危,慕容婕心头一暖,回道:"是,我没死,你放心。"

丁元这才松开手,仔细打量着慕容婕,似乎仍不敢相信眼前的人还活着。他的目光渐渐移到了慕容婕贴着假须子的下颌,不禁莞尔:"漕帮的英雄会从来不请女客,倒是难为你费心装扮。"

慕容婕摸着胡须,不好意思地笑了笑,问道:"你怎么会来此处?熠明谷也是漕帮吗?"

"我只是来给萧世伯捧个场。先父和中州派的萧掌门是结拜兄弟,先父去得早,我和阿弟小时候,多蒙萧掌门照顾。"

"你还有个弟弟?"

"是。阿弟自幼得萧掌门亲授武功,我继任熠明谷谷主之后,阿弟大部分时间就跟在萧掌门身边。不过他今日没来,萧家婶婶病重,他陪着岚儿,留在楚州照看。"

"哦。"慕容婕依稀记得那日在楚州码头,萧元德的女儿管丁元叫丁大哥,还说起过一个"丁二哥",想来就是丁元的弟弟。

"那你呢?你又为何来这英雄会?"

"我……"慕容婕努力寻找合适的借口,"我本来在扬州游玩,听到别人说太湖西山岛上有武林大会,就来开开眼界。"

"你一妙龄女子,只身在外,家人竟也放心?"

家人?慕容婕心中一怔,这个词于自己而言,分外陌生。

丁元见慕容婕不答,忙道:"不过你武功如此之好,就算是一人在外,也不打紧。"

"我没有家人,"慕容婕突兀地答道,"是家中的武师照料我长大的。"

丁元难抑眸中惊讶,沉默片刻,岔开话题道:"白源盟和滇黎会的人,因为刚才的梁子差点打起来。萧世伯为免他们再生事端,将第三场比试延到了明日。明日你可还要观战?"

慕容婕本也对漕帮的比试毫无兴趣,只是盼望能遇见师父。来到西山岛上后,发现英雄会是中州派的主场,以师父的机敏,当不会在此现身,于是回道:"说是英雄会,却没人比武,好生无趣。明日的轻功比试,想来也没多大意思。"

"这些人的轻功,自然不能和你比,"丁元笑道,"其实我也禀了萧世伯,要提前回谷。爚明谷就在越州,离太湖不远,不知木娘子可愿赏脸,去舍下做客?"

慕容婕有些踟蹰,眼下师父还未寻到,自己实不该为别的事分心,但心底里,却已升起了想去的念头。

丁元见慕容婕仍在犹豫,又道:"木娘子若是有急事,也不必勉强。"

"我去。"慕容婕应道。师父的事,也许并不急在这一两日。

"如此甚好。"丁元温言一笑,好似拂过枝头樱花的微风,扬起层层花蕊,却不伤一片花瓣。

"对了,刚才你说萧家婶婶病重,可是萧掌门的夫人?"

"嗯。萧家婶婶自从生了萧熠弟弟,身体就一直不好。萧世伯遍请江淮名医,也曾去海外寻觅过治病的灵药,但萧婶婶的病仍不大好。这几年,萧婶婶几乎足不出户,每日与药石为伍……"

"丁谷主——"一矮小的中年人招呼丁元,看他一袭紫衣装束,应该是中州派的。

"原来你在这里,让我好找一通。"那人笑着走近。

"陆督主,"丁元微一拱手,"可是萧世伯要找我?"

"正是,掌门待会儿要宴请云门坞的虞坞主,想请你作陪。"那人说完,转向慕容婕,一双精明的眸子闪灼几下,问道:"这位少年英雄,看着面生,但适才化解暗器的招式,很是了得。恕陆某眼拙,未知阁下是哪门哪派的弟子?"

慕容婕听丁元称呼他陆督主,便知此人并非中州派的普通帮众,她担心那一番浪迹江湖的说辞不能打发他,谁知丁元抢道:"陆督主,这位是在下的朋友木郎君,他算不得是江湖人,只是自幼跟随家中的武师习武罢了。"

"哦?"陆督主眼中的狐疑之色未减,"既是丁谷主的朋友,那便也是我中州派的朋友。不如阁下也随丁谷主赴宴可好?今日我中州派需分派人手去各门各派的宴席,萧掌门正愁本门人少,恐怠慢了云门坞,阁下同来,也当是为我中州派壮壮声势。"

丁元踟蹰道:"木郎君,你若愿意来,便来;不愿意来,也无妨。"

慕容婕再次想起楚州码头上,师父与萧元德的鏖战。师父那时怎么也不肯透露为何偷袭萧元德,还有他这一年多,始终辗转于江淮的缘由。大宁王口中托付给师父的事,难道和中州派有关?

慕容婕心中的疑虑层层叠叠,却仿佛总是绕不开中州派。她顾不得师父可能的训诫,对着陆督主一拱手:"承蒙陆督主邀请,在下却之不恭。"

要进入西山岛缥缈峰下的山亭前,丁元拉住慕容婕,小声道:"木娘子,待会儿席上要是问起什么你不愿作答的,尽管推给我。萧世伯不会为难于我,而云门坞的虞坞主一向清高,不爱理俗事,只要你不说,他也不会追问。唯一麻烦点的,就是陆飞澜。"

"樱花林里的陆督主?"慕容婕听丁元这会儿对陆督主直呼其名,没有了之前的尊重,奇道,"你不喜欢他?"

"嗯,"丁元在慕容婕面前也不避讳,"此人油滑,聪明有余,但总喜钻营。偏萧世伯对他极是信任,中州派内的大事小事,如今都离不开陆飞澜,我阿弟也跟他亲近。我担心他在席上,还会逼问你的家学出处,毕竟,你今日避开飞蝗石的身手,着实引人注目。"

飞蝗石?慕容婕脑中一滞,下午在樱花林中被丁元和陆飞澜相继打断,竟忘记要寻那枚飞蝗石。

"总之,"丁元看向慕容婕,目光清澈见底,"总之你若是为难,只管说是我的朋友,我自会想法帮你挡着。"

慕容婕没想到丁元会为自己思虑周全,也报以诚挚一笑,道:"你不必担心。"说罢伸手扯下自己脸上的假须子。之前为了伪装真实,她把胡子贴得很紧,这么猛地用劲扯下,皮拉肉痛之余,下巴上登时红起一片。

"你——"丁元不解,指着慕容婕的下巴,道,"疼吗?"

"不妨事,"慕容婕揉着自己的下巴,"我今日的行迹,在他人看来可能确有些鬼祟。若是再发现我其实是女子,只怕更要疑心,倒不如我大方告知,说不定他们碍着我是女子,反而不便多问。"

"对啊,"丁元立刻会意,"席上的都是成名的英雄,自是不能为难一个小女子。"

缥缈峰是西山岛主峰,为太湖七十二峰之首。传说当年吴王夫差为了取悦美女西施,特意沿着缥缈峰南侧建造了一百座山亭,并以长廊相连,那百亭长廊可直通缥缈峰的峰顶。如今长廊尽毁,只在缥缈峰上余下几处亭子,中州派设宴的地方,就在其中之一。

慕容婕随丁元步入山亭,此时,余人未到,只有中州派的弟子在归置食案。慕容婕和丁元不便先落座,就一起站在山亭的檐角下赏景。这亭子正建在山势曲折之处,从亭内望去,层峦叠嶂,山峦高处却又隐没于太湖水汽凝结的云雾之中,当真应了"缥缈"之名。

"这倒是个赏月的好地方,"丁元道,"月下的险峰定然另有一番景致。"

"那需得备上好酒。"慕容婕说着与丁元相视一笑。

"不如宴席之后,咱们带上酒,找艘船去游湖?"丁元突然来了兴致。

慕容婕刚想答应,亭外赫然传来几声大笑,一个浑厚的声音道:"元儿,你现在倒是越来越有虞坞主的名士风范了。"

慕容婕认出这个身着暗紫色带珠光襕袍的中年人,正是今日主持英雄会的中州派掌门萧元德。同他一起走进山亭的，除了陆飞澜，还有三个着月白色袍衫的。为首之人，清癯疏朗，气度高华，虽有着不可逼视的风姿，但面容上却看不出年纪。

丁元已经迎了过去，拱手见礼道："萧世伯说笑，江湖上谁人不知虞坞主超然脱俗，丁某怎敢同虞坞主相提并论？"

那人听罢，爽朗笑道："萧掌门、丁谷主，你们这是合起伙来替二郎鸣不平，怨我不理坞内俗务，整日偷懒呐。"

亭内诸人听了，俱是一笑。

慕容婕听他们如此说，又看那三人都是一样的衣衫，猜他们大抵就是云门坞的虞坞主和他的手下。她也走上前来，丁元向众人介绍道："这位是在下的朋友木嫆。"

"小女子木嫆，蒙陆督主和丁谷主邀请，见过诸位。"慕容婕拱手道。

"欸——"陆飞澜盯着慕容婕，先是一愣，继而抢白道，"没想到阁下这么好的身手，竟然是个女子，"他接着转向其余几人，"几位可知，这便是今日场上接连化解两枚飞蝗石的那位高手。"

余人听罢，皆齐齐看向慕容婕，露出敬佩的神色。

慕容婕赶忙躬身："在下久慕中州英雄会之名，想来开开眼界，但碍于女子身份，不得已要乔装一番，望诸位见谅。"

"是我漕帮考虑不周，没有想到要邀请女客，"萧元德客气道。他引着大家落座，待于主位上坐定后，又问道："木娘子轻功极好，不知师从何处？"

"奴原也是富贵人家出身，家中武师见我筋骨好，便自幼教我习武。后来家道中落，武师也老了，没了那么多规矩管着，我才偶尔到外面走走，并不知武师传授我的功夫，究竟师从何处。"

坐在虞坞主下首的人道："不管木娘子是不是江湖人，我秦威都对你空手接下飞蝗石的手段很是佩服。"

慕容婕笑道:"我哪里能空手接下飞蝗石,那岂不是要折掉几根指头?只是情急之下,用佩剑硬挡了回去。"

秦威和虞坞主对视一眼,道:"原来如此。"

"那不知木娘子家在何处?"陆飞澜突然没来由地发问,一双阴鸷的眸子始终绕着慕容婕。

"小女子……"慕容婕作出一副被唐突了的表情,小声道,"小女子是长安人氏。"

丁元见状,忙道:"萧世伯,其实这不是木娘子与你第一次照面。"

"哦?"萧元德又仔细打量了下慕容婕,面露困惑,"萧某竟与木娘子见过?"

"就是去年,在楚州码头,你被黑衣人偷袭那次,清宁师太不慎落水,正是木娘子将她救上来的,她还险些丢了性命。"

萧元德立时恍然,连忙站起,对着慕容婕长揖到地:"原来木娘子就是救我妻妹脱险的大恩人,萧某当真眼拙,还盼娘子勿怪。"

慕容婕还礼道:"萧掌门可折煞我了。说起来,去年我和丁兄在淮水之上遭遇水患,若是没有中州派的船及时解救,我哪里还有命坐在这里?都说因果循环,我施救于清宁师太,也不过是还了中州派的救命之恩。"

萧元德起身道:"娘子不必过谦,昔日佛陀舍身饲虎,虚空诸天,皆交手称赞。娘子肯舍身救人,是有一副大菩萨心肠,受得起我这一拜。"

慕容婕见他辞色诚恳,是真心致谢,心中难免有些惭愧,毕竟清宁师太的落水,都是拜自己所赐,但随即又想到了师父慕容兖,那日萧元德和手下围攻师父,痛下杀手,我为救师父脱困,什么人杀不得?

云门坞的人见二人这一番互拜,都勾起了好奇。丁元将去年江上遇险和楚州码头遇袭的事,略略讲了。众人均觉人世间的机缘巧合,

·221·

当真神妙。

秦威听罢，问道："萧掌门，虽然秦某之前也和陆督主说过此事，但还是少不得要问一句，这个黑衣人武功奇高，神秘莫测，究竟是何来路？实不相瞒，秦某去年在东都，也同他交过手，他的武功路数，我至今也想不出是哪门哪派的高手。"

不等萧元德答话，陆飞澜先道："哦？秦二爷也和他交过手？倒是没听你说过。"

慕容婕心下一凛，他们说的黑衣人，莫不是师父？师父不在吐谷浑这一年多，怎会招惹了这么多的大唐江湖人？如今不只中州派，连云门坞也在找他吗？她顿觉紧张，强自稳住脸上神色。好在席上诸人的注意力，此刻都在秦威与陆飞澜身上。

秦威斜睨一眼陆飞澜，不咸不淡地道："秦某也一年多未见萧掌门，当然无从说起。去年在东都，那黑衣人白日里去胡人的祆祠里作乱，恰好被我碰上，就过了几招。后来听闻他又多次偷袭陆督主，此人的踪迹，实在有些蹊跷。"

陆飞澜面色骤冷，瞪着秦威道："当着萧掌门和虞坞主的面，秦二爷可不要乱说，楚州码头上，尽是我中州派的商船，怎知他就是冲着我来的？"

秦威眯起眼睛，笑道："可我听说，黑衣人是藏在陆督主的船上。要不是萧掌门那日去码头，以陆督主听音辨位的火候，只怕还发现不了他吧。"

秦威话音刚落，陆飞澜案上的两根竹箸已朝着他的面门飞来。秦威也毫不示弱，手中骤然多出一股金晃晃的细绳，将竹箸绕住，顺势又抛了回去。陆飞澜接下竹箸，飞身而起，以竹箸为武器，刺向秦威。秦威也跃出食案，甩出金绳，与陆飞澜手中的竹箸相交。他二人一闪一晃，秦威的金绳总是说到就到，每每恰到好处地化解了陆飞澜的攻势。然陆飞澜频频变招，时而一手一箸，时而双箸合一，竟是把掌法融入了竹箸。须臾之内，二人已走出五十多招。

慕容婕一边关注二人过招，一边分心看亭内诸人的反应。却见萧元德和虞坞主都是神色自若，视线虽跟着陆飞澜与秦威，但嘴边都是淡淡的笑意，似乎并不把这突如其来的打斗放在心上。倒是丁元和云门坞的另一位年轻人，表情随着过招变了又变，显是极为关切。

秦威又一次用金绳缠住了竹箸，他没有像之前那般，泄力将竹箸弹回，而是愈加紧了紧金绳。陆飞澜想将竹箸抽出，却是不能。他双脚悬空，以抓着竹箸的手为支点，跃上秦威头顶，想借着全身纵起的力道，逼秦威松劲。可秦威反手将金绳拧住，这金绳也不知是什么做的，拧住之后，竟比寻常刀剑都更坚硬，秦威趁势要将陆飞澜甩出。他二人此时的气力都拼在竹箸之上，只听一个噼啪爆响，竹箸裂成两段。

陆飞澜仍抓着手中半截竹箸，但秦威陡然间松了金绳，那另外半截竹箸立时飞向陆飞澜。陆飞澜见状，运功于左掌之上，挡开了竹箸，但那竹箸非但未停，反而借着陆飞澜的掌力，直朝着慕容婕扑来。

慕容婕要避开竹箸并不难，但就在要跃起的瞬间，她忽然想到今日席上，秦威、陆飞澜、萧元德都先后与师父交过手，而丁元也远远地看过师父跟人过招。虽说自己的功力难抵上师父的三成，但轻功身法，在如此近的距离，难保不会让他们看出端倪。当下决定不再闪避，而只是假意后知后觉地用手挡在要害处。

"小心——"丁元叫着从慕容婕身旁侧身闪过。

伴着刺破衣衫的细微声响，慕容婕发现丁元半个身子已挡在自己身前，那半截竹箸正扎在他左边肩膀上，血迹环着竹箸缓缓渗出。

"丁兄，你……"慕容婕从坐床上站起，一时不知说什么好，只瞧着那半截竹箸晃神。

"皮肉伤，不碍事。"丁元说着伸手拔下了竹箸，丢在地上。

陆飞澜和秦威见状，立刻收了攻势，围了过来。陆飞澜看了一眼地上还沾着血的竹箸，颔首请罪："丁谷主，陆某失手伤了你，实在对不住。"

秦威也是歉然一揖："萧掌门设宴款待，本是一番好意。秦某竟然在席上动起手来，还累得丁谷主受伤，委实不是做客之道，望丁谷主恕罪。"说着从怀中掏出一瓶金疮药，递给丁元。

"元儿，"萧元德从座中走出，关切地叮嘱道："虽是小伤，但现在天气潮热，切不可大意。"

"是，"丁元依言打开金疮药瓶，撒了药粉在伤口上，同时道，"萧世伯，我无碍。适才只是意外，各位不必放在心上。"

"飞澜，"萧元德转向陆飞澜，语气严肃，"虞坞主和秦二爷远来是客，你怎可一言不合就出手？我中州派就是这般没规矩吗？"

陆飞澜神色尴尬，极不情愿地对秦威拱手。秦威立刻拦住，道："席上比武，我和陆督主都有错，赔罪一说，自不敢当。只盼没扰了萧掌门和虞坞主的雅兴。"

"萧掌门，"云门坞的虞坞主终于开口，"大家都是江湖人，比武切磋本就是常事。二郎与陆督主适才拆的那几十招，各有精妙，我看了也深觉裨益。咱们难得见上一回，合该开怀畅饮，各位就别相互赔罪耽搁时间了。"

萧元德大笑几声，跃回主位，端起食案上的酒盅，道："还是虞坞主洒脱。来，请各位共饮一杯，愿中州云门，相互帮扶，岁岁得有今朝！"

众人一并饮过，席上气氛大改。秦威与陆飞澜都不再提黑衣人的事，慕容婕琢磨着他们说过的话，右手不自觉地捂住了放在内衫之内的那串青绿色佛珠。大宁王和师父，究竟在谋划些什么？这串佛珠，难道真的比唐军压境还要重要？

"可惜今晚不能去游船了。"丁元此时已包扎好伤口，不无惋惜地道。

慕容婕抽神回来，自斟了一盏酒，敬向丁元："丁兄，山高水长，岂在朝夕？"

丁元眼中一亮，爽朗笑道："木娘子高见。"说罢二人齐齐仰脖饮下，仿佛又回到了那个共赏江月的夜晚。

爝明谷位于天姥山主峰东面的峡谷之中，逶迤五里，俯仰之间，既有千丈险峰，又有锦绣龙潭，加上一路翠竹从谷外延至谷内，正是流泉飞溅，曲径通幽。

自从随丁元来了爝明谷，慕容婕夜夜浅眠，倒不是有什么担心忧惧，而是山中天清气朗，又有禽鸟和鸣，每日睡得少了，却反而更加神清气爽。今日，她再次被晨鸟唤醒，不想打扰谷内的仆从，便从厢房外的竹林里跃出，独自在山中漫游。

和着空山鸟鸣，慕容婕信步走在天姥山中的石阶上。偶尔回眺那名为拔云尖的主峰，但见奇峰兀立云中，势如苍龙昂首，群山连亘绵延，苍翠其中。

沿途山景，观之不尽，慕容婕时而纵上树梢，踏竹而行，时而轻折徐步，举目顾盼，一个时辰稍纵即逝。

吐谷浑有广袤草原，长安附近也有崎岖险峻的南山，但同眼前的景致相比，都少了股飘飘然的仙气，仔细想想，却又不尽是风景的缘故。从前不管是在何处，我都是大宁王的死士，师父给了我这个身份，带我回到吐谷浑，让我可以不引人注目地待在大宁王身边。但扪心自问，过去的十年，即便是与师父在一起的时候，我也不曾有过如今的快活。今日这般自在，却不知明日……慕容婕轻叹一句，忽听附近山坳处隐隐传来一阵琴声。她心下诧异，适才走过的地方，都未见到人，如此僻静之处，居然会有人抚琴？当下好奇心起，循声而去。

她轻纵于山林，很快便看到竹林深处耸出的山崖之上，坐着一袭青衫的丁元，他膝上放着一张号钟琴，正自弹奏。

那琴音初时低缓，如琢如磨，之后陡然间掀出波澜，虽不高亢，但每一次划过琴弦,都仿若要刺破空山幽谷。

他琴声为何如此迫切?再听下去,琴音转而幽抑,飘摇不定,几次难落实处,最终呜咽着归于无所依傍的彷徨,慕容婕不禁为之一动。

一曲弹毕,丁元默默叹了口气,望着山崖对面的爓明谷出神。慕容婕注视着这个始终温和达观的背影,思忖道,他曲中有奋飞之心,却又自伤无奈,仿若有什么束缚,难道他也如我一般,想要自由而不得?她边想便下意识地搓了搓竹干。

"谁?"丁元立刻回头叫道。

慕容婕见被发现,也不再躲藏,从竹林中走出,边走边缓缓吟道:"泛彼柏舟,亦泛其流。耿耿不寐,如有隐忧。微我无酒,以敖以游……"

一首《诗经》中的《柏舟》尚未念完,慕容婕已走到了丁元身畔,当念到"我心匪石,不可转也。我心匪席,不可卷也"之时,丁元和着慕容婕吟诵的节奏,又在琴上拨出几个清音。这偶然间的一唱一和,于方外幽谷中,如伯埙仲箎,分外和谐。

待慕容婕诵完,丁元也收住琴音,他脸上挂着一抹淡淡的微笑,眼中却是掩饰不住的惊喜,道:"古闻伯牙子期高山流水,未料今日,丁某也能遇上知音之人。"

"知音不敢当,"慕容婕直视丁元,"只是我绝不会'薄言往诉,逢彼之怒',丁兄若有难事,尽可说与我听。"

丁元低头看向远山,半晌不语,隔了良久,才幽幽地道:"人生一世,羁绊甚多,身不由己处更多,我只愿日日能有今日之幸,空山抚琴,又得知我之人同赏。"

"这有何难?"慕容婕当即盘腿坐下,"来日之事不可知,但此时此刻,我愿闻清音。"

丁元身子微微一震,没有说话,双手再次抚于琴上。琴弦翳动处,再无之前的哀婉彷徨,而是悠远恬静,只与山川同乐的沉醉。

伴着琴音，慕容婕从山崖上俯瞰眼前的千丈幽谷，直觉得自己与这谷中的一草一木、一花一石、一虫一鸟都赫然有了关联，她真实地感受到自己的韵律正在与天地共鸣，这浩浩宏宇之中，终于也有了我的一方归处吗？

一曲毕，"丁兄"，"木娘子"，慕容婕与丁元几乎异口同声。二人相顾，随即看懂了对方眸中之意，陡然间一齐笑出声来。这笑声中满是无关风月的磊落真心，尽透龙潭，响彻山谷。

"丁大哥！"二人正笑到酣处，竹林间走出一翠衫少女，快步上到山崖上。待少女走近，慕容婕认出这是在楚州码头见过的，中州派掌门萧元德的女儿萧岚。

"丁大哥，什么事这么好笑？"萧岚仍是少女般的娇嗔。

"岚妹？"丁元对于见到少女颇为诧异，"你怎么来了？丁同呢？也回来了吗？"

"丁二哥去宋州处理帮务，只有我自己来的，"少女边说边打量着慕容婕，"你还没说呢，什么事让你和这位木姐姐笑得如此开心？"

"哦，不过是说乐理说到有趣之处。"丁元随即想起二人还未正式见过，遂引荐道，"木娘子，这位是萧世伯的长女萧岚。"接着又转向少女，道："岚妹，这位是……"

萧岚打断道："我知道。阿耶都跟我说了，木嫆姐姐就是救过小姨的人。"

慕容婕拱手见礼，和萧岚客套了几句。

"丁大哥，其实我上午便到谷中了。方管家说你一早出谷，我在谷内等了你许久，后来听到琴声，才寻过来。"

慕容婕这才意识到此刻已是午后，自己和丁元当真是坐而忘道，完全没留意时辰。

"岚妹，你来燠明谷，怎么不事先招呼一声？萧婶婶还好吗？"

"郎中说阿娘暂且无碍，"提起母亲，萧岚明媚的脸上有些黯淡，"阿耶从英雄会回来，就一直衣不解带地照顾阿娘，好在阿娘终于有些好转。"

"那就好，"丁元安慰道，"你放心，萧婶婶吉人天相，一定会没事的。萧世伯分身乏术，可是有什么吩咐要你转达给我？"

萧岚努了努嘴，蹙眉嗔道："难道没有阿耶的吩咐，我就不能来爝明谷看丁大哥了吗？"

"哪里的话，"丁元笑了一下，"若是没有萧世伯，岂有我丁元，这里当然随时欢迎岚妹。"

萧岚展开笑靥："我就知道丁大哥对我最好。不过这次，我是奉阿耶之命来请木姐姐的。"

"我？"慕容婕惊讶。

"是啊，"萧岚笑道，"过几日，我小姨还会来楚州看望阿娘，她听阿耶说木姐姐安全脱险，如今还在爝明谷做客，十分想见木姐姐，好当面致谢。如今阿娘身体好转，阿耶也腾出空来，就遣我专程来请木姐姐往楚州一叙。"

"这……"慕容婕犹疑道，"我出手救人，只是一时之勇，当面致谢就不必了吧。"

"那可不行，"萧岚走近搂住慕容婕的手臂，"阿耶说了，如果请不到木姐姐，就不能回去。姐姐和我现在是一条船上的人，姐姐待在爝明谷，那我也待在这儿。"

慕容婕极少与人如此亲近，浑身不自在，就想赶紧抽出被萧岚搂着的胳膊。

丁元道："木娘子，萧世伯也是一番好意，你大可不必推辞。正好我也许久未探望萧婶婶，我便跟你一起去楚州，如何？"

慕容婕怕萧岚真的说到做到，一直缠着自己，又听丁元说也愿同往，只好无奈应道："那好吧，在下愿往。"萧岚听了，这才放心地松开慕容婕。

三人回谷途中,萧岚想起了什么,又问:"木姐姐,方才丁大哥说与你讨论乐理,姐姐也是熟悉音律之人?"

慕容婕想起小时候在教坊,阿娘每日与乐师一起演奏,自己则躲在角落聆听,回道:"熟悉谈不上,只不过听了丁兄的抚奏,一时有感而发。"

"丁大哥的琴艺自是极好的,方才的琴韵和从前在楚州的抚奏,都是同样地悦耳美妙。"

慕容婕没答话,偷偷瞥了一眼丁元,只见他一手抱着号钟琴,另一只手正在琴弦上压出无声的旋律。他总是这般于山崖上独自抚琴吗?适才那忧悒的乐音,可曾有人听过?

才过了两日,萧岚就急于回楚州。慕容婕虽不舍爓明谷,但为免丁元为难,也只得依从。临行前一晚,暑气催得爓明谷内的蛙叫虫鸣,此起彼伏。慕容婕望着窗棂外的夜色,愈加难眠。

人生际遇,便如这当空的皎月,在云中沉浮起落,变幻无常。我身如漂萍,从来无所依傍,离开长安,又离开吐谷浑,无非是换了一处地方继续漂泊,从不会在意是否能够驻留。然而对这只住了数日的爓明谷,竟有种似要扎根的依恋。对自己的这缕心思,慕容婕突然间有些畏怯。

正郁郁思眠时,一声尖锐的鸟叫穿透夜间的幽谷,慕容婕陡然惊醒——这是草原上鹃鸠的叫声,怎么会出现在这里?侧耳再听,那鸠鸣时近时远,带着特殊的节律,引得山谷中鸦雀都跟着一起啼鸣。

慕容婕不敢再耽搁,拎起佩剑,翻窗而出,循着鸠鸣,踏过爓明谷外的阡陌纵横,终于摸到了天姥龙潭边的一处岩洞。

这洞外有一古石具琴状,石边溪水潺潺。鸠鸣声业已休止,慕容婕站在石边张望,小声对着岩洞叫道:"师父……是你吗?"

岩洞内响起微弱的回声,扰起暮色山林中的飒飒风吟,诡诞已极，慕容婕不由得打了个寒噤，握着佩剑的手心也渗出汗来。

一道狭长的黑影骤然间从岩洞高处跃出，裹挟着月光下惨白的剑光，朝慕容婕袭来。慕容婕急忙窜开，退后几步，随即抽剑出鞘，半守半攻。两道迅捷的剑光在月夜下你来我往，时而大开大阖，时而快攻急挡，剑锋所及之处，竟幻出点点寒星。

拆了一百多招，黑影蓦地腾空而起，手中长剑加速，疾闪如风。那光影罩住了慕容婕周身要害，几下兵刃交接的轻响之后，黑影的长剑探至慕容婕露出破绽的背后。他用剑柄在慕容婕背上拍了一下，慕容婕不及闪避，向前摔去。好在这一拍力道不大，慕容婕在空中翻了个身，又稳稳落在了古石旁。

"不错，"黑影长剑入鞘，"伤全好了，剑术也有进益。"

慕容婕朝着黑影拜倒，叫道："师父！"满腹想说的话，却不知如何开口，最后只问了句："师父怎么也在此处？"

"我一路跟着你来的。"

"啊——"慕容婕低声惊呼，自己在太湖上贸然答应了丁元的邀请，难道也都被师父看在眼中？

慕容兖无暇理会慕容婕慌乱的心思，从怀中取出火绒，点燃了岩洞内早已架好的柴堆。

"这么说，师父也去了中州英雄会？"慕容婕试探着问道。

慕容兖点头，高挺的鼻梁像极了草原上的雄鹰："我乔装成码头上的船夫，一直摆渡那些漕帮去西山岛。若不是你闪避飞蝗石，我也注意不到。后来见你在樱花林中同中州派的人有了交集，便远远跟着。不过那日山亭中的宴席，中州派的萧元德和云门坞的虞思尧都在，此二人内力深厚，我恐他们察觉，不便靠得太近。"

"萧掌门和虞坞主，师父全都识得？"

"先不说这个。大宁王可有什么话给我？"

慕容婕忙从内衫中摸出装着佛珠的皮口袋，呈给慕容兖，道：

"离开吐谷浑前,大宁王让我把这个带给师父。大宁王说,不管未来与唐军作战的结果如何,让师父都要继续他所托之事。"

慕容兖接过口袋,兀自蹙眉沉思,半晌没有动静,直到火堆中噼啪一响,他才抽回心绪,问道:"你是如何识得这爒明谷的主人?那日凉亭设宴,为何你也会去?"

慕容婕下意识地咽了一下,只觉喉头干涩,心知与丁元相识的事,断然瞒不过师父,便将去年在淮水上遇险,后得中州派解救,自己设计推清宁师太入水,以及丁元与萧元德的关系都讲与慕容兖,却略去了同丁元江上赏月、崖上抚琴的事。

师徒二人去年相聚的时间甚短,慕容婕当时有伤在身,大部分时间并不清醒,慕容兖也并未仔细询问她落水前后的事情。

"这么说,爒明谷的谷主主动相邀,倒是热情。"慕容兖话中似有深意,但幽邃的眸子里只有火光。

从前,慕容婕最喜欢这双古水无波的眼眸。还记得第一次离开北里,找不到阿娘,也再听不到教坊内日日演奏的乐曲,熟悉的一切旦夕惊变,自己害怕极了,是师父永远沉稳不变的眸色,让自己安定。这么多年,无论发生什么,只要看到师父波澜不惊的眼眸,慕容婕便不会害怕。她一直希望有一天,自己也可以有像师父这样沉静淡漠的眸色。可眼下,慕容兖眼中的幽冥难辨,却让她有些惶惑。

"他定是瞧在我救了清宁师太的分儿上,"慕容婕努力稳住自己的语气,"毕竟萧元德是他的世伯,清宁师太也算是他的亲戚。对了,萧元德特意命他女儿萧岚来爒明谷,邀我去楚州,说是清宁师太想当面致谢,本来明日就要启程。现在既已见到师父,我明早就去回绝了她。"

"不!"慕容兖突然抬头,"你要去。"

慕容婕万分不解地看着师父。

"我要你趁此机会接近萧元德,还有他的属下陆飞澜,弄清楚中州派和这串佛珠的干系。"慕容兖说着打开皮口袋,将那串青绿通透的佛珠拿在手中。

"佛珠？"慕容婕早就想问这串佛珠的来历，但又怕师父训诫自己是死士不该发问。

慕容兖将佛珠抛给慕容婕，道："本来这件事不该告知于你，但你既机缘巧合结识了萧元德，由你去探查，最合适不过。"

慕容婕不由得再次凝视手中的佛珠，这串佛珠并无特别，所用青檀并非上品，即便凑近去闻，也没有多少檀香气。不过一颗颗念珠显是被什么人多年盘摸，褪了青檀的涩气，每一颗都带着莹润，尤其是绑住穗子的那颗三孔，在火光下，时常透出绿色荧光。

慕容兖道："大宁王派我到大唐来，就是为找寻这佛珠。同样的佛珠一共有六串，我暂且只找到这串。"

"恕徒儿眼拙，实在看不出这佛珠有何玄机。先前唐军压境，大宁王自顾不暇，为何还要调开师父，找什么佛珠？"

"慕容婕，大宁王的决定也是你可以置喙的吗？"慕容兖语气立时变得严厉，"佛珠的玄机与你无关，你只需探听中州派为什么也在找这串佛珠。"

"中州派也在找它？"慕容婕马上想起慕容兖这一年多多次偷袭中州派，"难不成师父与中州派的梁子，是这样结下的？"

"嗯。去夺这串佛珠的那晚，我在扬州杀了几个和尚，却不想我并不是唯一要来杀这佛珠主人的。在我之后，又来了两拨人，其中一拨就是中州派的陆飞澜和他的手下。所幸我先他们一步，这佛珠若是落在中州派手上，凭我一人之力，实难再去抢夺。"

"师父说有两拨人，那还有一拨是何许人？"

"是几个昭武九姓的胡人，比中州派先到，却被中州派灭了口。他们的过所文书皆被陆飞澜取走，我无法探知他们的身份，只在他们身上找到这个。"慕容兖边说边从衣内取出两块银色圆牌，递了一块给慕容婕。

慕容婕借着岩洞内的火光,见那圆牌为银质,正面刻有火焰图案,背面则依稀像是一头牛。

"若我猜的没错,这银质圆牌,应是昭武九姓胡人的某种令牌,"慕容兖继续说道,"我跟踪陆飞澜到了洛阳,也顺道去昭武九姓的祆祠里查过,可惜并没有找到什么线索。"

慕容婕想起山亭夜宴时,云门坞的秦威提起曾在祆祠中与师父交手,恍然道:"原来师父在洛阳和云门坞的秦二爷交手,是这个缘故。"

"我也是在中州英雄会上,才知道云门坞有位惯用金色绳索的高手,想来就是此人。"

"徒儿听他们说师父原本是藏在陆飞澜的船上,可后来怎么又会同萧元德交上手呢?"

"此事怪我大意。我在陆飞澜的船上藏了一路,没想到却在码头被萧元德发觉。此人竟能在嘈杂的码头,听到我的气息,内力定然不俗。况我行迹已露,中州派必然多加防备,我若继续跟踪,只怕会打草惊蛇,而我也未必能全身而退。"

"师父万不可再冒险,"慕容婕急道,"此事就交于徒儿来办吧。只是……只是徒儿既要探查,也总要有个方向,这佛珠的来历,还望师父示下。"

慕容兖沉吟片刻,道:"你说的也不无道理。罢了,大宁王既然吩咐我全力追查,让你知道一些也是理所必然。这佛珠的主人法名慧如,原是在长安化度寺出家的和尚。"

"就是师父留下暗记的那个化度寺?"

"正是。十七年前,大唐高祖入京前不久,化度寺中有六名僧人,在一场大火中逃离长安,慧如便是其中之一。这六名僧人每人都有一串这样的佛珠,只是兵乱之后,除了曾经的化度寺住持僧邕又回了长安,余人皆不知去向。这慧如因在出家前,曾是安州的绿林头目，交友甚广，我才能够顺藤摸瓜，找到他的踪迹。"

"僧邕……"慕容婕总觉得在哪里听过这个法名，"僧邕回了长安，那师父定然已将他找到？"

"找是找到了，可此人早在贞观五年就已圆寂。我多方打探，化度寺如今的僧人都是武德年间，才到化度寺出家的。据这些僧人说，僧邕生前使用的念珠是紫檀做的，并没有人见过他有青檀佛珠。"

"这倒奇了。师父，去年我和曲师姐在化度寺，遇见一个会使用西域返魂香的僧人，叫……"慕容婕有点想不起和尚的法名。

"叫玄智。"

"师父知道？"

"大宁王传来的信中提过。绮娘子在长安查了玄智的底，他本是关中裴氏的贵族子弟，高祖入京时还是个幼童，因看相之人说他命克六亲，只有归入佛门才能为家族避祸，遂在武德末年于化度寺剃度出家。此人虽跟着僧邕念过几年经，但算不得是僧邕的弟子抑或旧人。至于他为何会用返魂香，只要与佛珠无关，我们也无谓再去查证。"

"喏，"慕容婕应道，"那据师父推测，中州派缘何也在找这佛珠？"

"当今世上，知道这佛珠存在的，除了我们，就只有化度寺当年的六个和尚。如今僧邕、慧如已死，剩下四人，分别是僧邕的弟子僧海、道安、本济和净名。只是大宁王和我，都从未见过他们，虽有画像，但十七年的时间，足以让一个人的样貌大改。"

慕容兖又从怀中取出两幅墨描的人像，在岩洞的地上摊开。

"婕儿，你与萧元德和陆飞澜都见过。依你看，他们中可有谁与这两人相像？"

慕容婕蹲下用心查看，画这两幅人像的人似乎并不擅于作画，笔触所及，时有停顿。画中的两个和尚，面貌青涩，看起来只是少年，加之没有头发，很难说与如今的萧元德或陆飞澜是同一人。

"师父，"慕容婕摇头答道，"徒儿也说不上。眉目中也许有点像，但萧元德、陆飞澜业已中年，与这画中之人，委实难以辨认。难不成，师父怀疑，萧元德和陆飞澜就是当年逃离化度寺的和尚？"

"这只是我的猜测，"慕容兖有些失望地卷起画像，"僧海和道安如果还活着，也到了知天命的年岁；而本济和净名当年却只是半大少年，且他二人都是扬州人氏，逃离长安后，最可能的去处，便是回乡。我想，慧如可能也在找他们，才会在几年前，离开安州，千里迢迢地落脚在扬州郊外的龙华寺。"

"师父放心。虽然从画像上难以确认，但徒儿此去楚州，定会设法查证。可徒儿还有一事不明，若知晓佛珠存在的，只有和尚和我们，那持有火焰令牌的胡人又是怎么寻到慧如的？"

"这也是一直困扰我的地方。"慕容兖盯着火堆，一脸的讳莫如深，低声自语道："除非……"

"师父，除非什么？"

"没什么，"慕容兖回过神来，"此事暂且搁下，你只管记住自己的任务。"

慕容婕深知师父的性情，再多问也是无益，便颔首道："徒儿明白。"

慕容兖点点头，旋即站起，在岩壁上投下一个巨大的黑影。看着自己的影子羸弱地跟在师父身后，慕容婕蓦然间生出些没来由的惧意。

只听慕容兖又道："婕儿，你应该已经听说了。李药师率军横穿雪山，一路追击可汗的残部于图伦碛，唐军大胜，可汗自缢而亡，而大宁王也在逃亡的路上斩杀了天柱王，率众归顺了大唐。"

慕容婕不知道该说些什么，虽早就知道大宁王利用唐军除掉可汗旧部的计划，但她心中，仍是无法想象那个总是单薄孤寂的身影，真的会拿起屠刀，看血流成河。

慕容兖续道:"天可汗已经封大宁王为西平郡王,继任吐谷浑可汗之位,并派了凉州都督李大亮率兵至伏俟城声援。"

他终于得到梦寐以求的汗位了……慕容婕眼前浮现出王帐中大宁王身披貂裘的样子。

"婕儿,大宁王继任可汗,定会承认你的身份。我本不该让你在此时冒险接近中州派,但大宁王所谋之事,亦关乎吐谷浑的将来。"

"师父,我从未想过要做吐谷浑的公主,婕儿只想做你的徒弟。"

慕容兖无奈地叹了口气,轻抚着慕容婕的鬓边,道:"大宁王诏我暂回伏俟城,帮他稳定局势,明日我就要离开。你独自留在江淮,务必处处小心,切不可鲁莽行事。待吐谷浑大势一定,我自会回来寻你。"

慕容婕望着师父幽深的双瞳,不知这一别意味着什么,但心中却是释然多于不舍。静谧夜色中,洞外古石边的溪水淙淙,竟仿若琴音低语。

第二十一章
伽罗：水刑

流波岛最南面的离岛上，伽罗正忙着和岛上作坊的管事郑言拣选香木。

这个作坊，原本是张仲坚初来流波岛时，用来建造舰船的船坞。后来舰船船队成型，修理的事务都挪去了主岛的港口，这个船坞便逐渐废弃了。四年多前，张仲坚把最南端的离岛交给张九微打理，张九微觉得拆除船坞耗时耗力，不如直接把船坞改建成作坊。

这虽是张九微一时兴起的决定，但如今看来，却十分明智：一则，船坞本就紧挨着离岛港口，作坊的装货卸货都很方便。二来，船坞改建后，商船也可以直接驶入作坊，商船的每一层，不出海时，都可以用于储物。

"伽罗，还好你想出直接在商船甲板上晾晒紫棠伽楠的法子，不然这么多的香木，我这作坊里还真腾不出空。"郑言赞道。他是郑齐、郑安兄弟的叔叔，也算是看着张九微与伽罗长大的长辈。

"郑叔叔过奖了。"伽罗拍上一截已经脱水的紫棠伽楠，看这干涩程度，就快能够拿去做饰品。

"九娘可是要改做香料生意？怎么这次不只从摩逸国带回三倍于前的紫棠伽楠，还有这么多的檀木？"

也不知九娘何时能够回信？这次我擅作主张，把摩逸国紫棠伽楠的存货全都收了来，又购入如此多的青檀白檀，都是为抢在张夔之前为香料生意铺路，只盼九娘不要怪我才好。伽罗心虚地想。

"伽罗？"郑言又叫了一声。

"郑叔叔，九娘在大唐找到了大买主，贵客上门，点名要香木，我自然就要多收一些。"

郑言用匕首在紫棠伽楠上切下一块，放在鼻间嗅了嗅，应道："唐人爱重香料，这本就是笔极有赚头的买卖，不然东海上的那伙海盗，也不会专拣香料船打劫。"

"专拣香料船打劫？"

"是啊。你们不在岛上的这一年多，往来离岛商船上的船员都是这样说的。自打林邑国、狮子国和波斯的香料贡船相继被劫，海上的商船都怕得很，有些原来做香料生意的，也都不敢再运香料。"

"这倒奇了。那伙海盗如何能事先得知哪些商船上有香料，哪些又没有呢？难不成他们还有千里眼，顺风耳？"伽罗觉得这东海上的传言，破绽很明显。

"谁知道呢，"郑言顺手给面前的紫棠伽楠翻了个个儿，"不过有件事颇为诡异，这一两年被打劫的船只，被发现时，都只剩空船，船上的人，不管活的死的，竟一个也没有。是以直到现在，也无人说得上那伙海盗到底是何来历。"

"还有这等事……"伽罗也不得不承认郑言说的，的确蹊跷。

"虽然咱们流波岛有舰船，但这次回大唐，你和郑安务必要小心。"

两人继续在甲板上查看紫棠伽楠，作坊向岛内敞开的一边，郑安火急火燎地奔入，冲着船上叫道："伽罗，快下来！大郎带人到离岛上来了。"

伽罗心中一沉，张夔怎么会到离岛上来？岛主把离岛交给九娘那日就说过，三个离岛各自为政，谁也别互相干涉，况且九娘的离岛在群岛的最南端，与其他岛屿隔得甚远，大少主和二少主的船队从不会特意绕道前来。

郑安三五下就跳上了船，顾不上擦一脑门子的汗，急道："我正巧在北面的大港口巡视，码头上瞭望的人认出了大郎的船，我就赶紧过来了，估摸他们眼下刚到码头。大郎若是硬要来作坊，咱们也不好拦着，可这里这么多的香木，还有紫棠伽楠，要是被他看到，要怎么解释？"

是啊，怎么解释？懿烁庄的事岛主严禁外传，我又是在扬州听了崔奉天和张夔的谈话，才抢下这么多的香木。此事若是给大少主知道，又不知要为九娘掀出多少风浪。

伽罗迅速环视四周，眼下紫棠伽楠和大部分的香木都在船上，他即刻对郑言道："郑叔叔，我先去拖住大郎，你让船工把已经卸货的香木都搬回船上，然后将这三艘商船从作坊里直接驶离港口，在海上待两个时辰再回来。"

"这也确实是眼下最好的办法了。"郑言说着就招呼船工开始装载香木。

伽罗又对郑安道："郑安，你守在这儿，商船一出港口，你就插面旗子在作坊门外。"

"你要以旗子为信号？只是你能把大郎拖那么久吗？"

"不能拖也得拖。"伽罗言毕，跃上郑安的马，飞也似的朝码头方向去了。

待到了码头，果不其然，张夔带着自己的心腹，正和码头上的老船工叙话。也不知刚才郑安有没有跟码头上的人吩咐，什么话能说，什么话不能说？张夔来得突然，只怕大家都没有准备。

伽罗迎上去，高声叫道："果然是大郎驾临，刚才码头上的人来禀报，我还不信呢。"

张夔转过身来，唇角轻挑："九妹岛上的消息还真是灵通。"

伽罗笑道："大郎是贵客，极难得才到岛上来一趟，九娘不在，我自然要代她招待好。不知夔郎今日大驾，所为何事？"

"没事就不能到九妹岛上来了吗？祖父是把此岛给了九妹，可也没说从此流波岛上的人便不能踏足了。"

"大郎说哪里话？"伽罗赔着笑，"九娘的离岛也是流波岛的离岛，只要是流波岛上的人，伽罗随时恭候。"

"行了，"张夔不耐烦地打断道，"客气话还是留到祖父面前去说吧，郑安呢？"

"现在正是晌午，郑安可能在岛上什么地方躲日头吧。不如大郎先随我去山庄里吃点果浆，我这就遣人去找找郑安。"

"不必了，"张夔用那双与张承谟一般精明的眸子，睨着伽罗，"我来给郑安送六娘的信。既然你说他在岛上某处乘凉，那不如咱们就一起寻寻他？正好我许久未来岛上，也想看看九妹经营得如何？祖父可是常在我们面前夸她呢。"

张夔说着，就迈开步子，伽罗只好跟上。他推说郑安可能在树林里乘凉，引着几人在离岛西侧的树林里穿行。

本以为足够拖得时间，谁知没多久，树林外就跑来一人，对张夔道："大郎，属下寻得郑安了，他就在小港口旁边的作坊。"

张夔得意地对伽罗道："刚才忘记告诉你，我想早点找到郑安，你未到码头前，我就派了个人去寻，果然让他先寻到了。"

不妙，他竟是在跟我声东击西，今日他借着送信的由头前来，果然另有目的。伽罗佯装讶异："郑安平日里很少去作坊的，可看清确实是他？"

张夔冷哼一声："郑安自幼就在岛上，我的人难道还会不识？伽罗，你莫不是有什么事想瞒着我，才诸般推诿，不带我过去？"

伽罗眨着无辜的眼睛，叹道："夔郎莫要冤枉我，好端端地，我有什么理由阻着你见郑安？"

"什么理由？也许等见到郑安，就知道了。"张夔说罢，不再与伽罗啰唆，抄最近的路，快步穿出树林。

眼见离作坊越来越近，郑安却还未在作坊外面插上旗子，伽罗踩在海边沙滩上深一脚浅一脚，心中忐忑无比。商船定是还未全出得港口，我须得再拖得片刻。

想定之后，伽罗作势快走几步，夹在张夔和心腹仆从之间，蓦地腿上一麻，摔倒的瞬间扯住了张夔，把他一并带倒。沙滩上的地势高低明显，两人摔倒后在沙滩上滚了几滚，惊起正在海岸边憩息的大群海鸟。

伽罗先爬起来，欺到张夔身侧，惶恐地道："大郎，你没事吧？都是我不小心，你可有伤到哪里？"

张夔的仆从们扶着他坐起，张夔吐出一嘴沙子，指着伽罗骂道："张伽罗，九妹是把你纵得没边了，连我你也敢算计！"

伽罗挤出两滴不成形的眼泪，"哎呀，夔郎，这是从何说起？刚才的确是我不当心，你要打要罚我都认。"

张夔还欲再骂，他头上忽地热乎乎湿漉漉地淋下一抹东西，顺手一摸，竟然是海鸟甩下的一坨鸟屎。伽罗的嘴角忍不住向上抽了两下。

张夔见状，一脚踹开伽罗，叫道："来人，把他给我捆了，我倒要看看流波岛上，到底谁是主，谁是仆？"

伽罗还来不及站起，手脚已被张夔的心腹们缚得动弹不得。张夔眯着双目面对跪在地上的伽罗，吩咐道："给我掌嘴。"

手下人得令，抬手就是十几记耳光，直打得伽罗嘴角冒血，耳边嗡嗡作响。他吞不下口中的血水，口齿不清地嘟囔着："大郎，我是九娘的手下，你……"

谁知张夔一听到张九微，火气更盛，怒道："既然九妹没有调教好手下，我就代她来教训教训你。"说罢示意手下将伽罗拖到海边。

伽罗的头被粗暴地按进水中，海水的咸涩立即涌进鼻腔和喉咙，充斥着所有的感官。他拼命挣扎着要抬头，可每次还未换上一口气，就又被狠狠地压了回去。

"他水性好,不要手下留情。"张夔叫道。

伽罗感到有人猛踢自己的双肋,他想闭气,竟然不能。几次三番之后,伽罗呛咳不止,在水下再也睁不开眼。与黑暗一同而来的,还有那无法呼吸的熟悉感觉,这是哪里?眼前是多年前商船倾覆的那一刻——暴风、惊雷、尖叫,商船的桅杆在风暴中断裂,带着船帆一道滚落,正砸在站在甲板上的父亲身上……紧接着,商船失去了平衡,父亲就裹在船帆里被海浪卷走,母亲带着伽罗从船上跳下,在商船沉没卷起的旋涡中拼命挣扎。

"伽罗,无论如何都不能松手,听到没?"这是阿娘最后的叮嘱。

他紧抓着那一片舢板,在黑暗中越陷越深。

再感受到光亮时,伽罗鼻尖嗅到紫棠伽楠的香气。他强撑开双眼,见自己正躺在偌大的作坊里,三艘商船已然不见。还好,商船总算是驶离港口了,伽罗长吁一口气。

"大郎,"不远处传来郑言的声音,"你既已知道郑安在作坊,来此便是,何故对伽罗下此狠手?"

"是伽罗不敬我在先,我身为主人,对他惩戒一二又有何妨?"

"伽罗自幼跟在九娘身边,聪慧妥帖,从无大错,就连九娘也从未对他用过刑罚。伽罗到底是岛主派在九娘身边的,大郎要拿主人的款儿,也该先想想岛主和九娘才是。"

"哼,我教训一个家仆,祖父就算知道,也不会说什么,"张夔轻蔑地道,"先别说这些,这作坊里怎么有股香味?"

糟了,我忘记紫棠伽楠香气太盛,就算被商船带离港口,可这作坊里还是留有余香。

只听郑言道:"九娘一直往泉州倒腾些蔷薇露、紫花水,之前的胭脂水粉也都存在作坊,日子久了,自然把这里也染上香气。"

"蔷薇露?胭脂水粉?"张夔的语气中满是怀疑。

·242·

"九娘自打去了长安,就说大唐女子的钱好赚,所以最近常弄些女子喜欢的物件去大唐。"

张夔又在作坊里待了半晌,问东问西,郑言都一一答复。末了,张夔实在是问不出破绽,才道:"郑安,六娘给你的信还在我船上,你随我去趟码头吧。"

"六娘又有书信?"郑安十分激动。

"随我去吧。"

郑安不是才去主岛上取过书信,六娘竟这么快就回信?伽罗虚弱地想。

张夔的脚步声渐行渐远,郑言扶起还躺在地上的伽罗,唤人为他清洗嘴角的伤口。伽罗见郑言一脸不悦,便安慰道:"郑叔叔,我没事,不过被打了几下,还挨得住。"

郑言却道:"伽罗,你放心。这事我一定会请岛主做主。大郎若再这样骄横下去,如何能做我流波岛的主人?"

小半月后,主岛上果然派船接郑言、伽罗、郑安三人前往。

张仲坚的居所位于流波岛主岛东面的山崖上,这里四周都是终年苍翠的林木,更有一眼从不干涸的温泉,经由五彩岩壁汇入山庄内的孟翼池,使得山庄内外都漾着仿若仙境中才有的云雾。

伽罗随郑言、郑安立在山庄的归云亭中,远眺流波岛外的碧波万顷。海风裹挟着温热的咸气,打在伽罗还未全结痂的嘴角,蜇得他生疼。他忍不住摸了摸脸上生疮的伤口,估计是被浸了海水的缘故。

山庄的管家在亭外招了招手,郑言会意,叫上伽罗与郑安,一道快步去往山庄的主厅。

岛主、大少主、二少主,还有张夔,都早已在主厅坐定。伽罗向他们一一见礼,他双颊红肿明显,一说话就牵着伤口,表情极不自然,而张夔却仍是一副若无其事的样子。

张承谟注意到伽罗的双颊,先开了口:"伽罗,你脸上的伤是怎么回事？"

伽罗躬身答道："回大少主，前日大郎去九娘的离岛上找郑安，由我带路。路上我不小心，害大郎在海边摔了一跤，大郎……"伽罗感到张夔咄咄逼人的视线在自己身上不停打转，不敢再说下去。

郑言接道："岛主，大少主，今日我带伽罗前来，正是为了此事。伽罗侍主不周，确实有错，可为了这无心之失，大郎不只对伽罗掌嘴，还对他施以水刑，若不是郑安及时赶到，伽罗不知还有没有命站在这里。郑安，那天是你赶去海边，当时是什么情况，还是你来说说吧。"

郑安犯难地看了张夔一眼，结巴地道："那天……那天，大郎的手下把……把伽罗按在海水里，我赶去的时候，伽罗……伽罗已经晕……晕过去了。"

主位上的张仲坚微一蹙眉，还未说话，张承谟已经厉色看向张夔，问道："夔儿，可有此事？"

张夔瞪着伽罗，气定神闲地道："回阿耶，我是惩戒了伽罗。那日我的人打听到郑安在九妹岛上的作坊，我着急去见郑安，伽罗却百般阻挠，还故意绊倒我。伽罗以下犯上，先失了规矩，既然九妹此刻人在长安，那我自然就要替她教训属下。"

"敢问大郎，"郑言不疾不徐地道，"你说伽罗故意绊倒你，可有证据？"

"证据？我的人都看在眼里，随便叫一个出来作证就是，"张夔说着指向伽罗，"他就是不想让我去作坊，才使出如此计策。"

伽罗听罢，赶忙跪倒："大郎明鉴，当时我一脚踩空，摔倒瞬间只能抓住身旁的你，却没想到累得大郎也摔了个趔趄，可后来……后来那坨鸟屎，是海鸟飞过甩在你脸上的。我……我倒宁愿是自己沾了鸟屎……"

"你——"张夔扬起眉毛。

郑言又道:"大郎,原来你是把对海鸟的气,都撒在了伽罗身上。"

"你休要胡言!"张夔叫道,"我说过了,都是伽罗百般阻挠我去作坊,故意害我摔倒。"

"这倒奇了,"郑言露出一副好笑的神态,"伽罗为何要阻止你去作坊?那日,你最终不还是去了作坊吗?"

"去是去了,可谁知道在伽罗阻我期间,你们在作坊里做了什么?"

郑言面色一沉,正色道:"大郎,岛主面前,说话要讲分寸。我郑氏一族,蒙岛主收留,再造之恩,片刻也不敢忘怀。伽罗更是年幼失亲,这流波岛就是他的家,你如此说,是在怀疑我们对流波岛的忠诚吗?"

张夔冷哼一声,道:"你们的忠诚,是对九妹,还是流波岛,只有你们自己清楚。"

"够了!"张承谟厉声喝止。

张夔立刻住嘴。伽罗壮着胆子向张承谟瞟去,却见他冰峰般的目光罩在几人身上。

其实在流波岛上,伽罗最怕的人从来都不是张仲坚,也不是张夔,而是张承谟。岛主年轻时候的样子,伽罗没有见过。自来到流波岛上,张仲坚就一直是位和蔼亲厚的老人家,对张九微更是百般宠爱,连重话也没有说过一句。大少主张承谟则不同,他样貌与张仲坚有八分像,但老成持重,周身自有一派威严气度,比张仲坚更像是这流波岛的主人。

"夔儿,"张承谟言语中的威势不容反驳,"伽罗的事,我都清楚了。你因一坨鸟屎,便对伽罗动私刑,于情,你失了宽仁,险些害了伽罗性命;于理,你越俎代庖,伽罗不是你的属下,你本无权对他用刑。待会儿,你自去管家那里领十棍吧。"

张夔刚想再辩，一旁的二少主张承颐却道："大哥，如此处置有些过重。夔儿确实有失宽仁，可越俎代庖，还说不上吧。伽罗虽跟着九娘，但也是我流波岛上的人，九娘远在长安，难不成她一天不回，我们便一天不能管教她的属下？再说，九娘迟早是要嫁去大唐的，离岛又不是她的嫁妆，早晚还要由夔儿接手，现在就熟悉一下，也是正理。"

嫁去大唐？二少主这话什么意思？岛主几时说过要把九娘嫁去大唐？

主位上的张仲坚清了清嗓，开口道："夔儿，你可知我为何要给你起名为夔？"

张夔道："夔儿自然知道。《山海经》中云，东海中有流波山，入海七千里。其上有兽，状如牛，苍身而无角，一足，出入水则必风雨，其光如日月，其声如雷，其名曰夔。祖父以流波为岛名，而我的名字，便是出自那上古流波山上的神兽——夔。"

张仲坚点点头，面色仍然和悦，道："你是我的嫡长孙，我和你父亲百年之后，这流波岛自然要交到你的手上。我为你起名为夔，是希望你能光如日月，守住这份基业。"

张夔惶恐地道："祖父，夔儿只愿你身体康健，长命百岁。"

张仲坚微微一笑："自古多少帝王，都希望自己长生不老，又有哪个能逃出生死无常？我老了，此生博得家业，亦得遇知己，不枉此生。若说还有什么心愿，便是子孙和睦，阖家兴旺，你明白吗？"

张夔回道："夔儿知错，愿领责罚。"

"你是个聪明的孩子，只是要为一方领主，还需多为大局考虑。流波岛上的人，都是我们的大局，以后，切不可再随意伤人。"

"夔儿谨遵祖父教诲。"

张承谟也跟着叩首道："父亲放心，我自当对夔儿多加管束。"

"好了，"张仲坚挥手道，"夔儿自去领罚，就由郑管事在旁监看。我和承谟还有些话要说，你们都退下吧。"他顿了顿，又道：

"伽罗,你也留一下。"

伽罗同郑言、郑安小心对视一眼,老老实实地待在原地。

众人走后,张仲坚温言问道:"伽罗,伤口还疼吗?可一定记得上药。"

伽罗望着岛主又白了许多的鬓发,突然心酸,回道:"伽罗没事,岛主放心。岛主也要保重身体,九娘在长安,日日惦记着岛主。"

一提起张九微,张仲坚的目色中盈满慈爱,道:"九娘和郭管家的信我都看了,她能在这么短的时间里,就把懿烁庄打理好,也有你的功劳。"

"伽罗不敢,都是九娘聪慧又有决断,总能找到商机。张长盛老掌柜也是兢兢业业,同九娘甚为合拍。"

"他二人投契,我便放心。懿烁庄是我给九娘准备的嫁妆,她早点接手,婚后也就少些麻烦。"

"嫁妆?"伽罗惊奇地抬起头,"岛主,你是要给九娘说亲了吗?"

张仲坚微笑不语,只听张承谟道:"伽罗,这不是你该操心的事。你只管服侍好九娘。"

话虽如此说,可九娘与我一同长大,待我就像亲姐弟,我深知她的心思,又怎能不为她考虑?伽罗躬身道:"岛主,伽罗自知僭越,愿受责罚。只是……九娘的性子你是知道的,她只想经商,不愿嫁人。若是逼着她,恐怕……恐怕她不会像六娘那样就范。"

"就范?"张承谟语气冷峻,"阿耶不远万里将她送到李公身边,为她打点一切,还把懿烁庄也交给她,都是为了让她能在大唐安家。六娘几时有过这般福气?怎么到你这里,反倒是让她坐牢一般?"

张仲坚示意张承谟不要再说,而是问道:"伽罗,把懿烁庄托付给九娘,让她嫁人后,也可以在大唐经商,不好吗?"

张仲坚的神情像是在征求伽罗的同意，仿佛生怕张九微会不喜欢。

伽罗道："岛主的舐犊之情，连伽罗见了，也万分感动。只是还请岛主不要逼迫九娘，给她多一些时间。"

张仲坚轻叹一声，道："嫁人自然要她亲自选中夫婿。我义弟义妹，皆非俗世庸才，尤其义妹出尘，最有识人之能。当年她能以艺伎之身，在司空府慧眼识得尚在微时的李郎，九娘跟着她，定也能在大唐找到可以托付终身之人。"

伽罗蓦地想起在扬州时，张夔说过的话。难道我和九娘都错了？岛主遣九娘往长安送信，又让她接手懿烁庄，到头来，竟是为了要为九娘寻门好亲事？九娘真的要和六娘一样，离开流波岛，离开她最爱的地方？九娘若是远嫁大唐，我又该去哪里？